DU MÊME AUTEUR

Aux Éditions Gallimard

L'ENFANT DE BRUGES, *roman*, 1999 (Folio n° 3477).

À MON FILS À L'AUBE DU TROISIÈME MILLÉNAIRE, *essai*, 2000 (Folio n° 3883).

DES JOURS ET DES NUITS, *roman*, 2001 (Folio n° 3731).

LE FAUCON, *roman*, 2020.

Aux Éditions Denoël

AVICENNE OU LA ROUTE D'ISPAHAN, *roman*, 1989 (Folio n° 2212).

L'ÉGYPTIENNE, *roman*, 1991 (Folio n° 2475).

LE POURPRE ET L'OLIVIER, *roman*, 1992, nouvelle édition révisée et complétée (Folio n° 2565).

LA FILLE DU NIL, *roman*, 1993 (Folio n° 2772).

LE LIVRE DE SAPHIR, *roman*, 1996. Prix des Libraires (Folio n° 2965). Nouvelle édition revue par l'auteur en 2004.

LE ROYAUME DES DEUX-MERS, *roman*, 2018.

Chez d'autres éditeurs

LE DERNIER PHARAON, *biographie*, Pygmalion, 1997 (Folio n° 5265).

L'AMBASSADRICE, *biographie*, Calmann-Lévy, 2002.

LES SILENCES DE DIEU, *roman*, Albin Michel, 2003.

AKHENATON, Le dieu maudit, *biographie*, Flammarion, 2004 (Folio n° 4295).

UN BATEAU POUR L'ENFER, *récit*, Calmann-Lévy, 2005.

LA REINE CRUCIFIÉE, *roman*, Albin Michel, 2005 (Folio n° 4631).

LE COLONEL ET L'ENFANT-ROI, *récit*, Jean-Claude Lattès, 2006 (Folio n° 4803).

MOI, JÉSUS, *roman*, Albin Michel, 2007.

LA DAME À LA LAMPE, *roman*, Calmann-Lévy, 2008 (Folio n° 4906).

EREVAN, *roman*, Flammarion, 2009.

INCH'ALLAH, vol. 1, Le souffle du jasmin, *roman*, Flammarion, 2010.

Suite des œuvres de Gilbert Sinoué en fin de volume

L'ÎLE DU COUCHANT

GILBERT SINOUÉ

L'ÎLE DU COUCHANT

roman

nrf

GALLIMARD

Située en bordure de l'une des mers les plus anciennement humanisées du monde, « l'île du Couchant », le Maghreb, fut pendant longtemps la proie de prédilection de nombreux envahisseurs : Phéniciens, Puniques, Romains, Vandales, Byzantins, Arabes et Turcs. Insensiblement, au fil des siècles, des pays allaient naître de ces convulsions. L'un d'entre eux est au cœur de ce roman : le Maroc.

LEXIQUE

Moulay, *mawlana*, *mawlay*, *sidnâ* sont des titres honorifiques qui précèdent le nom de toute personne qui descend du Prophète et restent l'apanage du sultan, du roi ou de certains princes. *Lalla* est l'équivalent féminin.
Le terme *si* correspond à « Monsieur » et *sidi* à « Monseigneur ».
Hajj est le titre que l'on accorde au musulman qui a accompli le Pèlerinage ou plus généralement à quelqu'un de respectable.

PERSONNAGES PRINCIPAUX

ABDALLAH, fils de Lalla Khenata et de Moulay Ismaïl
ABDELHAQ MAÂNINO, fils d'Ali et neveu d'Abdelkader Maânino
ABDELKADER MAÂNINO, gouverneur de Salé
ABRAHAM MAÏMORAN, conseiller et trésorier du sultan
AHMED ADH-DHAHABÎ, fils de Lalla Zaydana et de Moulay Ismaïl
AHMED MAHREZ, neveu rebelle de Moulay Ismaïl
AÏCHA M'BARKA dite LALLA ZAYDANA, épouse du sultan
AL-FARSI, général de Moulay Ismaïl
AL-HARRÂNE, HÂCHEM et AHMED, frères de Moulay Ismaïl
ALI MAÂNINO, corsaire, frère d'Abdelkader
ALIA, épouse d'Amar, fils de Fatima et de Casimir
AMAR, fils de Fatima, adopté par Casimir
CASIMIR GIORDANO, médecin français
FATIMA, épouse marocaine de Casimir
GHAÏLAN, gouverneur rebelle
JOSEPH DE RAIMONDIS, officier de marine
LALLA KHENATA, épouse du sultan
MISS SHAW, épouse irlandaise de Moulay Ismaïl
MOHAMMED AL-ALAM, fils de Moulay Ismaïl et de Miss Shaw
MOHAMMED IBN ABDALLAH, petit-fils de Lalla Khenata
MOHAMMED IBN HADDOU, frère d'Omar, ambassadeur en Angleterre
MOHAMMED TEMIM, gouverneur de Tétouan et ambassadeur en France

MOULAY ISMAÏL, sultan régnant
MOULAY RACHID IBN CHÉRIF, demi-frère de Moulay Ismaïl
MOUSTAFA AL-ARBI, neveu du sultan, de retour d'Europe
OMAR IBN HADDOU, caïd
SALMA, mère de Fatima
ZAYDAN, fils de Moulay Ismaïl et de Lalla Zaydana

1

Meknès, 10 avril 1672

— Parle !

— Sidnâ, je suis porteur d'une bien triste nouvelle.

Moulay Ismaïl se raidit légèrement.

— Je t'écoute, Abraham.

Abraham Maïmoran baissa la tête ; respect ou tristesse, les deux sans doute.

— Votre demi-frère, le bien-aimé sultan Rachid ibn Chérif, a rendu son âme à l'Éternel.

La raideur s'accentua. Un battement de paupières. Le souffle plus court.

— Quand ?

— Hier, à Marrakech, lors d'une fantasia. Son cheval s'est emporté. Le sultan n'a pu le maîtriser, sa tempe a heurté une branche d'oranger. Malgré tous les soins que son médecin lui a prodigués, il est décédé.

— Quarante-deux ans. Il n'avait que quarante-deux ans.

— Hélas, sidnâ, la mort ne fait pas de différence entre le jour et la nuit.

— Tué par une branche. Il existerait donc des envieux parmi les arbres ?

Moulay Ismaïl marcha vers la fenêtre qui ouvrait sur la ville. En arrière-plan se détachaient sur fond d'azur la masse sombre du Zerhoun et ses forêts de chênes.

Son frère mort, lui, à vingt-six ans, héritait du pouvoir suprême : sultan.

Mektoub. C'est le destin.

Son père lui avait dit un jour que deux hôtes s'invitent dans nos vies sans prévenir : l'amour et la mort.

Il s'imagina vingt-six ans auparavant à Sijilmassa, dans le Tafilalet, poussant ses premiers cris dans une modeste maison de pisé avec pour horizon imaginaire les dunes de Merzouga.

Le Tafilalet. Terre bénie d'Allah, auréolée de la baraka, la bénédiction. Terre nourrie de vergers et de palmeraies, séparés de loin en loin par de petits carrés d'orge dont le vert tendre contrastait avec la ligne fauve des sables. De temps à autre, de grandes caravanes faisaient halte dans l'oasis, amenant du Bilad al-Sudan, le pays des Noirs, de la poudre d'or, de l'ivoire, des plumes d'autruche ou des esclaves, et Moulay Ismaïl enfant les contemplait ébloui.

Tafilalet, Sijilmassa, les portes du paradis.

Si les traits de son père demeuraient imprécis, il n'avait rien oublié de ceux de sa mère, splendide mulâtresse aux cheveux noirs et frisés qu'il chercherait à retrouver à travers toutes les femmes.

Il est probable que s'il n'y avait eu cette chute de cheval il n'eût pas accédé si jeune au pouvoir. Mais cette jeunesse ne serait pas un handicap. Même adolescent, Moulay Ismaïl n'en imposait-il pas ? Il n'est pas impossible non plus qu'il puisât dans ses origines sacrées une énergie indicible peu commune.

Il perdait un frère et le Maroc un grand dirigeant, un réunificateur. Au cours des dix années de son règne, à force de ténacité et de lutte, Moulay Rachid ibn Chérif avait accompli l'impossible : rassembler les morceaux d'une mosaïque de villes, de territoires, de clans éclatés ; un Maroc qui n'avait connu depuis des siècles que la division. De la basse vallée de la Moulouya jusqu'aux confins sahariens, l'autorité d'Ibn Chérif avait fini par être reconnue par tous et à la veille de sa mort il était maître de pratiquement tout le pays.

Moulay Ismaïl laissa tomber d'une voix rauque :

— Tout n'est que tourments. La dernière fois où mon frère et moi avons partagé quelques heures d'insouciance, ce fut il y a trois ans à Fès, lors de mon mariage.

Abraham aussi était présent ce jour de printemps 1669 lorsque, sous un tourbillon de youyous, acclamé par une foule en délire, Moulay avait épousé Aïcha M'barka, jeune femme au physique pour le moins étonnant. Ce n'était pas tant sa peau d'ébène qui laissait sans voix que sa taille et son poids : pas moins d'un mètre quatre-vingt-dix, quatre-vingt-quinze kilos. Selon certaines rumeurs, elle aurait été une esclave que Moulay Ismaïl aurait rachetée à son demi-frère. Que ce fût vrai ou faux, quelle importance ! Le souverain était éperdument amoureux et depuis qu'elle lui avait donné un héritier mâle, Zaydan, il ne la surnommait plus que Zaydana. Un détail avait frappé Abraham ce jour-là : à dix-sept ans Aïcha M'barka témoignait déjà d'une trempe de caractère peu commune.

— La tâche qui m'attend est immense. Tout est fait et tout est à faire.

Le Juif ne put qu'acquiescer. Il savait ce qu'était la terre marocaine. Un brasier régulièrement entretenu par des tribus aussi indociles que turbulentes, des trahisons successives et des rivalités familiales jamais assouvies. Sans oublier la voracité des puissances européennes. Les Anglais occupaient Tanger, où ils avaient succédé aux Portugais et aux Espagnols. Les Espagnols s'étaient approprié Badis, une presqu'île située sur la côte nord-africaine ; Melilla et Ceuta sur la côte méditerranéenne ; Arzila, Larache, la Maâmora sur la façade atlantique. Quant au port de Mazagan, le royaume de Portugal en avait fait une propriété privée – comble de l'outrage – interdite aux Marocains. Comme si le défi à relever n'était pas assez lourd, le nouveau sultan devrait aussi freiner l'appétit des Turcs. Après avoir conquis l'Égypte, fait main basse sur la Tunisie, l'Algérie, l'ogre ottoman n'aurait pas dédaigné de franchir la frontière. Enfin, pour couronner le tout, il restait à résoudre le conflit maritime qui, depuis des années, opposait le Maroc et la France et qui se résumait en deux mots : la piraterie. Corsaires français et barbaresques avaient transformé la Méditerranée et l'Atlantique en champ de bataille.

Moulay Ismaïl répéta :

— La tâche est immense et j'aurai besoin de la fidélité de tous.

— La mienne vous est acquise, sidnâ, et depuis de longues années ; comme celle de l'ensemble de ma famille.

Le sultan n'en doutait pas.

Contraints, comme de nombreux Juifs expulsés d'Andalousie après la Reconquista, les Maïmoran étaient venus se réfugier au Maroc tandis que d'autres avaient opté pour la Turquie ou l'Europe. En peu de temps, ils avaient su mettre à profit les qualités engendrées par la souffrance des bannis et tisser entre eux un réseau d'une redoutable efficacité. Très vite, ils étaient devenus de précieuses sources de renseignements, d'avisés conseillers diplomatiques et de scrupuleux banquiers. C'est ainsi que Joseph, le père d'Abraham, fut pendant de longues années l'argentier de la famille alaouite. Après sa mort, c'est Abraham qui avait tout naturellement occupé la même fonction, mais auprès de Moulay Ismaïl. Au fil du temps, les liens de confiance entre le Juif et le musulman s'étaient transformés en amitié. Physiquement, les deux hommes offraient un contraste saisissant. Ce n'était pas tant l'écart d'âge (Abraham n'avait guère que quatre ans de plus que Moulay Ismaïl) que leur apparence physique. Le sultan avait hérité de sa mère une peau sombre, bistrée. Il était élancé, non dépourvu d'une certaine allure, et présentait un visage allongé, orné d'une barbe en pointe légèrement fourchue, un regard que l'on sentait capable, au gré des circonstances, de virer de l'expression la plus bienveillante à la plus extrême dureté. L'opposé d'Abraham, qui lui était maigre, avec un visage imberbe et doté d'une impassibilité que rien ni personne n'eût été capable de perturber.

Soudain, le chambellan se présenta nu-pieds sur le seuil de la salle. Il se prosterna et attendit que son nouveau souverain l'autorisât à prendre la parole.

— Je t'écoute.

— Mawlana, qu'Allah vous donne la force et la patience d'affronter cette épreuve et qu'il accorde sa clémence et sa miséricorde au défunt. Accepte mes condoléances.

— Sois remercié, Hajj Abdallah.

Le personnage se releva pour poursuivre :

— Tous les notables de la ville et des villes environnantes sont en route pour vous prêter allégeance et vous offrir des présents.

Voilà qui était rassurant.

2

Marrakech, 15 avril 1672

L'aube venait de poindre et la ville rouge sortait progressivement de son sommeil. D'abord des appels timides, des pas incertains, les premiers éclats de voix. Bientôt, ce seraient les grandes rumeurs, les hennissements des chevaux, les blatèrements des chameaux et les suppliques des mendiants. Dans une heure le tumulte serait à son comble.

Casimir Giordano avala d'un trait une rasade de *robb* et se resservit. Il regretta que ce spiritueux à base de raisins bouillis mélangé à de la cannelle ne puisse entraîner l'ivresse mais juste instiller de la bonne humeur.

Malgré tous les efforts qu'il avait déployés, toute sa science – celle transmise par ses illustres prédécesseurs, Galien, Hippocrate, Avicenne – s'était révélée impuissante à sauver le sultan Rachid ibn Chérif. Qu'aurait-il pu faire ? Il n'avait détecté aucune blessure apparente sinon une légère estafilade à hauteur de la tempe droite. Le mal était invisible. D'ailleurs, lorsque les serviteurs étaient venus le chercher il était trop tard. Le sultan agonisait.

Il pensa : « Les musulmans ont peut-être raison : *mektoub.*

Tout est écrit. La fin de Moulay Rachid ibn Chérif l'était, écrite par un cheval ! »

Ironie du sort : le 12 avril, cela faisait six années exactement que le sultan défunt avait décidé de faire de Casimir son médecin personnel. Six années au cours desquelles les deux hommes ne s'étaient pratiquement jamais séparés.

Qu'est-ce donc que la vie sinon l'illusion d'en être le maître ?

Tout avait commencé un soir de 1666, alors que Casimir Giordano dînait à Marseille (ville dont il était originaire) avec un ami d'enfance, Roland Fréjus.

Roland, négociant de son métier, appartenait à cette catégorie de personnages hors du commun, pour ne pas dire extraordinaires. Tandis que lui, Casimir, poursuivait sagement ses études de médecine à Montpellier, Fréjus, arabophile et passionné par le Maghreb, écumait des contrées qu'aucun Européen n'eût osé visiter, en particulier le Rif, une région montagneuse en bordure de la Méditerranée.

Trois ans plus tôt, le sultan Moulay Rachid ibn Chérif avait entamé des négociations avec des commerçants marseillais qui résidaient à Salé, un petit port sur la Méditerranée et haut lieu de la piraterie, afin d'acquérir des armes et des munitions qui lui permettraient de vaincre son frère en rébellion contre lui. Coïncidence : les commerçants en question étaient de vieilles connaissances de Fréjus. Ce fut naturellement à lui qu'ils firent appel pour mener à bien les tractations. Comment y parvint-il ? Probablement à travers la « connexion nordique », entretenue par les Juifs du Maroc en coopération avec leurs coreligionnaires des Provinces-Unies. Ce n'aurait pas été la première fois.

À cette même époque, Jean-Baptiste Colbert, secrétaire d'État de la Maison du roi et ministre de la Marine, s'efforçait d'arracher un accord au sultan sur l'échange des captifs français retenus par les corsaires de Salé. Le nom de Fréjus ne lui était pas inconnu, il savait les liens que le personnage avait noués avec Moulay Rachid ibn Chérif. Il décida donc d'envoyer le Marseillais auprès du souverain, tant pour discuter de l'affaire des prisonniers que pour essayer d'établir des négociations commerciales entre la France et le Maroc. Fréjus, honoré, accepta, et c'est ainsi que quelques semaines avant d'entreprendre son voyage il proposa à Casimir :

— Pourquoi ne m'accompagnerais-tu pas ? Tu as trente ans. Tu es veuf, sans enfants. Je te vois dépérir jour après jour et je n'aime pas ce que je vois. Viens donc ! Rien de tel que le changement pour guérir de la peine.

— Au Maroc ? Un pays où les habitants passent pour des fanatiques et des tueurs de chrétiens !

— Ne va pas croire à ces idées toutes faites que l'on colporte. Je peux t'assurer que les populations ne sont pas si farouches qu'on cherche à nous en persuader et le pays est fascinant.

— Que ferais-je de mes patients ?

— Allons, Casimir, nous savons toi et moi qu'en raison de ton caractère bourru, le nombre de tes patients est réduit à peau de chagrin. De toute façon, ce ne sont pas les carabins qui manquent à Marseille. Ils n'auront aucun mal à te remplacer. Imagine un peu l'aventure ! Les villes que tu vas découvrir, les êtres, les paysages.

Fréjus fit une pause avant de conclure :

— Sans oublier que de partager toutes ces choses avec toi me ravirait.

Casimir avait fini par accepter. Qu'avait-il à perdre, d'autant que son ami disait vrai : depuis la mort de son épouse, sa vie ressemblait à un grand tunnel noir dans lequel il s'enfonçait tous les jours un peu plus. Il n'imaginait pas à ce moment-là vers quoi il s'embarquait. En acceptant la mission que lui avait confiée Jean-Baptiste Colbert, Roland Fréjus caressait en secret une ambition personnelle : il ne projetait rien de moins que de faire construire dans le port d'Al Hoceïma, sur la côte nord du Maroc, un fort consacré à ses futures activités commerciales !

Ils étaient partis fin novembre 1666 de Marseille et, après un voyage épique, ils furent reçus par le sultan à Taza, ville que Moulay Rachid ibn Chérif venait de conquérir. L'accueil fut chaleureux et l'affaire semblait en bonne voie. C'était sans compter l'inconscience de Fréjus. En prenant congé du souverain, il avait commis l'imprudence de laisser traîner sous la tente du sultan le plan du fort qu'il envisageait de bâtir. Le soir même, Casimir et lui furent arrêtés. Après les avoir harcelés de questions, Moulay Rachid ibn Chérif ordonna qu'ils soient ramenés sous bonne escorte à Salé, d'où ils embarqueraient sur le premier navire en partance pour l'Europe. Il avait ajouté que si par malheur ils remettaient les pieds au Maroc, ils seraient décapités sur-le-champ.

Il devait y avoir un ange protecteur pour les médecins. Alors que les gardes s'emparaient d'eux, Moulay Rachid ibn Chérif apostropha Casimir :

— Es-tu aussi menteur que le mécréant qui t'accompagne ?

— Je ne comprends pas, seigneur.

— Tu as bien dit que tu étais médecin ? Est-ce la vérité ?

— C'est la vérité, je vous l'assure.

Après un bref moment de réflexion, Moulay Rachid déclara :

— Tu as de la chance. Je n'ai pas de médecin personnel et je ne fais pas confiance à ces charlatans qui font mine de fouiller dans leurs grimoires pour trouver un remède ou qui pensent qu'en se réfugiant dans une *koubba*[1], on est miraculeusement guéri. Sans oublier ceux qui vous proposent des dattes sanctifiées importées de La Mecque ou de l'eau du puits Zemzem[2]. Donc… soit tu acceptes de te mettre à mon service et je saurai me montrer généreux à hauteur de tes compétences, soit tu disparais de ma vue.

Casimir hésita. Vivre ici ? Sur cette terre étrangère, parmi des gens aux mœurs si différentes des siennes et qui pratiquaient une religion à laquelle il ne comprenait rien ? Pourtant, ce qu'il avait découvert jusque-là n'était pas pour lui déplaire et plus personne ne l'attendait en France ni ailleurs.

— Je serais honoré, seigneur.

Fréjus s'en était retourné en France et dès ce jour Casimir avait suivi le souverain partout, témoin de ses succès militaires, de sa volonté farouche de mettre un terme aux divisions qui meurtrissaient son pays. Il l'avait vu pacifier le Souss et l'Anti-Atlas, mater la turbulente ville de Fès, occuper Tétouan, réduire à merci le Gharb et prendre d'assaut Marrakech. Nul doute qu'il méritât largement son surnom de commandeur des croyants. Une nuit, Casimir lui avait sauvé la vie et depuis le souverain lui vouait une reconnaissance sans bornes. Convoqué à son chevet,

1. Construction composée d'une partie cubique surmontée d'un dôme élevé sur la tombe ou en souvenir d'un personnage vénéré.

2. Zemzem est une source d'eau située à La Mecque et qui serait d'origine miraculeuse.

Casimir avait trouvé le sultan au plus mal. Maux de tête, d'estomac, irritation de la bouche, du palais et le cœur en déroute. Casimir n'y comprenait rien. Ces symptômes évoquaient mille affections possibles. Laquelle choisir ? En désespoir de cause, il s'apprêtait à lui prescrire un purgatif, lorsqu'il découvrit, posé au pied du lit, un bol d'amandes d'abricots amères.

— Mawlana, s'écria-t-il, depuis combien de temps vous en mangez ?

Le souverain avait grommelé :

— Chaque fois que j'en ai l'occasion.

Casimir versa le contenu du bol sur le sable.

— Plus jamais, sidnâ. Plus jamais. Ces amandes contiennent un poison des plus toxiques. Cinq à dix amandes peuvent être fatales à un enfant et quelques dizaines peuvent tuer un adulte. Vous ne devez plus jamais en manger.

Cette nuit-là, il rendit grâce aux auteurs de cette revue à laquelle il s'était abonné à Marseille, *Musée des familles, Lectures du soir*, et dans laquelle il avait découvert ces lignes : « *Le pêcher, le cerisier, le prunier, l'amandier à amandes amères, le laurier-cerise surtout, renferment, soit dans les noyaux de leurs fruits, soit dans leurs feuilles ou dans leurs fleurs, le plus terrible des poisons connus : l'acide cyanhydrique ou prussique.* »

Mais aujourd'hui, il s'était montré impuissant. Le médecin caressa pensivement la besace dans laquelle étaient rangés ses instruments. Au vrai, ce n'est pas de n'avoir pu sauver la vie de Moulay Rachid ibn Chérif qui le plongeait dans un tel désarroi, encore qu'il en fût sincèrement attristé, mais le sentiment d'incertitude dans lequel cette disparition le plongeait. Qu'allait-il devenir ? Où aller ?

Certes, il avait mis à profit ces six dernières années pour maîtriser le dialecte marocain, la *darija*, lire et relire le Coran, se familiariser avec les coutumes et les traditions du pays, mais quel patient (en eût-il les moyens) voudrait se faire soigner par un roumi[1] ?

Il acheva de boire un dernier gobelet de *robb*.

La voix du muezzin appelait à la prière.

*

Meknès, avril 1672

Au centre du *mechouar*[2], enveloppé dans un ample burnous de drap immaculé, monté sur un cheval équipé d'une selle et de harnachements vert d'eau, Moulay Ismaïl observait le cortège des chefs des députations venus lui déclarer leur allégeance.

À sa gauche, un esclave le protégeait d'un parasol de satin surmonté d'une boule dorée, insigne de la souveraineté. Une douzaine d'autres agitaient des chasse-mouches en mousseline. On apercevait ici et là des porteurs de lances et, en retrait, le chambellan, le commandant de la garde chérifienne, le grand vizir, l'ensemble du makhzen[3]. Chaque délégation était annoncée par le chambellan :

1. Nom par lequel les musulmans désignent un chrétien et, généralement, un Européen.

2. Espace découvert, entouré de murailles, destiné aux évolutions de l'armée chérifienne et à diverses cérémonies en plein air.

3. Ce terme désignait à l'origine le lieu où étaient cachées les victuailles communes d'un village ou d'une tribu. Avec le temps, il a fini par s'appliquer à l'ensemble du personnel gouvernemental et de l'administration centrale qui secondait le souverain.

« *Ahl Fas ya sidi !* » Les gens de Fès, seigneur. « *Ahl Ribat ya sidnâ !* », les gens de Rabat.

Moulay Ismaïl approuvait d'une inclinaison de la tête, parfois il esquissait un geste communiquant aux délégués les effluves de la bénédiction chérifienne. On entendait alors un cri unanime : « Que Dieu bénisse la vie de notre seigneur ! » auquel répondait le commandant de la garde interprétant l'intention souveraine : « Que Dieu vous bénisse et vous dirige sur la bonne voie, vous dit mon seigneur ! »

Seul quelqu'un doué d'un sens aigu de l'observation aurait pu percevoir l'extrême tension qui habitait les traits du souverain.

La cérémonie s'acheva à l'heure où le soleil commençait de décliner.

Le sultan fonça vers le palais. À peine descendu de son cheval, il cria le nom du chambellan. Hajj Abdallah se présenta si vite qu'on eût pu le croire tapi dans le sillage de son maître.

— Convoque Maïmoran, le grand vizir et le général Al-Farsi. Qu'ils me rejoignent immédiatement dans la salle d'audience !

Il s'engagea ensuite dans une cour pavée de faïence avant d'entrer dans une pièce aux murs tapissés d'étagères qui ployaient sous les ouvrages. Il récupéra un coffret en bois ciselé, retira le manuscrit qu'il contenait et alla s'asseoir près d'une fenêtre.

La couverture était de plein cuir, très sobre. Sur la première page se détachait le titre : « Al-Coran al-Karim », le Saint Coran. Les pages étaient décorées de magnifiques enluminures bleues et or et le texte rédigé en écriture coufique, ce qui laissait à penser que le manuscrit devait être très ancien. Il choisit la sourate intitulée « Al-Anfal », le Butin, et lut à haute voix le verset 58.

Si tu crains vraiment une trahison de la part d'un peuple,
rejette son alliance pour pouvoir lui rendre la pareille.
Dieu n'aime pas les traîtres[1].

Il le relut, le récita comme pour s'en imprégner, puis il rangea le manuscrit et quitta la pièce.

Dès qu'il apparut dans la salle d'audience, Abraham Maïmoran, le grand vizir, Ali Mokhtar, et le général Al-Farsi attendirent comme il se doit qu'il prît la parole en premier.

— Traître !

Un courant glacial parcourut l'échine des trois hommes.

Le sultan répéta :

— Ahmed Mahrez m'a trahi ! Mon propre neveu m'a trahi !

Si ses collègues eurent l'air interloqué, Maïmoran, lui, ne cilla pas. Sans doute connaissait-il trop bien les conflits qui, depuis des lustres, opposaient les membres d'une même famille, d'un même clan, d'une même ville et les retournements improbables. Au lendemain de la mort du grand sultan, Ahmed al-Mansour[2], les propres fils du défunt ne s'étaient-ils pas entre-déchirés lamentablement, plongeant le pays dans une guerre civile et dans l'anarchie ? Et feu Moulay Rachid ibn Chérif n'avait-il pas été obligé d'affronter son frère qui risquait de réduire à néant ses rêves d'unification ?

1. Le Coran, traduction de D. Masson, Gallimard, Bibliothèque de la Pléiade.

2. Né en 1549 à Fès et mort à Marrakech en 1603, il fut le plus prestigieux sultan de la dynastie saadienne.

Moulay Ismaïl poursuivit :

— On m'a informé que Mahrez a estimé que c'est à lui que revenait le sultanat. Après avoir rallié à sa cause certaines tribus il s'est rendu à Marrakech, où il s'est fait plébisciter par les habitants de la ville. Encore des traîtres ! Ce n'est ni plus ni moins qu'une forfaiture !

Il pointa son index vers le général Al-Farsi.

— Je te donne deux semaines pour réunir les Guichs et les Cheragas[1], autant d'hommes que tu pourras, ainsi que l'artillerie. Je réduirai Marrakech en cendres !

*

Le jardin embaumait le parfum des orangers.

Abraham inspira à pleins poumons et lui qui n'avait jamais connu l'Espagne crut y reconnaître des senteurs andalouses. Serait-il possible que les mânes de nos ancêtres nous transmettent les odeurs, les sons, les paysages dans lesquels ils ont baigné ?

— Alors, mon frère Abraham, s'enquit le général, que penses-tu de la décision de notre sultan ?

— Que veux-tu que j'en pense si ce n'est qu'il a raison de vouloir mettre au pas son neveu, sans oublier que ce type de rébellion pourrait inspirer d'autres individus qui n'attendent qu'un signe pour se soulever.

1. La dénomination Guichs (*djeïch*, armée) s'appliquait à toute tribu ou groupement dont l'attachement personnel au sultan s'appuyait sur des avantages d'ordre matériel et/ou des concessions de terres exemptes d'impôts. Du XVIe au XIXe siècle, les tribus guichs constituèrent une pièce maîtresse sur l'échiquier militaire marocain. Elles étaient composées de quatre tribus essentielles, parmi lesquelles les Cheragas, issus du Maroc oriental.

— Ce serait dramatique, commenta le grand vizir qui marchait entre les deux hommes.

— Oui, sidi, approuva Maïmoran. Mais tous deux vous connaissez bien mieux que moi l'infinie complexité des êtres qui ont fait ce pays. Elle est née dans la nuit des temps, quand on appelait encore l'ensemble de cette région l'Ifriqiya[1]. Auriez-vous oublié comment ce pays s'est formé ? Auriez-vous oublié vos frères qui déferlèrent d'Égypte ? C'était pourtant hier.

— Tu veux dire il y a mille ans, corrigea le grand vizir. Qui s'en souvient ?

— Un homme, ou plutôt des hommes. Des anonymes. Ils nous ont laissé des écrits, des témoignages. Quelques pages de leur histoire qui est aussi votre histoire.

Le général Al-Farsi eut l'air amusé.

— Ces écrits, où sont-ils ?

— Chez moi. Tronqués, incomplets, illisibles par endroits, mais je les ai. Il s'agit d'un parchemin d'une quarantaine de pages, acheté il y a bien longtemps à un marchand juif de Tanger. Il y est question des Berbères.

— Un faux, bien entendu.

Maïmoran secoua la tête.

— Je ne le crois pas si j'en juge par son état.

— Je ne vois pas l'intérêt de s'intéresser à des événements aussi anciens, objecta le grand vizir. Le passé n'a jamais éclairé l'avenir.

— Je te répondrai par les mots d'un vieux sage : « Aujourd'hui nous sommes parce que des hommes furent. »

1. Parfois identifiée à l'ensemble du Maghreb, parfois limitée géographiquement à une seule province, l'Ifriqiya correspondait à la Tunisie, la Tripolitaine (nord-ouest de la Libye) et au Constantinois (est de l'Algérie).

3

De retour chez lui, Abraham Maïmoran se précipita dans la pièce où il rangeait ses manuscrits. Des dizaines, des centaines de manuscrits. Il saisit délicatement l'un d'entre eux, protégé par un étui en peau. Sur la page de garde était écrit : « Chroniques berbères ».

Il se laissa choir sur un divan.

Je m'appelle Marek.

Voilà plus de quarante ans que les Arabes tentent de nous prendre nos terres. Des terres sur lesquelles nous vivons, nous les Berbères, depuis la nuit des temps.

Certains nous disent originaires de la Terre de Canaan. D'autres assurent que nous venons d'Éthiopie. Moi, je peux vous affirmer qu'en des temps très anciens, nos pères ont résidé ici, dans le pays des Libyens[1], puis ils se sont aventurés plus à l'ouest, jusqu'aux colonnes d'Hercule. Ils ont peuplé les plaines, les montagnes, et ils ont fondé des royaumes. Certains d'entre nous se sont convertis au christianisme, d'autres au judaïsme,

1. Les Grecs désignaient sous le nom de « Libye » une vaste région d'Afrique aux limites indéterminées.

d'autres conservèrent leurs habitudes idolâtres. Je ne sais à quel moment, on nous surnomma les « Berbères ». Un terme censé désigner des gens dont on ne comprend pas la langue ; appellation méprisante donnée par des êtres convaincus d'appartenir à une civilisation supérieure.

Nous, nous nous sommes nommés autrement : les Imazighen. Hommes libres.

Aujourd'hui, en l'an 683, un général musulman et son armée s'apprêtent à nous attaquer. Ce ne sera pas la première fois. Je vous l'ai dit : voilà des décennies que ces étrangers venus de la péninsule arabique cherchent à nous dévorer pour continuer d'étendre leur empire. Un empire pourtant déjà immense.

À l'heure où j'écris, Oqba ibn Nafi – c'est le nom de ce général – a pris ses quartiers dans la ville qu'il a fondée. Un camp retranché. Il lui a donné le nom de Kairouan. C'est en partant de ce lieu qu'il a l'intention de reprendre la conquête du Maghreb. Il y a quelques années, envoyé par un calife omeyyade, ce paladin de l'islam était parvenu jusqu'à Tanger, jusqu'aux rives de l'Atlantique. Il a fait avancer son cheval dans les flots jusqu'au poitrail et s'est écrié : « Ô Dieu, si cette mer ne m'en empêchait, j'irais en des contrées plus lointaines encore pour combattre tous ceux qui adorent d'autres dieux que toi ! » Après quoi, il a plongé son glaive dans l'océan « pour en prendre possession au nom d'Allah, le Miséricordieux ». Mais c'est sans doute une légende arabe. Les musulmans se nourrissent de légendes.

Aujourd'hui, si le général est de retour, c'est pour parachever son œuvre funeste. Il veut en finir avec nous et avec notre chef, Koseïla. Le prince des Aurès. Koseïla, mon ami, mon frère.

Nous l'attendons de pied ferme et nous le vaincrons comme nous avons vaincu les Byzantins, les Romains, les Vandales.

Biskra, la porte du désert[1], juin 683

À perte de vue s'étirent la plaine et les palmiers. Un vent brûlant souffle dans les palmes avant de s'écraser au pied du tertre où se dresse le palais de Koseïla.

Koseïla et moi avons sensiblement le même âge : trente-cinq ans. Il a vu le jour dans la tribu des Awraba, moi dans celle des Djarawa. Mais c'est le même sang berbère qui coule dans nos veines. Un détail nous distingue : Koseïla est chrétien, je suis juif. Une distinction qui me pousse souvent à moquer mon ami : « Vous les chrétiens n'êtes rien d'autre que des juifs dissidents ! » Et de surenchérir : « De toute façon nous, les juifs, sommes ici depuis bien plus longtemps que vous, les chrétiens ! » En quoi je n'ai pas tort. C'est dans les synagogues que commença le prosélytisme chrétien.

Nous avons beaucoup ri, Koseïla et moi, en apprenant par l'un de nos espions, un Byzantin, que le général Oqba avait juré de nous découper en morceaux et de jeter nos membres aux vautours. Pourtant, l'Arabe a commis une erreur fatale. À son retour du cap Ghir[2], il a scindé ses forces en deux, renvoyant vers l'Égypte le gros de son armée chargée d'escorter le fruit de leurs pillages, et n'a conservé auprès de lui que cinq mille hommes. Nous sommes quatre fois plus nombreux.

Il me souvient que des brumes s'enroulaient autour des dunes. La chaleur était suffocante, comme si un serpent se lovait autour de votre gorge. Des ombres se profilaient. Sous le pas des chevaux, l'herbe sèche craquait comme de la paille. C'était l'armée du général Oqba. Il trônait en tête avec l'assurance des guerriers invaincus. Il marchait vers nous, loin de se douter que

1. Nord-est du Sahara algérien.
2. Au nord-ouest d'Agadir.

nous étions déjà venus à lui. Lorsque le prince des Aurès jugea le moment opportun, il tira son épée de son fourreau. Ce fut le signal.

Notre cavalerie a déferlé sur les Arabes telles les vagues sur les grèves de Taghazout.

Dans ce tourbillon de fin du monde, je voyais bien que Koseïla ne cherchait qu'un seul homme : Oqba. C'est Oqba qu'il voulait. Mais ce fut seulement à la nuit tombée, une fois le champ de bataille déserté par l'ennemi en déroute, qu'il le trouva. Il gisait sur le dos. Mortellement blessé, il appelait à l'aide sans trop y croire. Koseïla s'est approché et d'un coup sec il lui a tranché la jugulaire. Notre victoire était totale.

Quelques jours plus tard, nous nous sommes retrouvés autour d'un agneau embroché sur un tapis de braises. On lisait encore sur nos traits les marques du combat passé. Curieusement, Koseïla avait l'air soucieux. Il me dit : « Il m'a été rapporté que lorsque le général Amr ibn al-As avait demandé au calife Omar l'autorisation de conquérir notre pays, celui-ci la lui avait refusée en lui disant : "C'est ici, en Égypte, et non en Ifriqiya, que doivent s'arrêter les limites de l'empire. D'ailleurs ce pays ne s'appelle pas l'Ifriqiya, mais Moufarriqa[1]." »

Comme je ne comprenais pas où mon ami voulait en venir, il a ajouté : « La fondation de Kairouan indique clairement que les musulmans ont décidé de s'établir définitivement chez nous et de conquérir tout le Maghreb. Nous avons vaincu Oqba, mais d'autres armées arabes viendront. Tôt ou tard ils vaincront. »

J'ai protesté : « Jamais ! Nous, les Berbères, sommes des

1. Il y a dans la phrase arabe un jeu de mots intraduisible ; *moufarriqa* signifie littéralement « celle qui provoque la dispersion ». Le calife craignait que de reculer exagérément les limites de l'empire arabe ne provoque sa dislocation.

arbres plantés depuis des milliers d'années. On ne déracine pas ce genre d'arbres ! Et même si par malheur nous succombions un jour, nous deviendrons peut-être des musulmans, mais jamais des Arabes ! »

Et j'ai ajouté : « Tu as parlé de Kairouan. Selon toi, c'est de là que les Arabes auraient l'intention de lancer leurs futures attaques. Très bien. Alors tu sais ce qu'il nous reste à faire ! »

Koseïla approuva. « Nous allons prendre Kairouan ! »

Abraham Maïmoran posa le manuscrit sur ses cuisses et resta un long moment songeur. Étrange émotion que celle que l'on éprouve à lire les propos d'un inconnu, mort il y a si longtemps. Ce Marek, qui était-il ? Finalement, il se leva, rangea les feuillets dans leur étui. Mais il savait déjà que ce récit – cette légende –, ces parcelles d'une mémoire passée allaient lui permettre de mieux comprendre le présent.

4

Marrakech, juin 1672

Casimir Giordano s'éveilla en sursaut, tiré de son sommeil par un incroyable tintamarre. Il se précipita à la fenêtre. Des gens couraient dans tous les sens en poussant des cris. Autour de la fontaine chrob, des femmes se bousculaient pour faire le plein d'eau. Était-ce la fin du monde ? Il enfila une djellaba et déboula dans la rue. Un homme armé d'un *bouchefar*, un fusil à pierre, manqua de le renverser, un autre l'apostropha :

— Rentre chez toi, *tabib*[1], si tu ne veux pas mourir ! L'armée de Moulay Ismaïl est à nos portes. Que nous ayons reconnu son neveu, Ahmed Mahrez, comme nouveau sultan l'a rendu fou de rage.

Casimir voulut l'interroger, mais l'homme s'était évanoui dans la foule. Il pensa : s'il devait y avoir affrontement il y aurait nécessairement des blessés. Il se précipita chez lui et récupéra la besace qui contenait ses instruments.

1. Docteur.

*

Sur un signe de Moulay Ismaïl, une douzaine de canons s'alignèrent à une centaine de mètres de Bab al-Robb, la porte principale de la ville rouge, tandis que les Guichs restaient en retrait. Le sultan gardait l'œil rivé sur les cimes de l'Atlas. Peut-être cherchait-il à y lire une histoire ? Celle des vainqueurs et des vaincus, le couchant des Idrissides, des Almoravides, le triomphe des Almohades, des Mérinides, des Wattassides, des Saadiens. Autant de dynasties qui, au fil des siècles, avaient surgi dans le bruit et la fureur et s'en étaient allées avalées par le silence.

C'était le passé.

Aujourd'hui, il s'agissait de la survie d'une nouvelle dynastie, celle que portait le nouveau sultan, celle des Alaouites.

— Sidnâ, nous sommes prêts.

Le sultan opina de la tête.

Pourquoi ces perpétuels conflits entre gens du même sang, d'une même famille ? Pourquoi cette ambition qui dévore tous les liens ?

Il flatta l'encolure de son cheval. Pendant quelques instants, les lueurs pastel de l'aube conférèrent à sa peau un teint plus clair et adoucirent la noirceur de sa barbe. Il prit une brève inspiration, referma les doigts sur le pommeau de son sabre et murmura :

— Si Dieu m'a donné le royaume, nul ne peut me l'ôter.

Se tournant vers les canonniers, il ordonna :

— Feu !

Aussitôt douze bouches de bronze remplirent le paysage de leurs détonations. Ce fut comme si la foudre sillonnait les airs alors que les boulets se précipitaient sur les murailles.

*

Casimir Giordano arriva sur la place Jemaâ el-Fna et se figea, saisi de stupeur. Alors qu'habituellement cette place grouillait de monde, elle était déserte et silencieuse. Personne. Ni marchands, ni montreurs de serpents ou de singes. La psalmodie des tambourins, l'entrechoquement des coupelles de cuivre des porteurs d'eau s'étaient tus et même les femmes qui, habituellement, se bousculaient pour dessiner dans votre main des volutes de henné, même les femmes avaient disparu.

Il allongea le pas, prit la direction de la Koutoubia dont le minaret, tel le doigt de Dieu, désignait le ciel. Et si par la faute de cette guerre ce pur chef-d'œuvre de l'art almohade venait à être détruit ? Il refusait d'y croire. Il passa le long des boutiques des libraires, elles aussi désertées, et déboucha quelques minutes plus tard non loin de Bab al-Robb, dans le sud de la ville. Si le combat devait avoir lieu, c'est en cet endroit et pas ailleurs qu'il se déroulerait. Cette porte jouait un rôle défensif de premier ordre. En l'empruntant on accédait directement à la casbah, le quartier fortifié de la ville, et au palais. D'ailleurs, si un doute subsistait, il n'était qu'à voir les centaines de soldats rassemblés armés de lances et de fusils à pierre. Dominant le groupe, un cavalier d'une trentaine d'années, le visage orné d'une barbe en collier, allait et venait en criant des ordres.

— Hé le roumi ! Que fais-tu là ? Dégage !

— Je suis médecin. Je veux aider.

— Alors, fais comme bon te semble. Tu...

Le soldat n'acheva pas sa phrase. Un boulet heurta son crâne de plein fouet. Il s'écroula comme une masse. Casimir s'agenouilla spontanément près de lui tout en étant conscient qu'il était trop tard. Il palpa la jugulaire et sentit le pouls mourir sous ses doigts.

*

Moulay Ismaïl fit signe aux Cheragas d'avancer.

Pour lui, il ne faisait pas de doute que les remparts trop vétustes ne résisteraient pas longtemps au déluge de feu. En effet, une dernière salve creusa une brèche suffisamment large pour permettre aux troupes de s'engouffrer. Moulay Ismaïl ordonna l'assaut.

Casimir Giordano eut l'impression d'être pris dans un maelström. Les combattants se repoussaient, s'entredéchiraient, s'enchevêtraient, reculaient pour mieux se reprendre. Ce fut pur miracle s'il réussit à échapper à ce tourbillon pour se réfugier quelques ruelles en contrebas, vers la place des ferblantiers. Le souffle court, il se laissa choir et n'osa plus bouger jusqu'au moment où, soudain, il vit surgir un homme, une *koummiya,* un poignard recourbé, à la main. Il remarqua tout de suite qu'il était blessé à la cuisse gauche et saignait abondamment. Arrivé à sa hauteur, l'homme chancela, mit un genou à terre tout en pointant son poignard vers la poitrine de Casimir.

— Prends garde !

— Mais je...

— Aide-moi à me relever !

— Tu saignes abondamment, il faut...

— Aide-moi te dis-je ! Je suis Moulay Mahrez, le sultan !

Casimir se ressaisit.

— Et moi je suis médecin. Tu vas mourir si nous ne stoppons pas l'hémorragie. Laisse-moi te soigner.

Mahrez – c'était bien lui – déplaça la pointe de sa lame vers le cou du Marseillais.

— Si tu es médecin, fais ce qu'il faut, et vite !

Alors qu'il déchirait le sarouel du blessé pour mettre la plaie au jour, il se vit entouré par une dizaine de cavaliers.

Ahmed Mahrez ordonna :

— Laissez-le tranquille ! Il est médecin.

Casimir retira de sa besace une petite fiasque et en ôta le bouchon.

— Je vous préviens, ça va brûler.

— Qu'est-ce que c'est ?

— De la mahia[1].

— Verse !

Lorsque l'alcool coula sur la blessure, Mahrez ne manifesta pas l'ombre d'une réaction ; pas même un raidissement. Casimir plongea de nouveau sa main dans la besace et en sortit une bandelette. Il la noua fermement autour de la cuisse, en amont de la blessure.

— Sachez que l'action de ce garrot n'est qu'éphémère. Dès qu'il sera ôté, sans autre intervention chirurgicale, le saignement reprendra, et si vous le gardez posé trop longtemps vous risquez la putréfaction des tissus.

Mahrez n'écoutait pas.

Il tendit sa main vers un des soldats et ordonna.

— Un cheval !

1. Eau-de-vie. Originaire du Maroc, elle était historiquement produite par les Juifs.

Quelqu'un lui tendit la bride d'une monture et l'aida à l'enfourcher.

— Suivez-moi ! Au nord ! hurla-t-il. Au nord !

Casimir mit quelques minutes avant de reprendre ses esprits. À peine s'était-il levé que deux soldats surgis d'on ne sait où l'empoignèrent.

*

— Mawlana, c'est lui. Des témoins l'ont vu qui soignait Mahrez.

Agenouillé devant Moulay Ismaïl, Casimir Giordano se dit qu'il vivait un cauchemar.

La voix du sultan claqua :

— Est-ce la vérité ?

— Oui, monseigneur. Je suis médecin.

— *Son* médecin ?

— Non ! Je me trouvais dans une ruelle derrière Bab al-Robb quand votre neveu s'est écroulé devant moi. Il saignait. J'ai trouvé naturel de...

— A-t-il dit quelque chose ? Sais-tu où il a fui ?

— Je l'ai entendu parler du nord. L'Atlas, je suppose.

Il y eut un bref silence, puis :

— Crois-tu qu'il survivra à sa blessure ?

— S'il ne reçoit pas très vite les soins adéquats, je crains que non.

— Détrompe-toi. Il y a des hommes aussi tenaces que la mort. Ahmed Mahrez est de ceux-là.

Il commanda aux gardes :

— Emmenez-le ! Je statuerai plus tard sur son sort.

Casimir hurla :

— Seigneur ! Il faut que je vous parle... Votre frère, le sultan Rachid ibn Chérif... J'étais son...

Mais c'était trop tard. Moulay Ismaïl était reparti au galop.

À l'heure du couchant, toute la population, en longues rangées successives, vint se jeter à ses pieds afin de lui prêter serment d'allégeance et implorer son pardon. À leur grande surprise, sans doute en raison du peu d'effusion de sang dans les rangs de son armée, le sultan fit montre de bienveillance et leur fit promettre qu'aucune forme de soutien ne serait plus jamais accordée à son neveu s'il réapparaissait un jour. En revanche, le gouverneur de la ville n'eut pas droit à la même magnanimité : il fut décapité en place publique.

*

La pleine lune flottait au-dessus de la coupole du palais Al Badi, « l'incomparable », que certains considéraient comme l'une des merveilles du monde. On affirmait que tous les ans, le 4 août, on entendait des sons mystérieux, le hennissement des chevaux et le choc des épées. Seuls les incroyants refusent de croire au surnaturel. Le 4 août était la date anniversaire de la glorieuse victoire marocaine, la fameuse bataille dite des Trois Rois. Elle avait mis en présence le sultan en titre, Moulay Abd al-Malek, rongé par la maladie, et son neveu, le sultan déchu, Al-Moutawakil. Aux deux rivaux s'était joint Dom Sebastião, le jeune roi de Portugal.

Pour ravir le trône à son oncle, Al-Moutawakil n'avait rien trouvé de plus inepte que de faire appel à l'ennemi héréditaire du Maroc : le Portugal. Trop heureux, Dom Sebastião s'était empressé de répondre favorablement, non sans avoir reçu la bénédiction du pape Grégoire XIII.

Il avait pris la mer à la tête d'une flotte de trois cents voiles et débarqué au Maroc avec l'intention secrète de ne plus en repartir.

Le 3 août 1578, les troupes portugaises atteignirent la rive droite du Ouadi al-Makhazin. Informé par ses espions du mouvement des troupes ennemies, Moulay Abd al-Malek dressa son camp dans la vaste plaine située sur la rive gauche du fleuve, à quelques centaines de mètres des positions ennemies. Il paraît que ce jour-là, il était habillé de brocart et de draps d'or, comme pour un jour de fête, la tête couverte d'un bonnet à plumes orné de pierres précieuses et armé d'un sabre à la poignée sertie de rubis et de turquoises !

Repoussant les conseils de ses officiers qui lui demandaient de permettre à ses soldats de souffler, Dom Sebastião décida de passer à l'attaque dès le lendemain, 4 août. Il signait sa perte.

Alors qu'ils approchaient du gué, les milliers de cavaliers du sultan se jetèrent sur les Portugais qui, pendant un court moment, se crurent victorieux avant d'être écrasés. Malheureusement, le sultan, blessé à mort et miné par la maladie, ne put savourer sa victoire. Il rendit l'âme à la tombée du jour. Quant à ses deux adversaires, Dom Sebastião et Al-Moutawakil, ils périrent noyés alors qu'ils tentaient de fuir. Le corps de ce dernier fut repêché, écorché, empaillé et promené dans les villes du Maroc. Il dut à cette triste fin le titre de « l'Écorché ».

Ce jour-là fut un triomphe pour le Maroc et un incommensurable désastre pour le Portugal. C'est pour commémorer ce jour faste que le successeur d'Abd al-Malek, son frère cadet, le grand Al-Mansour Ad-Dhahbî, décida de la construction du palais Al Badi.

Assis sur un tapis au cœur d'une immense salle couverte de faïences et de mosaïques, entouré de ses lieutenants, Moulay Ismaïl écoutait en silence leur rapport. De temps à autre, il piochait une datte dans un bol que l'on avait disposé près de lui. En guise de repas, il eût pu aisément se limiter à ce fruit. Il n'avait jamais supporté les festins ; un plat de couscous suffisait à le combler ; une frugalité qui se retrouvait aussi dans la simplicité de ses tenues.

— Et maintenant, sidnâ, quelles sont vos intentions ? s'enquit le général Al-Farsi.

— Mes intentions ? Autant me demander de dénombrer les étoiles.

Le sultan prit une courte inspiration.

— Avant toute chose, je vais faire transporter le cercueil de mon frère à Fès. Je sais que c'est là qu'il souhaitait reposer. Ensuite...

Il fixa ses lieutenants.

— Croyez-vous que l'on puisse surmonter l'insurmontable ?

— Mawlana, questionna l'un des officiers, que voulez-vous dire ?

Le sultan répéta :

— Surmonter l'insurmontable.

— Je ne sais pas, seigneur, intervint Al-Farsi. Il existe parfois des tâches qui dépassent les forces d'un homme ou certaines choses qui sont impossibles à acquérir.

Une lueur éclaira les prunelles de Moulay Ismaïl.

— Tu te trompes. Il n'existe que deux choses impossibles à acquérir : le don de la poésie et un rossignol dans la voix.

5

Meknès, avril 1673

Vamos al trabajo, cornutos ! Au travail, cocus !

La voix du gardien résonnait sous la voûte, grinçante, insupportable. Cette manie que les gardiens avaient prise de s'exprimer en espagnol ! Évidemment, pour un détenu français on en comptait dix originaires de la Péninsule.

Les fers aux pieds, Casimir serra les dents et poursuivit la tâche qu'on lui avait attribuée : gâcher du mortier.

Voilà presque un an qu'il croupissait dans ce *matemore*, l'une de ces prisons souterraines que l'on fermait avec une grille de fer et dans laquelle s'entassaient pêle-mêle ceux qui avaient eu la malchance d'être capturés par les pirates, transformés du jour au lendemain en esclaves ou en monnaie d'échange. Casimir, lui, ne faisait aucunement partie de cette catégorie. Alors pourquoi diable l'avait-on enfermé avec ces gens ? D'ailleurs, pourquoi l'avait-on emprisonné tout court ?

Le gourbi dégageait une odeur pestilentielle. Soutenu par des piliers de briques, il n'était relié au monde des vivants que par une échelle de corde que l'on retirait tous les soirs. Quant aux lits superposés, ils se résumaient à des nattes de jonc gorgées d'humidité. Quelques-uns avaient droit à une peau de mouton ou de chèvre en guise de matelas ; un privilège, le seul, accordé à Casimir lorsque les gardes avaient appris qu'il était médecin. Pour le reste, il partageait le quotidien des autres prisonniers : travailler la terre du lever au coucher du soleil, ramasser des olives, arracher les mauvaises herbes ou construire des murs d'argile dont on se demandait à quoi ils servaient.

Mais quel blasphème avait-il proféré pour connaître pareil sort ?

« Je statuerai plus tard sur son sort », avait déclaré le sultan.

Depuis, plus rien, sinon qu'après ces mots et en dépit de toutes ses protestations, on lui avait ligoté les poignets derrière le dos et on l'avait traîné de Marrakech à Meknès en compagnie de soldats rescapés de l'armée d'Ahmed Mahrez pour le jeter dans ce cul-de-basse-fosse. Heureusement, il arrivait que, de temps à autre, des prêtres, des laïcs aussi, leur rendent visite. Parmi eux il y avait des Français qui appartenaient à l'ordre de la Sainte Trinité, les Trinitaires. D'autres – de loin les plus nombreux – étaient des Espagnols, membres de l'ordre de Notre-Dame-de-la-Merci. Étonnamment, on les avait autorisés à administrer le baptême, à confesser ou (quand ils n'arrivaient pas trop tard) à donner l'extrême-onction. Ce n'était qu'un aspect mineur de leur présence. En réalité, ces « rédempteurs » étaient chargés d'une tâche autrement plus importante : le rachat des prisonniers chrétiens non seulement au Maroc, mais sur toute la côte des Barbaresques. Tâche d'autant plus complexe que les deux confréries se livraient une concurrence aussi farouche que stérile. Séquelles de la guerre qui les avait opposés pendant vingt-quatre ans, c'était à qui, de l'Espagne ou de la France, se montrerait la plus influente dans la région, et le rachat des captifs avait pris la forme d'un enjeu stratégique.

Tout était parti du port de Salé-le-Neuf (l'actuel Rabat), au bord de l'Atlantique, sur la rive droite du fleuve Bouregreg. À partir de janvier 1609, à la suite d'un décret édicté par le roi Philippe III, on vit des centaines de Hornacheros[1], mais aussi des morisques, des musulmans convertis au catholicisme, débarquer dans ce lieu. Ce décret fut en quelque sorte l'acte de naissance de la « guerre maritime ».

À l'abri des attaques, derrière les hauts-fonds qui protégeaient l'entrée de l'embouchure du fleuve, les corsaires avaient prospéré. Dans un premier temps, pour se venger d'avoir été chassés d'Espagne, ils avaient commencé à s'attaquer aux navires battant pavillon espagnol, mais très vite d'autres pays furent pris pour cibles. La France ne fut pas épargnée. Elle était même devenue l'un des États européens à souffrir le plus de ces déprédations.

Pourtant, malgré les apparences, la piraterie n'était pas vraiment l'apanage des Marocains, mais celui des Européens. Ce sont eux que l'on trouvait essentiellement à la tête des navires. Le célèbre Jan Janszoon avait vu le jour en Hollande. Après s'être converti à l'islam, ce curieux personnage avait adopté le pseudonyme de Mourad Raïs et s'était aventuré jusqu'en Islande, où il avait enlevé trois cents hommes, femmes et enfants.

Les Génois, eux, faisaient surtout la traite des Blanches pour approvisionner de belles Circassiennes les harems

1. Musulmans issus de la ville de Hornachos.

d'Asie, d'Égypte, du Maghreb. En bref, l'insécurité était générale sur mer. Ce qui ajoutait à la complexité de l'affaire, c'était l'attitude de la monarchie française. Il était bien connu que les captifs musulmans qui constituaient les équipages avaient la réputation d'être d'excellents rameurs. Y renoncer pour des captifs français dont ni l'âge ni la compétence n'étaient garantis n'enchantait guère les autorités. Refusant de dépeupler ses chiourmes, la France privilégiait donc le rachat, tandis que le Maroc exigeait l'échange. Situation inextricable, négociations interminables, alors que pendant ce temps, des deux côtés de la Méditerranée, des hommes souffraient. Louis XIV fulminait et son secrétaire d'État aux Affaires étrangères, Charles Colbert de Croissy, menaçait régulièrement d'instaurer le blocus du port de Salé, alors que, dans le même temps, il avait accordé aux armateurs le droit de répliquer. Stratégie des plus avantageuses, car l'armement des navires était à la charge de leurs propriétaires et l'État recevait une partie de la revente du butin.

— Giordano ! *Ven aquí !*

Le Marseillais lâcha la truelle.

— *Vienes ?*

— J'arrive !

Un homme était debout près du gardien. Un prêtre. À la croix pattée rouge et bleu qui ornait le devant de son scapulaire, à ses pieds nus, il reconnut immédiatement un trinitaire. Sitôt qu'ils furent face à face, l'ecclésiastique déclara :

— Je me présente, Julian Pastor. Vous êtes médecin, m'a-t-on dit.

— En effet.

— J'ai besoin de vous. Le sultan Moulay Ismaïl nous a

accordé l'autorisation de construire un dispensaire sur un terrain désaffecté, à la condition que nous le financions. Nous y sommes parvenus, grâce aux dons récoltés en France, mais aussi auprès de négociants musulmans et juifs.

— Félicitations. Lorsque l'on connaît la dureté du sultan, c'est un miracle.

Le prêtre sourit avec bienveillance.

— Vous savez, docteur, il circule en Europe bien des récits imaginaires.

— Ce que je vis ici depuis un an n'a rien d'imaginaire. Nous ne sommes guère mieux considérés que du bétail.

— Je vous crois. Mais dites-vous que la souffrance sévit des deux côtés. Avez-vous une idée de la manière dont sont traités les captifs maures en France ? À leur arrivée, on leur rase le crâne et on leur enfonce ensuite dans l'épaule un fer rougi au feu sur lequel figure le « blason » de leur nouveau corps : trois lettres, « G A L », pour galérien, surmontées d'une fleur de lys. On les enchaîne ensuite à fond de cale pendant des mois avec pour toute nourriture un régime constitué d'eau et de biscuits secs, et ils sont fouettés lorsqu'ils n'arrivent plus à suivre le rythme, urinant et déféquant sous leur banc. C'est un terrible fléau que l'injustice.

— Peut-être, mais c'est une constatation qui ne me console en rien. Qu'attendez-vous de moi ?

— Faire ce qu'un médecin fait le mieux : soigner. Vous n'êtes pas sans savoir qu'une épidémie de peste est en train de se répandre à travers le pays. Nous aurons besoin de toutes les âmes de bonne volonté. La vôtre en particulier. D'ailleurs, vous avez tout à y gagner.

Casimir plissa le front.

— Oui, reprit le trinitaire, vous n'aurez plus à dormir dans ce *matemore* mais au dispensaire, où une chambre et un vrai lit vous attendent. Là-bas vous pourrez manger décemment. Voilà qui devrait vous réjouir.

Le Marseillais sourit.

— J'aurais accepté de toute façon, mon père. J'ai prêté serment de soigner mon prochain. Cependant, j'aurais besoin d'instruments, de bandelettes, de tout. Je n'ai plus rien.

— Je demanderai à Fatima de s'en occuper. C'est une veuve qui nous aide autant que faire se peut. Elle a perdu son mari il y a trois ou quatre ans et élève toute seule son garçon, avec sa mère pour seul soutien. Le petit pécule que nous lui versons lui est d'un grand secours. C'est une femme admirable. Je crois savoir qu'elle est issue d'une vieille famille berbère juive qui, il y a bien longtemps, se serait convertie à l'islam.

— J'ignorais qu'il existât des juifs parmi les Berbères.

— Des juifs et des chrétiens. Il y a beaucoup de choses que vous ignorez encore sur ce pays.

*

Un soleil timide glissait à travers les moucharabiehs pour aller mourir au pied du lit où somnolait Zaydana.

Au centre de la chambre, Moulay Ismaïl, tourné face à La Mecque, récita les derniers mots de la prière de l'aube en tournant la tête à droite puis à gauche : « Que la paix et la miséricorde de Dieu soient sur vous », et il conclut en implorant trois fois le pardon d'Allah. Est-ce sa voix qui tira Zaydana de son sommeil ? Elle se redressa à moitié, laissant apparaître de petits seins, menus, des seins d'adolescente que l'on n'eût pas imaginés dans un corps d'ébène si imposant.

— Tu me quittes déjà ?

— Il le faut. Je dois recevoir mon neveu.

— Ton neveu ? Ce moins-que-rien d'Ahmed Mahrez ?

— Non. Il court toujours. Il s'agit d'un autre. Moustafa Al-Arbi. Il y a cinq ans, pour venger la mort de son père tué lors d'un combat qui l'opposait à mon défunt demi-frère, Moustafa a pris les armes et cherché à se venger. Il a échoué. Se sachant perdu, il est allé trouver refuge chez les Espagnols, à la Maâmora. Je le croyais mort. Et voilà qu'hier, un commerçant de Tanger m'a remis une lettre dans laquelle il me félicitait pour mon accession, implorait mon pardon et me suppliait de le recevoir.

— Alors qu'il a cherché à tuer ton frère ?

— Le Prophète, le salut soit sur lui, a dit : « Celui qui ne pardonne pas ne sera jamais pardonné. »

— À ta place, jamais je n'aurais accueilli ce traître.

— Celui qui veut le miel doit supporter les piqûres d'abeille. J'ai mes raisons.

Au moment où son époux marchait vers la porte, Zaydana l'apostropha :

— J'ai besoin que tu m'accordes une faveur. Je ne supporte plus la voix de celui qui est chargé de nous servir au harem. Je veux que tu m'en débarrasses.

— Tous les eunuques ont la même voix. Celui qui le remplacera ne sera pas différent.

L'expression de Zaydana se durcit.

— Ismaïl, je ne te demande pas l'impossible.

Le sultan médita brièvement avant de céder.

— Très bien, il sera fait selon ton désir. À présent, va retrouver tes consœurs.

Il se retira, salué au passage par deux gardes, gravit quelques marches qui menaient à une salle dallée de marbre. Trois portes se détachaient sur la droite. Il poussa la première et alla s'asseoir derrière sa table de travail.

Voilà un an qu'il régnait sans connaître un jour de répit. Aux menaces que faisait peser son neveu s'étaient greffées d'autres menaces qui émanaient cette fois d'un ancien gouverneur en révolte. Un dénommé Ghaïlan qui se disait pourfendeur des chrétiens et défenseur du territoire de l'islam.

Comment le Maroc pourrait-il affronter les menaces extérieures si à l'intérieur régnait l'anarchie ?

Moulay Ismaïl saisit son chapelet de la poche de son burnous et fit rouler les perles entre ses doigts. Quelle solution pour contrer la folie et pacifier ce pays une fois pour toutes ? Une seule : opposer aux armées rebelles une autre armée, mais qui, elle, serait cent fois plus puissante. Moulay Ismaïl avait en mémoire l'exemple du grand Al-Mansour Ad-Dhahbî, qui avait inclus des *'abid*, des esclaves noirs, dans ses troupes. Or, des esclaves noirs, le pays n'en manquait pas. Lorsqu'il était à Marrakech, après avoir repris la ville, un fonctionnaire zélé était venu le trouver et lui avait soumis un registre sur lequel était inscrite la liste des esclaves noirs qui firent partie de l'armée d'Ad-Dhahbî. Après sa mort, ils s'étaient éparpillés dans les environs de la ville rouge. Pourquoi ne pas les réunir ? avait suggéré le fonctionnaire. Moulay Ismaïl avait accepté.

Les hommes libres étaient des bons à rien, alors que les Noirs étaient reconnus pour leur courage et leur endurance. Une armée de *'abid*, voilà ce que Moulay Ismaïl devait constituer. Une garde noire ! Voilà un moment qu'il y songeait et il en voyait clairement les contours. Cette armée ne serait pas formée d'hommes mûrs, difficiles à dompter, mais de jeunes enfants. Ils ne devraient pas avoir plus d'une dizaine d'années, filles et garçons, et seraient formés au palais même. Les filles seraient confiées à des maîtresses qui leur enseigneraient la cuisine, les travaux de ménage, et pourquoi pas, pour les plus douées, le chant et la musique. Quant aux garçons, on commencerait par leur apprendre un métier, maçonnerie ou autre, ensuite ils entreraient dans l'armée. On leur donnerait des vêtements et on leur enseignerait le maniement des armes. Leur formation terminée, on les marierait avec les filles qui étaient arrivées avec eux et on leur donnerait un petit pécule et un trousseau. Ces troupes d'élite seraient le moyen idéal pour tenir en respect ces Marocains indociles et instaurer une paix durable dans le royaume.

Moulay Ismaïl rangea son chapelet. Son visage irradiait. Oui, l'idée était excellente.

On frappait. Un majordome se prosterna sur le seuil.

— Mawlay, monseigneur, *si* Abraham est arrivé.

— Qu'il entre.

6

Abraham Maïmoran n'avança vers le sultan qu'après s'être incliné trois fois.

— *Marhaba.* Sois le bienvenu. Viens. Assieds-toi. Je suis heureux de te voir.

Le Juif s'exécuta.

— Si je t'ai demandé de venir, c'est pour deux raisons. D'abord pour t'annoncer une nouvelle importante. Ensuite parce que je souhaitais que tu sois présent lors de l'entrevue que j'ai accordée à mon prochain visiteur. Il s'agit de Moustafa al-Arbi. L'un de mes neveux.

Abraham réprima un sursaut.

— Oui, je vois bien ta surprise, anticipa le souverain. Il se fait qu'Al-Arbi a imploré mon pardon. C'est un Alaouite, nous sommes du même sang et je n'aime pas la rancune. C'est une chaîne que l'on porte autour du cou et plus le temps passe plus elle s'alourdit.

— Vous êtes un sage, sidnâ.

— Par ailleurs, il pourrait m'apprendre beaucoup sur l'expérience qu'il a vécue chez les roumis et surtout me renseigner sur leur empereur[1], celui qu'ils appellent le Roi-Soleil. Tu connais le dicton : « L'ennemi de mon ennemi est mon ami. » Le roi des roumis guerroie contre les Espagnols, nous aussi. Donc...

— Bien sûr, mawlay. Cependant vous avez aussi mentionné une nouvelle importante.

Moulay Ismaïl marqua une pause pour donner plus de poids aux propos qui allaient suivre :

— J'ai décidé de retirer à Marrakech son statut de capitale. Après ce qui s'est passé, la ville rouge s'est dévalorisée à mes yeux. Désormais, cet honneur reviendra à Meknès. Je vais en faire un lieu prestigieux, digne de nous, du Maroc. Meknès suscitera l'émerveillement du monde entier.

— Je ne peux répondre qu'une seule chose : que le Très-Haut vous prête une longue vie.

Moulay Ismaïl poursuivit :

— Tu es au courant, n'est-ce pas, de cette maladie qui est en train de se propager à travers le pays ?

— La peste. Oui. C'est terrifiant. Mais que faire ?

— J'y ai réfléchi. Je vais émettre un décret. Il est indispensable que les familles restent confinées chez elles. Je ferai poster des gardes le long de l'oued Sebou et dans la plaine du Saïss pour empêcher les gens d'entrer à Meknès. S'il le faut, je les ferai abattre. Tous les échanges commerciaux entre les villes seront prohibés. Je ne vois pas d'autres moyens de freiner ce mal.

— Vous avez raison, seigneur, mais c'est prendre le risque de voir les vivres manquer.

1. À cette époque, il était assez courant qu'en langue arabe on use du terme « imperator », dans le sens qu'il avait dans l'Empire romain : « investi de l'imperium », le pouvoir suprême.

— Peut-être, mais entre deux maux, autant choisir le moindre.

— Et vous ? Qu'allez-vous faire ? Vous...

Abraham fut interrompu par le retour du majordome qui annonça :

— Moulay Al-Arbi, mawlana.

Le neveu du sultan se présenta sur le seuil. Figure allongée, ombragée d'une épaisse barbe brune, lèvres épaisses. Il avança en clopinant, prenant appui sur une canne. Au risque de perdre l'équilibre, il fit mine de vouloir s'accroupir aux pieds du sultan qui l'arrêta d'un geste.

— Qu'Allah te bénisse, sidnâ, dit Al-Arbi, éploré de reconnaissance. Je te remercie d'avoir bien voulu m'accorder l'honneur de me recevoir. Sache qu'il n'y a pas un seul jour au cours de ces cinq années où je ne m'en suis voulu. Je...

— Oublie. Le passé appartient au passé.

Il désigna Abraham.

— Maïmoran, mon ami, mais aussi mon argentier et mon conseiller. Assieds-toi et raconte-moi. Qu'as-tu fait de ces cinq années ?

— C'est une longue histoire, seigneur. Après quelques mois passés à la Maâmora je suis parti pour Cadix où, à ma grande surprise, le gouverneur m'a réservé un accueil des plus chaleureux et...

— Rien d'étonnant, coupa le sultan, il ne pouvait qu'exulter de nous prendre l'un des nôtres.

Al-Arbi baissa les yeux, penaud.

— Poursuis.

— On m'a baptisé – contre mon gré, je vous le jure –, affublé du nom de Don Agostino de Tafilalet, avec le grade de colonel, on m'a nommé à la tête d'un corps de cavalerie et envoyé à Milan[1]. Ensuite, je fus muté en Flandres, où le roi de France venait de déclarer la guerre à la Hollande et menaçait d'occuper les places espagnoles. Ce furent de mornes journées tourmentées par le manque de mon pays jusqu'au jour où j'ai appris la mort de votre frère, qu'il repose en paix, et votre accession au trône. Dès lors, je n'ai plus eu qu'une seule idée en tête : déserter pour retrouver ma terre natale. Ce ne fut pas simple, mais j'ai réussi à prendre un bateau qui partait pour Ostende et de là je me suis rendu à Londres. Je préfère ne pas m'éterniser sur les conditions de mon séjour là-bas. J'ai mené l'existence d'un paria, j'ai été obligé de mendier, des voyous m'ont agressé.

Il montra sa jambe.

— Ils m'ont planté un couteau dans la cuisse. La gangrène a failli m'emporter. Ce fut une période indigne...

— Indigne surtout d'un Alaouite, souligna Maïmoran.

— Oui. J'en ai honte. Il y a quelques semaines, enfin, j'ai obtenu de l'Amirauté britannique de me rendre dans leur enclave à Tanger. Ils ont sollicité le gouverneur de la ville pour qu'il m'aide à négocier mon retour. Réticent au début, cet homme m'a mis en rapport avec un marchand que vous deviez recevoir. Je lui ai donc confié un pli à votre intention. Vous connaissez la suite...

— Voilà un bien étonnant parcours, mon neveu.

— Étonnant, peut-être, mais usant.

— Revenons au roi des roumis. Figure-toi que lorsque j'étais à Marrakech, en consultant les papiers laissés par mon frère, j'ai pris connaissance d'une lettre que Louis XIV lui avait adressée trois mois avant que la mort ne nous l'enlève.

1. Depuis 1535, le Milanais était intégré à l'Empire espagnol. Il le restera pendant près de cent soixante-dix ans.

Le Français félicitait Moulay Rachid ibn Chérif pour ses succès militaires et lui faisait part de son désir de négocier un échange de prisonniers. Il souhaitait aussi conclure un traité de paix entre la France et le Maroc et se proposait de nous envoyer l'un de ses représentants, un dénommé Samuel Roy. Or, quelques semaines plus tard, une escadre française de dix vaisseaux, commandée par un marquis dont j'ai oublié le nom, bombardait le port de Salé. Évidemment, les Français n'ont pas pu aller plus loin à cause de la barre qui, à l'embouchure du Bouregreg, rend impossible aux bateaux d'un trop lourd tonneau l'entrée dans le port. Comment expliquer pareille duplicité ? D'une part on veut la paix, de l'autre on nous fait la guerre. Pour preuve, cette nouvelle missive que j'ai reçue il y a deux jours de l'empereur des roumis. C'est une copie mot pour mot de celle qu'il avait envoyée à mon frère. Il réitère son intention de négocier et il se propose de nous envoyer un représentant, le même Samuel Roy. J'ai évidemment refusé !

— Pour quelle raison ? s'étonna Maïmoran.

— Pour quelle raison ? Je me suis renseigné, figure-toi. Ce Samuel Roy n'est qu'un vulgaire marchand. Il est indigne de représenter la France et plus indigne encore d'être reçu par le commandeur des croyants !

Moulay Ismaïl balaya l'air avec agacement.

— L'esprit français est bien tortueux !

— Puis-je vous éclairer, mawlana ? proposa Al-Arbi.

Le sultan l'encouragea.

— Un jeu.

— Un jeu ?

— Oui, sidnâ. Un jeu qui porte un nom : la politique. Lors des cinq années passées en Europe, j'ai beaucoup appris et retenu de nombreuses choses, parmi lesquelles une incapacité des dirigeants de ce continent à vivre en paix. La France veut l'emporter sur les Espagnols et, à défaut d'avoir pu les vaincre après leur avoir fait la guerre pendant un an, elle s'est retournée il y a peu contre leurs possessions en Hollande et a donc déclaré la guerre aux Hollandais. Les Anglais ont prêté leur soutien aux Français. L'Autriche est venue au secours des Hollandais. L'Espagne les a rejoints et à l'heure où nous parlons les affrontements se poursuivent. Je vous citerai aussi les Portugais, qui ne portent pas les Espagnols dans leur cœur. Et sur tout cet ensemble aussi complexe que violent flotte une ombre menaçante : celle des Turcs, qui contrôlent la plus grande partie des côtes méditerranéennes et ces territoires que les Occidentaux appellent les « États barbaresques[1] ». Pour revenir à votre question, il n'est pas improbable que le roi français, fort de ses récentes victoires, en mer et sur terre, ait changé d'avis à notre égard. D'où le bombardement de Salé. Comme vous pouvez le constater, rien n'est simple, mawlana.

Moulay Ismaïl se pencha vers son neveu.

— Je suis impressionné par tes connaissances et j'en retiens que le personnage central reste Louis XIV. Parle-moi de lui.

Et Al-Arbi parla. Il décrivit avec force détails tout ce qu'il avait retenu sur le Roi-Soleil. Il lui dit combien les pratiques religieuses tenaient une place essentielle dans sa vie, le temps qu'il consacrait à la prière. Il lui expliqua aussi que, lors des combats que l'armée française avait livrés contre les Hollandais et les Espagnols et même les Autrichiens, elle avait offert une prestation plus qu'honorable et sur tous les fronts, à terre comme en mer. Il lui précisa aussi

1. Alger, Tunis, Tripoli.

avec quelle main de fer le souverain dirigeait le pays et de quelle façon il surveillait les grands corps de l'État, n'hésitant pas à mater toute rébellion ouverte par l'envoi de troupes royales, imposant la censure sur toutes les publications. Il expliqua aussi le goût de Louis XIV pour le faste, ses palais, sa passion pour l'architecture, l'art en général.

Avant de conclure, il crut bon de préciser :

— J'aimerais aussi vous signaler un point qui n'est pas sans intérêt : ce roi n'est pas un tendre. Lorsque j'étais en Hollande, on m'a rapporté qu'après avoir capturé deux bourgs, il avait ordonné que l'on brûle toutes les maisons, ne laissant que des corps consumés et sans sépulture. On m'a même assuré qu'il ne s'était pas opposé lorsque ses soldats avaient enfermé des familles entières dans leurs habitations où ils les ont fait périr dans le feu. Oui, répéta Al-Arbi, ce roi n'est pas un tendre.

— Mon cher neveu, sache que la force est toujours juste lorsqu'elle est nécessaire, ce qui est le cas aujourd'hui pour notre pays. C'est pourquoi je me montrerai tout aussi impitoyable que le Français. Quoi qu'il en soit, il serait bien utile que la France et le Maroc parviennent à un accord. Ils formeraient une grande puissance et ensemble nous pourrions mettre l'Espagne à genoux. Il faudrait y réfléchir car il n'est pas question que moi, Moulay Ismaïl, je quémande la paix, ce sera à Louis XIV de faire le pas.

— Certainement, sidnâ, approuva Al-Arbi.

— Sachez aussi que j'ai eu récemment la visite du caïd de Salé, Abdelkader Maânino. Fonction qu'il occupe depuis sept ans.

— C'est une vieille connaissance, s'exclama Al-Arbi. Il est descendant de hornacheros et son frère, Ali Maânino, est un pirate réputé.

— Au cours des dernières années, Abdelkader a noué des liens avec les marchands les plus importants et les notables de la ville ; juifs, chrétiens, musulmans. Il fut fidèle à mon demi-frère, je ne doute pas qu'il fera preuve de la même fidélité à mon égard, aussi j'ai trouvé utile de le nommer gouverneur de Salé. Je lui ai donné ordre de convoquer les négociants français et leur agent consulaire pour leur annoncer que non seulement j'autorisais le commerce avec la France, mais je m'engageais à ce que les navires français se rendant chez nous munis de passeports et respectueux de nos règles ne soient pas molestés. De même, j'ai fait savoir que les religieux étaient libres de venir ici pour racheter les esclaves français et j'ai autorisé ici même, à Meknès, la présence d'un dispensaire. Voilà, me semble-t-il, de quoi rassurer Louis XIV sur mes intentions.

Le sultan se leva d'un coup.

— Mon neveu, poursuivit-il, tu es ici le bienvenu. Je donnerai des ordres pour qu'on te procure un logement. Je te conseille d'attendre que la maladie qui nous frappe décroisse. Tu as déjà pris un grand risque en venant ici.

— Allah te bénisse, mawlana. Oui. Je partirai dès que les choses iront mieux. J'irai à Salé proposer mes services à Abdelkader Maânino. Je pense que je pourrais lui être utile dans ses négociations avec les roumis.

Moulay Ismaïl opina, mais on le sentait déjà ailleurs.

Sans doute rêvait-il à la nouvelle Meknès, qui devrait susciter l'émerveillement du monde entier. Ou alors songeait-il à égaler la fermeté dont le Roi-Soleil faisait preuve pour gérer son pays. À bien y penser, aussi loin qu'il remontât dans le temps, seule la fermeté avait permis à ses ancêtres de survivre.

Chroniques berbères

Quelque part, au cœur de l'Aurès, juillet 683

Quel âge pouvait-elle avoir ? Vingt ans, trente ans. Mille ans.

Chez les Djarawa, on ne se souciait guère de compter les années.

Trente-six ans sans doute.

Sa chevelure rougie par le henné tombait sur ses reins. Sur son front et ses joues se détachaient trois palmes tatouées. Son regard noir avait la fixité des louves qui éveille chez ceux qui le croisent la certitude de leur fin prochaine. Elle était femme jusqu'au bout des cils et, paradoxalement, homme aussi. Elle figurait les deux moitiés de l'humanité.

Elle s'était agenouillée près de la rivière, et elle avait ramassé une dizaine de cailloux qu'elle avait lancés au hasard sur le sable en murmurant : « Je suis ce qui a été, ce qui est, ce qui sera. »

Que se passait-il dans sa tête ? Où voguait son esprit ? Son corps fut pris de frissons. Elle n'en fut pas inquiète. C'était ainsi depuis toujours dès qu'elle scrutait l'avenir. La première fois – elle devait avoir douze ou treize ans –, elle s'était affolée. Par la suite, elle avait compris qu'il en serait toujours ainsi lorsque son âme s'unirait à la terre.

Une série d'images défila. Saccadées. Une fusion d'éclairs.

Alors, elle se prit le visage entre les mains et réprima un sanglot. Ce qu'elle venait de lire dans les figures dessinées sur le sable lui glaça le sang. Non. Les dieux ne permettraient pas que cela se réalise. Impossible ! Elle devait se tromper. Elle n'était pas infaillible, cette kâhina !

La kâhina. La devineresse.

C'est le surnom que la tribu lui avait attribué. Elle le détestait. Un surnom est un déni d'identité. Elle avait déjà eu bien du mal à s'accepter telle que la nature l'avait faite !

À sa naissance, le ciel avait été témoin des cris de désespoir que son père, Tâbet, avait poussé lorsqu'on lui avait annoncé : « Tu es l'heureux père d'une fille. Sa mère voudrait l'appeler Dihia. Avec ton accord bien sûr. »

Ce soir-là, déposée sur le ventre d'Ifsan, sa mère, les yeux mi-clos, Dihia n'avait pu voir l'expression horrifiée de son géniteur, mais plus tard, lorsqu'elle fut en âge de comprendre la différence qu'il y avait entre les garçons et les filles, l'accoucheuse lui avait répété les mots de son père : « Une fille ? Une fille n'est rien qu'un creuset ! Une fille n'est qu'un ventre ! » Et lui Tâbet, le maître d'une grande nation qui fournissait depuis la nuit des temps des dynasties royales, n'aurait pas d'héritier ?

La naissance d'une fille était un signe envoyé par les divinités. Elles le châtiaient pour avoir commis un crime. Un crime ? Lequel ? Une voix lui soufflait qu'il n'aurait plus d'autres enfants, ni filles ni garçons. Et cette voix avait raison. Trois, quatre années s'étaient écoulées, Ifsan demeurait aussi stérile que les steppes arides du Sud où rien ne pousse jamais.

Le jour où Dihia prit conscience de la douleur qu'elle avait provoquée elle voulut mourir. Mourir pour renaître ailleurs. Désespérée, elle était allée s'agenouiller devant la sculpture en bois qui figurait un bélier paré d'une coiffure de forme sphérique. À la différence de certains juifs de la tribu qui se refusaient à figurer leur dieu, les autres membres ne voyaient aucun inconvénient à prier ce symbole. D'ailleurs ils étaient loin d'être les seuls Berbères dans ce cas. Une fois au pied de la sculpture, Dihia lui avait posé une question : « Une fille peut-elle devenir un garçon ? » Bien sûr, il n'y eut pas de réponse. Elle insista et finalement elle abandonna toute résistance. Sa mère voulait faire d'elle une future épouse accomplie ? Soit, elle se plierait. Elle apprit à tisser la laine et l'art de rouler la semoule. De temps à autre, il lui arrivait de se cabrer. Alors, elle se recroquevillait dans un coin de la tente et refusait de se nourrir. Sa rébellion ne durait guère longtemps.

Alors qu'elle approchait de ses dix-huit ans, sa mère l'avait convoquée.

« Ma fille, la situation ne peut plus durer ! Tu dois prendre un mari et offrir un héritier – mâle bien entendu – à ton père. Ainsi, nous pourrons toutes deux espérer son pardon. »

C'est ainsi que Dihia avait épousé Fadil, l'homme que sa mère avait choisi. La seule idée de rentrer en grâce auprès de son père avait eu raison de ses réticences. De la nuit de noces, Dihia n'avait conservé que le souvenir d'un corps allongé sur elle qui lui écrasait les seins, des gestes gauches qui se voulaient des caresses mais laissaient sa chair insensible. Elle se souvenait surtout de ce *boubbou*, ce membre qui s'efforçait de la pénétrer. Alors, dans un mouvement d'exaspération, elle avait fini par l'emprisonner brutalement entre ses doigts et l'avait introduit en elle.

Neuf mois plus tard, elle donnait naissance à un garçon.

Au comble du bonheur, ce fut Tâbet qui le nomma : il l'appela Adid.

Hélas, la joie fut de courte durée. Deux ans s'écoulèrent. Trois. Son ventre resta stérile. À moins que ce ne fût Fadil qui le fût devenu.

« Alors ? s'impatientait Tâbet. Tu es bien paresseuse, ma fille ! Un garçon c'est bien. Mais deux, c'est mieux ! »

Les semaines et les mois filèrent avec toujours cette voix qui frappait aux oreilles de Dihia comme un marteau sur une enclume.

Faire un enfant, faire un enfant pour que la voix se taise. Pour que cesse ce harcèlement.

Il cesserait et de façon totalement inattendue.

Le printemps flamboyait.

Elle chevauchait dans la vallée.

L'air était lourd de thym et de laurier et Dihia s'en imprégnait, comme elle s'imprégnait de ces profondes vallées qui contrastaient par leur vert exubérant avec la teinte fauve des plateaux rocailleux. C'était tout l'univers de la jeune femme. Sa matrice. Un univers minéral. L'Aurès. Sa vie. Sa terre.

Soudain, elle aperçut une silhouette. Celle d'un homme d'une trentaine d'années. Cheveux blonds en bataille, les yeux bleus. Le visage sillonné de ridules qui auraient pu être des balafres. Il était vêtu d'un manteau grossier. Un berger ? Dans ce cas, où était son troupeau ? Un guerrier grec égaré ? Ce n'était pas improbable. Un Arabe ? Impossible. Il avait la peau bien trop claire, presque laiteuse, et l'on pouvait distinguer sous son manteau entrouvert une tunique serrée à la taille et tombant à mi-cuisse. Aucun Arabe ne s'habillait de la sorte.

Elle tira un peu trop brutalement sur les rênes. Son cheval se cabra et manqua de la désarçonner.

Il s'approcha d'elle. Peut-être la crut-il en danger ? Il posa sa paume sur l'encolure de l'animal tout en la dévisageant. Et ce regard fut comme un tison qui brûla la peau de Dihia.

Il dit s'appeler Evangelos. Un Byzantin. Et pourtant il s'était exprimé en berbère. Un berbère très imparfait, mais du berbère tout de même.

Aujourd'hui, des années plus tard, elle se demandait toujours si un esprit maléfique ne l'avait pas habitée ce jour-là. Sinon, quelle autre explication ? Tout à coup, abandonnant toute maîtrise, la main de Dihia avait saisi celle de l'homme. Comme s'il s'y attendait, il avait levé les bras vers elle, enserré sa taille. Une fois qu'il l'eut posée à terre, il avait appuyé son corps contre le sien. Malgré elle, les lèvres de Dihia s'étaient entrouvertes. Elle avait pensé : « Je suis folle. Je suis folle. Partir, fuir, partir loin de cet homme. » Mais comment partir alors que ses jambes semblaient enracinées dans la terre et que chaque parcelle de son être implorait le contraire ?

C'est alors que les mots étaient revenus dans sa tête : « Faire un enfant, faire un enfant pour que la voix se taise. »

Neuf mois plus tard elle accouchait d'un second garçon. Bien qu'il eût les yeux bleus et des mèches blondes, la question de la paternité ne se posa pas : le géniteur ne pouvait être que Fadil.

Tâbet en pleura de joie et le nomma : Yezdia.

Elle était sauvée.

Elle dispersa les cailloux d'une main encore tremblante, remonta sur son cheval et prit la route de la place forte que la tribu avait bâtie au sommet du mont le plus escarpé de l'Aurès : le rocher des Aigles. Tout au long du trajet, elle essaya de chasser de son esprit les scènes qu'elle avait entrevues. En vain. La kâhina qui l'habitait s'entêtait à les faire défiler.

À peine était-elle rentrée que sa mère la sermonna et lui ordonna d'aller retrouver son père. Il l'attendait. Était-ce possible ? Voilà des mois que son géniteur ne lui accordait guère plus d'intérêt qu'à une chèvre. Fallait-il que ce soit aujourd'hui ? Aujourd'hui, alors que la kâhina venait de parler ?

Tâbet était assis sur un tapis de laine d'un blanc immaculé et fixait un point invisible. Dans la lumière déclinante du jour, son visage paraissait moins sec et son nez moins saillant.

Après un long moment de silence, il lui avait annoncé la mort du général Oqba et la victoire de Koseïla et il avait déclaré : « Je pars le rejoindre avec nos hommes. Il a décidé de prendre Kairouan. »

Dihia fut à deux doigts de faire observer à son père – septuagénaire – qu'il n'était plus en âge de batailler. Mais elle n'osa pas. Comme elle n'osa pas lui faire part de la prédiction de la kâhina. C'était impossible ! On ne sème pas la crainte dans le cœur d'un guerrier qui s'apprête à rencontrer l'ennemi. Elle devait pourtant...

Mais la décision dont il lui fit part ensuite la bouleversa tellement qu'elle n'y songea plus.

Il allait partir au combat. Elle prendrait la relève. Elle serait son héritière s'il ne revenait pas de Kairouan. Elle serait la reine des Aurès. Ensuite, il lui avait posé une question : « Serais-tu prête à mourir pour défendre la terre berbère ? »

Elle avait répondu par l'affirmative sans hésiter.

Alors, il avait conclu : « Lorsque tu iras au combat, garde en mémoire ceci : sur chaque rocher, chaque arbre, dans l'eau des rivières, sur la courbe des collines et dans le cœur de nos montagnes sont gravés nos tifinaghs[1], ils sont les jalons de notre histoire. N'oublie jamais, ma fille. Jamais. »

1. L'une des plus vieilles écritures de l'humanité, utilisée par les Berbères d'Afrique.

7

Meknès, septembre 1673

Casimir était trempé de sueur et ses mains tremblaient sous l'effet de l'épuisement. Le combat était si inégal et la médecine si démunie face à cette horrible maladie. Quels soins adopter ? On n'allait tout de même pas comme au Moyen Âge prier les saints, brûler des hérétiques ou gaver les malades de sang de vipère et de bave de crapaud !

Et l'odeur ! Cette odeur qui vous prenait à la gorge et vous submergeait malgré le masque imprégné d'herbes aromatiques, un masque en forme de long bec qui vous donnait l'allure d'un oiseau de proie. Le caractère insoutenable de cette puanteur la situait au-delà de l'humain, émanation surgie des Enfers. À l'intérieur du corps tout était embrasé jusqu'aux os, une flamme invisible brûlait dans l'estomac comme au fond d'une forge. Cherchant désespérément la fraîcheur, les malades ne pouvaient même plus supporter le contact de leurs vêtements. La soif inextinguible qui les dévorait ne leur permettait pas de faire la différence entre quelques gouttes d'eau et des flots abondants.

Il y avait aussi le spectacle apocalyptique de cadavres ici et là ; ces gens hagards appelant la mort.

— Vous devriez prendre un peu de repos, *doctor.* Vous allez vous écrouler.

La voix de Fatima lui fit l'effet d'un baume.

Il tourna la tête vers la jeune femme et devina une compassion sincère derrière le masque qu'il lui avait imposé de porter. C'était le seul rempart face au mal depuis que les anciens avaient constaté que la maladie se transmettait essentiellement par la salive et le souffle. Pour que cette protection fût plus efficace, il eût fallu porter aussi une cape et des gants, mais on n'en disposait pas à Meknès.

Il lui recommanda :

— Fatima, maintenez bien la bassine sous l'aisselle, s'il vous plaît. Ici.

Avec précaution, il enfonça la lancette tout près du bubon et laissa jaillir le sang.

— Donnez-moi la mort, hurla le pestiféré. Pour l'amour d'Allah !

Casimir se voulut rassurant.

— Tu vas aller mieux. Calme-toi.

Il n'en croyait pas un mot. Voilà un certain temps qu'il doutait de l'efficacité de la saignée préconisée par Hippocrate et Galien et d'autres défenseurs de la théorie des humeurs. Il avait pu constater que cette pratique ne faisait qu'affaiblir le malade, quand elle n'entraînait pas sa mort.

— La bassine est presque pleine, signala Fatima.

Le médecin hocha la tête.

— Oui. Nous arrêtons.

Il prit une compresse et la posa sur la plaie. Ensuite, il

plaça par-dessus de la laine trempée d'huile et entoura le bras d'une bande.

— Voilà, dit-il, il ne reste qu'à prier.

Il fit signe à la jeune femme et ils quittèrent la salle où gisaient une dizaine d'agonisants. Au passage, Fatima versa le contenu de la bassine dans un récipient prévu à cet effet. Plus tard, un esclave le viderait dans un trou creusé dans le sable hors du dispensaire.

Ils franchirent une porte qui ouvrait sur un patio. Une fontaine coulait au centre. Un trinitaire les croisa qui les salua d'un geste de la main. Ils lui rendirent son salut et Fatima la première ôta son masque et s'aspergea abondamment les joues, le front. C'est à ce moment seulement que Casimir constata combien elle aussi était épuisée.

— Vous n'auriez pas dû venir aujourd'hui. Ce n'est pas sage.

Elle leva la tête. Le voile noir qui encadrait son visage faisait ressortir l'extrême pâleur de ses traits. Elle avait une trentaine d'années, sept ans de moins que Casimir. Il se souvenait encore de l'émotion qu'il avait ressentie la première fois où le prêtre lui avait présenté cette femme. Il avait tout de suite pensé : « Elle est une ode à la vie. » Toutes les émotions enfouies depuis le décès de son épouse lui étaient remontées d'un seul coup. Alors qu'il avait cru son cœur définitivement arrêté, voilà qu'il s'était remis à battre et il lui en fut reconnaissant. Chose curieuse, dans les sentiments qu'il éprouvait pour Fatima, il n'existait pas une once de désir charnel. Aucun besoin de possession, seulement une soif de complétude. Ah ! La complétude. Un miracle. Le rare mélange de l'ombre et de la lumière. Bien sûr, il s'était bien gardé de laisser paraître ce qu'il éprouvait. Comment aurait-il pu ? Comment traduire à l'autre l'intraduisible, sans éveiller sa peur ? Ils appartenaient à deux mondes si opposés. Fatima avait été nourrie de traditions musulmanes, lui avait grandi dans le christianisme, encore que cela faisait belle lurette qu'il avait pris ses distances avec cette religion du martyre.

— La sagesse, *tabib* ? Il n'existe pas de place pour la sagesse devant tant de souffrances.

— Vous avez raison, Fatima, mais c'est malheureusement un combat perdu. À part les deux esclaves que le père Julian nous a amenés et qui sont d'ailleurs épouvantés, nous sommes seuls à nous battre. Seuls vous et moi. D'ailleurs vous ne devriez pas être ici. Vous avez un enfant. C'est bien trop risqué. Vous...

Elle le coupa.

— *Tabib,* nous sommes entre les mains d'Allah. Si au bout d'un an il ne m'est rien arrivé, il ne m'arrivera rien.

Ils avaient souvent eu cette discussion sur la prédestination. Il avait bien essayé de la convaincre que chaque être humain était autonome, libre de ses actions, que rien n'était écrit à l'avance. À tous ses arguments, elle avait opposé l'exemple d'un bateau : « Nous sommes libres d'aller et venir sur le pont, mais nous n'avons aucun pouvoir de modifier le cap. »

Il ôta son masque et alla se rafraîchir à son tour.

— Savez-vous, reprit-elle, que ce n'est pas la première fois que la peste sévit au Maroc ? Lorsque j'étais petite, mon grand-père nous racontait que la première épidémie avait été provoquée par les marranes et les morisques chassés d'Espagne.

— Ce n'est pas impossible.

— Il affirmait aussi que le sultan Al-Mansour avait été obligé de fuir Fès, errant de campement en campement, jusqu'à ce qu'il soit rattrapé par la maladie et qu'il en meure.

Elle se tut et reprit très vite :

— Il se fait tard, ma mère doit bouillir d'impatience. Amar l'épuise.

— Si je me souviens bien, il vient d'avoir douze ans.

— Oui, l'âge de la déraison ! Mais vous me prodiguez des conseils, docteur Giordano, vous êtes-vous regardé ? Depuis combien de temps n'avez-vous pas dormi ?

— Trois, quatre nuits. Rien d'extraordinaire, je suis un insomniaque-né. Même à seize ans je ne trouvais pas le sommeil ou alors par bribes. Je n'aime pas la nuit. J'ai toujours pensé que toute heure perdue à dormir était une heure de moins à vivre.

Elle se préparait à partir, lorsqu'un brouhaha emplit la ruelle.

Un cavalier se profila devant l'entrée, entièrement vêtu de blanc. Un parasol flottait au-dessus de sa tête, porté par un esclave. Un autre le précédait qui tenait entre ses mains, bien en vue, un magnifique exemplaire du Coran. Le cavalier s'arrêta et fixa le couple.

— Le sultan ! Mawlana ! s'écria Fatima affolée.

Elle ôta précipitamment ses babouches et salua en s'inclinant.

— Que faites-vous ? s'étonna Casimir.

— Silence ! Ne restez pas debout ! chuchota-t-elle. On ne lève pas les yeux sur le commandeur des croyants !

Moulay Ismaïl, c'était bien lui, franchit l'entrée du dispensaire suivi par une dizaine de gardes noirs.

— Où est le *rhib youlyan* ?

— Le père Julian est allé en ville, sidnâ, pour acheter des onguents et des vivres.

— Et toi qui es-tu ?

— Casimir Giordano. Je suis médecin. Français.

Il se risqua à poursuivre :

— Vous m'avez déjà vu, seigneur, il y a deux ans. À Marrakech. Vous veniez de conquérir la ville. Vos hommes m'avaient arrêté parce qu'ils m'avaient surpris en train de soigner votre neveu.

Le cheval du sultan se cabra, maîtrisé aussitôt.

— Mahrez ?

— Oui, mawlana. On a outrepassé vos ordres. On m'a arrêté et mis aux fers comme on l'aurait fait d'un assassin.

— Pourtant, si j'en juge par ta présence ici, tu es libre.

— Oui. Grâce au père Julian.

Le sultan rectifia :

— Non ! Grâce à Dieu !

Il montra du doigt le bâtiment.

— Sans Lui ce dispensaire n'existerait pas et toi tu serais toujours dans un *matemore.*

Il désigna le Coran que tenait son esclave.

— Sache que chaque ligne de notre destinée est contenue dans ces pages. Rien ne se fait ou ne se défait sans que le Très-Haut ne l'ait décidé.

De nouveau la prédestination, songea Giordano.

Il articula doucement :

— « *Celui qui aura fait un atome de bien, le verra ; celui qui aura fait un atome de mal, le verra*[1]. »

Moulay Ismaïl scruta le médecin, intrigué.

— Tu connais donc notre livre saint ?

— Du temps où j'étais le médecin de votre frère, Dieu

1. Coran, « Le tremblement de terre », sourate 99:8, *op. cit.*

ait son âme, j'ai eu tout loisir de le compulser au point d'en mémoriser certains versets. Je...

L'étonnement du sultan se transforma en stupéfaction.

— Le médecin de mon frère ?

— Oui, sidnâ. J'ai tenté de vous le dire le jour où vos hommes m'ont appréhendé à Marrakech. On ne me l'a pas permis. Pendant six ans je fus à ses côtés. Jusqu'au dernier instant, alors qu'il agonisait.

Moulay Ismaïl ferma les paupières.

— Au nom d'Allah, le Tout Miséricordieux, le Très Miséricordieux. Quels furent ses derniers mots ?

— Hélas, monseigneur, il n'a rien dit.

Moulay Ismaïl resta un long moment silencieux, puis :

— Existe-t-il en Occident un remède contre cette maladie ?

Giordano secoua la tête.

— Je m'en doutais. C'est la raison pour laquelle j'ai interdit tout déplacement et fait condamner l'accès à Meknès.

— Vous avez bien fait, seigneur. Si je peux me permettre, vous devriez donner des ordres pour que les cadavres soient enterrés le plus vite possible. Et si quelqu'un de votre entourage venait à décéder, brûlez immédiatement tous les objets avec lesquels il aura été en contact. Faites aussi régulièrement laver les lieux où vous et votre famille résidez avec du thym, de la menthe ou de l'origan.

Moulay Ismaïl jaugea un moment Casimir du regard avant de déclarer :

— Si mon frère t'a jugé digne d'être son médecin personnel, tu peux donc être le mien. Tu viendras demain au palais et tu demanderas à voir Abraham Maïmoran. Il sera prévenu. Et rends grâce au Très-Haut. Tu es protégé.

Sur ces mots, il tourna bride et suivi de son escorte quitta le dispensaire.

Alors seulement Fatima osa se relever.

— *Ya Allah* que j'ai eu peur ! dit-elle toute tremblante.

— Mais pourquoi ?

Elle leva les yeux au ciel.

— Pourquoi ? Mais parce que c'est le sultan, le commandeur des croyants ! Personne n'a le droit de le regarder dans les yeux, encore moins de lui adresser la parole avant qu'il ne vous y autorise. Vous avez joué avec votre vie ! Remerciez Dieu qu'il ne portait pas de burnous de couleur jaune. Lorsqu'il en porte c'est qu'il est d'une humeur massacrante et peut faire découper en morceaux celui qui aura eu le malheur de commettre un faux pas. On raconte même qu'un jour il a mis l'un de ses chats aux arrêts et l'a fait décapiter !

Casimir partit d'un éclat de rire.

— Il aurait pu le faire frire ! Mais comme me le faisait remarquer le père Julian, il faut se méfier des exagérations. Écoutez donc cette histoire. Un Français, le sieur Mouëtte, avec qui j'ai partagé quelques jours dans le *matemore,* m'a juré qu'un captif avait été condamné par le sultan à servir de pâture à... quatorze lions. Quatorze ! Des bêtes qui n'avaient pas mangé depuis trois jours. Et pourtant, aucune d'entre elles n'a jugé intéressant de dévorer le malheureux. Elles l'ont épargné ! Les lions n'ont eu que du respect et de la douceur pour leur proie ! On se croirait chez Daniel dans la fosse aux lions !

Elle le scruta avec curiosité.

— C'est bizarre, vous ne semblez pas réjoui. Avez-vous bien compris les propos du sultan ? Hier dans un *matemore,* aujourd'hui dans un misérable dispensaire, et demain médecin attitré du commandeur des croyants, quel présent d'Allah ! Vous serez comblé d'or et d'honneurs.

Casimir laissa passer un moment avant de répondre :

— Il y va des honneurs comme du feu. Certains peuvent vous consumer. Vous avez parlé des humeurs changeantes du souverain. J'espère que c'est aussi une affirmation infondée et qu'il ne portera jamais de jaune en ma présence ! En tout cas...

Il fixa Fatima.

— Je ne vous abandonnerai pas. Je continuerai à venir au dispensaire.

— C'est impossible ! Vous serez tenu de rester à la disposition du sultan jour et nuit.

— Je ne vous abandonnerai pas.

Avait-elle perçu le message que contenaient ces mots ? Elle baissa les yeux, intimidée.

Il ajouta avec un petit sourire :

— Ne suis-je pas protégé ?

— Assurément vous l'êtes. À présent je dois y aller. *Tasbah alâ kheir, doctor.* Réveillez-vous bien.

Une fois qu'elle se fut retirée, il continua de fixer la rue, l'esprit en proie à mille pensées.

8

Ksar al-Kébir, le « Grand Château », septembre 1673

Il tombait des trombes d'eau. De la plaine au fleuve, du désert aux champs d'oliviers, la terre s'était transformée en un cercueil boueux pour quelque trois mille morts.

La tête ensanglantée de Ghaïlan, le gouverneur rebelle, se balançait au sommet d'une lance.

Il s'en était fallu de peu pour qu'il ne triomphe.

Parti à sa recherche, Moulay Ismaïl l'avait intercepté dans le Nord dans la matinée du 2 septembre. En apercevant les douze mille soldats du sultan, la plupart des alliés du gouverneur prirent leurs jambes à leur cou et on entendit Ghaïlan hurler : « Je serai content de mourir si le vainqueur venge votre perfidie ! Ne croyez pas qu'il triomphe de moi ce tyran, je le combattrai jusqu'à la mort et personne ne pourra dire que Ghaïlan, qui a été longtemps l'honneur de l'Ifriqiya, a fui pour la seconde fois à la rencontre d'un chérif ! »

Sitôt sa diatribe achevée, il s'était élancé avec le restant de ses troupes, faisant un carnage terrible parmi les *'abid*, la garde noire du sultan. Quatre chevaux tombèrent sous lui, jusqu'à ce qu'une balle le touchât au thorax. Il chuta, se releva, continua à se battre, lorsqu'un soldat réussit à le maîtriser et lui trancher la tête. Après avoir planté celle-ci au bout d'une lance, ce dernier alla la présenter à Moulay Ismaïl.

C'est cette tête qui se balançait à présent devant le sultan.

Le sultan grimaça, porta la main droite à son épaule. Quand il la retira, elle était rouge de sang. Lui aussi avait été touché pendant l'affrontement.

— Giordano ! Appelez le *tabib.*

Sa trousse à la main, Casimir se précipita. Il était trempé, le visage ruisselant de pluie et de poussière. En découvrant la tête de Ghaïlan, il eut un mouvement d'effroi.

— Qu'as-tu, *tabib* ? gronda Moulay Ismaïl, tu n'as jamais vu de crâne ? Occupe-toi plutôt de mon épaule. Un coup d'épée.

— Oui, seigneur. Je vais devoir déchirer votre vêtement pour...

— Fais comme bon te semble. Mais vite ! Il n'est pas question que je laisse la vie sauve aux fuyards !

— La plaie est profonde, sidnâ. Je suis obligé de suturer. Je...

— *Tabib !* Tu me casses les oreilles. Fais ce que tu dois !

Le sultan enchaîna à l'intention d'Al-Farsi, son général :

— Que l'on emporte la tête de ce chien de Ghaïlan et qu'on l'envoie aux habitants de Fès. Je veux qu'ils voient comment sont traités ceux qui mettent notre pays en péril ! Ils ne perdent rien pour attendre.

L'officier s'inclina.

Apercevant que Giordano versait une sorte de gelée sur sa plaie, Moulay Ismaïl demanda :

— Qu'est-ce que c'est ?

— Du samet[1], seigneur.

Moulay Ismaïl poussa un tel cri que les hommes d'alentour crurent qu'il allait s'étrangler.

— Du samet ?

— Pour aseptiser, pour...

D'un mouvement furieux, le sultan jeta le flacon sur l'herbe.

— Jamais plus ne recommence, *tabib*, sinon ta tête ira rejoindre celle du bandit !

Le médecin demeura impassible.

— Si vous tenez à mourir ou au mieux perdre le bras, c'est votre choix.

— Que racontes-tu ? Perdre le bras ?

— Oui, sidnâ. Une plaie doit être débarrassée de ses impuretés, sinon l'infection provoquera une gangrène qui nous obligera à couper le membre touché.

Le sultan paru déconcerté.

— Le livre saint, enchaîna Casimir, ne recommande-t-il pas : « Ô croyant, ne prie pas en état d'ivresse » ? Or, que je sache, vous n'allez pas prier, seigneur, et de toute façon vous ne boirez pas.

Moulay Ismaïl pesta :

— Tu es le diable ! Verse donc ton samet !

Casimir récupéra le flacon et s'exécuta.

La pluie avait cessé.

Il sutura la plaie à l'aide d'une aiguille et du fil, et quand il eut fini, il entoura l'épaule d'un pansement. Il n'avait

1. Gelée fortement alcoolisée prisée des montagnards.

pas commencé à ranger ses instruments que le sultan ordonna :

— Ksar al-Kébir ! Pas de quartiers !

L'armée se mit en branle, masse polychrome à la fois flamboyante et épuisée. À mesure qu'elle avançait vers le « Grand Château » la faux de la mort s'abattait impitoyablement sur les hommes de Ghaïlan qui n'avaient pas eu le temps d'atteindre la ville. Lorsque Moulay Ismaïl atteignit les portes de Ksar al-Kébir, il laissait sur son sillage des centaines de cadavres. Casimir ne put s'empêcher de frémir à l'idée du sort que le sultan allait réserver aux habitants. Ses craintes se révélèrent infondées. Les gens se précipitèrent à la rencontre du commandeur des croyants, mains nues, accompagnés par leurs enfants et brandissant des drapeaux blancs. Ils se jetèrent à ses pieds et implorèrent sa clémence. Moulay Ismaïl allait-il poursuivre l'hécatombe ou accorder l'*amân*, la grâce ? Il s'était déjà montré magnanime lors de la prise de Marrakech, trois ans auparavant. Mais là ?

Il réitéra une nouvelle fois son pardon. En revanche, il défoula sa fureur sur l'enceinte de la cité. Ce ne fut pas très ardu. Construits en un conglomérat de cailloux, de sable et de chaux, les murs ne mesuraient guère plus de six mètres de hauteur et quelques centimètres d'épaisseur. Il ordonna ensuite que l'on fît disparaître toutes les traces des dynasties précédentes. Ses ennemis devaient enfin comprendre que seuls comptaient, et pour des siècles, les Alaouites.

Le lendemain, ils prirent la route de Taza afin d'appréhender son irascible neveu, Ahmed Mahrez. Lorsqu'ils franchirent le col à l'endroit où les montagnes du Rif et du Moyen-Atlas se rejoignent, ce fut pour apprendre que le rebelle avait pris la fuite pour se réfugier au Sahara.

Une centaine de kilomètres les séparaient de Fès. La ville qui, quelques semaines auparavant, avait commis l'imprudence de plébisciter le fuyard. En apercevant l'armée du sultan, les Fassis furent stupéfaits et la légende qui courait à propos de Moulay Ismaïl se trouva confirmée. Aucun être humain ne pouvait se déplacer aussi rapidement à travers le pays ! Le souverain s'était sûrement rendu possesseur de l'anneau magique du roi Salomon. Il lui suffisait d'en tourner le chaton vers l'intérieur de sa main pour que les djinns, ces créatures surnaturelles, le transportent instantanément d'un lieu à l'autre. Ou alors, le commandeur des croyants avait le don d'ubiquité.

Le moral brisé, épuisés par des semaines de siège, les Fassis déposèrent les armes. Cette fois, Moulay Ismaïl ne se limita pas à accorder son pardon. Maître de la ville, il entreprit de procéder, aux frais de l'État, à la restauration de la mosquée. La mosquée dite d'Al-Qarawiyyin, érigée au temps des Idrissides. Casimir ne se souvenait pas d'avoir vu sanctuaire aussi admirable. D'ingénieux instruments annonçaient les heures des prières, parmi lesquels une horloge hydraulique. Jouxtant la mosquée, il y avait aussi une université. Selon le général Al-Farsi, avec qui le Français avait commencé à nouer des liens d'amitié, la bibliothèque contenait plus de trois mille œuvres et manuscrits. En quittant Fès pour rentrer à Meknès, Casimir avait pris conscience d'une évidence qui, jusque-là, lui avait échappé : Moulay Ismaïl et ses prédécesseurs étaient les héritiers d'un recueil dont les premières pages avaient été rédigées il y a bien longtemps.

9

Ils étaient en route pour Meknès lorsqu'un messager leur annonça la funeste nouvelle : Marrakech s'était soulevée pour la seconde fois. Pire encore : Ahmed Mahrez, le neveu que l'on avait cru exilé dans le Sahara, s'y était retranché, ralliant à lui la plupart des notables de la ville rouge. Casimir s'attendait à voir éclater la fureur de Moulay Ismaïl. Il n'en fut rien. D'une voix neutre, il se contenta de déclarer :

— Marrakech...

Et l'on prit la direction du sud.

Il y va des honneurs comme du feu. Certains peuvent vous consumer.

Jamais les mots que le médecin avait dits à Fatima ne lui avaient paru aussi vrais. Se trouver contraint d'être au service d'un personnage comme Moulay Ismaïl n'était pas une sinécure. Finalement, à part les mois d'enfermement dans le *matemore*, il ne se souvenait pas d'avoir connu un seul jour de paix depuis qu'il était arrivé au Maroc. Ce brasier s'éteindrait-il jamais ?

Ses pensées voguèrent tout naturellement vers Fatima. Elle devait croire qu'il l'avait oubliée, que sa promesse de ne pas l'abandonner était mensongère. Pourtant, elle ne l'était pas. Il le lui prouverait.

Vers midi, le ciel jusque-là gris de nuages se dégagea. Le soleil cogna de nouveau et la vraie lumière du Maghreb revint, incomparable. La voûte se fit toute bleue et l'air brûlant.

Aux environs de Tâdla, au centre du pays, des éclaireurs leur annoncèrent que, contre toute attente, ce diable de Mahrez était sorti de la ville rouge et marchait à leur rencontre. S'étant constitué une solide armée, il avait sans doute jugé plus efficace de livrer bataille en rase campagne. Ce fut aux abords de l'oued al-Abid que le choc se produisit. Il resterait longtemps gravé dans la mémoire de Casimir Giordano. Chacun des adversaires s'était cru invincible. Point de quartiers à espérer pour l'un ou l'autre. Ce fut une suite d'assauts ininterrompus. Moulay Ismaïl semblait avoir oublié sa blessure à l'épaule et se battait en première ligne. Tout en donnant l'estocade ici et là, sans doute priait-il Allah pour que son neveu se trouvât au bout de son épée.

L'affrontement dura deux longues journées au cours desquelles plus de trois mille soldats succombèrent dans les deux camps. Finalement, voyant faiblir ses hommes, Mahrez ordonna la retraite. Il partit au galop s'enfermer dans Marrakech.

Un immense silence recouvrait maintenant le paysage. Les hommes, à bout de forces, tentaient de retrouver leur souffle.

— *Tabib !* Venez vite. Le sultan...

C'était le général Al-Farsi.

Casimir suivit l'officier au pas de course.

Moulay Ismaïl gisait à terre, une dague plantée dans le

pli de l'aine. Autour du souverain un cercle s'était formé ; visages hébétés, incrédules.

— Écartez-vous ! hurla Casimir.

Ils s'écartèrent d'un pas.

Après un moment d'hésitation le médecin referma ses doigts sur la poignée de la dague, mais il n'alla pas au bout de son geste.

— Prends garde, *tabib*, ou il t'en coûtera ! gémit le sultan.

Casimir n'écoutait pas. Il tentait de se remémorer tout ce que son maître à Montpellier lui avait enseigné. Il entendait sa voix : « Il est quelquefois dangereux d'enlever un corps étranger qui, dans une blessure, a ouvert un gros vaisseau. J'ai vu expirer promptement des blessés à qui on s'était trop pressé d'ôter, aux uns un éclat de bois, aux autres une épée qui jusque-là avait empêché l'effusion du sang. » Ou encore : « Souvenez-vous monsieur Giordano que c'est au niveau de l'aine qu'il existe le plus de ces vaisseaux qui, une fois ouverts, fournissent un torrent de sang. »

Que faire ? Il devait prendre le risque.

Il retira d'un coup sec la dague, arrachant un cri de douleur à Moulay Ismaïl.

— Maudit roumi !

Dieu merci, il n'y eut pas ce « torrent de sang ». À première vue, l'artère fémorale n'était pas touchée. Il se trompait. Un flot rougeâtre gicla d'un seul coup par saccades au rythme des battements du cœur. Casimir tenta de colmater l'écoulement en apposant plusieurs compresses et en maintenant fortement sa paume par-dessus, en vain.

Il bredouilla :

— Je... Je n'ai rien pour stopper l'hémorragie.

— Vous devez le sauver ! adjura Al-Farsi. Vous devez !

— Il existe peut-être une solution, mais elle est risquée.

— Laquelle ? Quoi ?

Le médecin reporta son regard vers le sultan. Il lui sembla que sa respiration faiblissait et que ses yeux s'étaient creusés.

— Docteur Giordano ! Par pitié, ne laissez pas mourir Mawlana !

Le cœur de Casimir battait la chamade. Ce qu'il allait tenter de faire, il ne l'avait jamais fait ni vu faire. Il avait seulement ouï dire que c'était possible. Il récupéra la dague. Son regard alla de la lame au corps étendu.

— Allumez un feu ! ordonna-t-il. Vite !

— Quoi ? se récria le général.

— Oui, un feu ! Ne perdez pas de temps !

Deux soldats s'exécutèrent. Au bout de quelques minutes, des flammes crépitèrent.

Casimir s'en approcha.

Sa tentative ne laissait guère plus d'une chance sur cent à Moulay Ismaïl d'en sortir vivant. Réussir tiendrait du miracle. Mais n'était-ce pas ce qu'on lui demandait, un miracle ?

Il inséra la dague sur le feu jusqu'à la chauffer à blanc puis retourna s'agenouiller auprès de Moulay Ismaïl. Il ferma les yeux, articula une prière muette et plaqua la lame sur la plaie. Sous l'effet de la brûlure, le corps du souverain s'arc-bouta et retomba aussi vite, comme si toute vie s'en était retirée.

— Il est mort ? s'exclama Al-Farsi.

— Non. Juste évanoui.

— Et maintenant ?

— Nous devons attendre.

L'attente parut un siècle pour Casimir et les soldats attroupés. Et soudain...

— Que m'as-tu fait, *tabib* ? gémit le sultan. J'ai mal partout.

Un soupir de soulagement s'exhala des poitrines ; on rendit grâce à Allah, on pleura. Al-Farsi leva les bras vers le ciel en s'écriant :

— Au nom de Dieu, le Clément, le Miséricordieux !

Le sultan reprenait ses esprits. Il tenta de se redresser, mais la douleur le figea.

— Vous devez vous reposer, sidnâ, recommanda Casimir. Et je vous interdis de monter à cheval avant une quinzaine de jours.

— Tu m'interdis ? Stupidités !

Il tendit la main au médecin.

— Aide-moi plutôt à me relever !

— Mawlana, il ne faut pas. Je vous en conjure !

— Tais-toi !

Casimir croisa les bras.

— Non. Je refuse !

Le sultan ordonna à Al-Farsi :

— Un sabre, que je coupe la tête à cet insolent !

Le général balbutia, affolé.

— Il, il vous a sauvé la vie, sidnâ.

Moulay Ismaïl proféra une injure et essaya de se remettre sur pied. Mais il céda devant l'intensité de la douleur.

— Très bien, se résigna-t-il, pas plus de quelques jours.

Le cinquième, il quitta sa tente et ordonna :

— Marrakech ! Marrakech !

Il faisait presque nuit lorsqu'ils atteignirent la ville rouge. Un ciel uniformément obscur recouvrait la chevelure des palmiers.

Lorsque les Marrakchis eurent vent de l'arrivée du sultan, ils se firent la même réflexion que les Fassis : le commandeur des croyants possédait, c'est sûr, l'anneau de Salomon.

En un éclair, Marrakech fut encerclée. À la différence de la première fois, Moulay Ismaïl décida de l'assiéger jusqu'à ce que la population fût affamée.

C'est ce soir-là, allongé sous les étoiles, que l'idée germa dans l'esprit de Casimir. Le destin lui offrait une chance rare : il faisait de lui le témoin privilégié d'événements exceptionnels. Pourquoi ne pas en garder une trace écrite ? Un journal. Voilà. Un journal dans lequel il noterait au jour le jour tout ce qu'il vivrait. Il commencerait dès son retour à Meknès.

— *Tabib*, notre seigneur veut te voir !

Le médecin hésita avant de se lever.

— Allez ! Debout ! cria le soldat.

L'homme le conduisit jusqu'à la tente du sultan et s'arrêta sur le seuil.

— Mawlana... le roumi.

— Qu'il entre !

Casimir ôta ses chaussures et écarta la toile qui masquait l'entrée. Le sultan était seul, à moitié allongé sur un tapis, pieds et torse nus. Le pansement qui couvrait sa plaie avait pris une teinte rosâtre.

— Assieds-toi !

Le Français s'exécuta.

— Te souviens-tu de ce que je t'ai dit au dispensaire, *tabib* ?

— Je crois, oui.

— Je t'ai dit : « Rends grâce à Allah, tu es protégé. »

Circonspect, Casimir attendit la suite.

— Un autre que toi serait déjà mort. Mais je t'ai épargné.

Le sultan désigna son pansement.

— Pourquoi est-ce que je saigne ?

— Parce que vous n'avez pas suivi mes recommandations, sidnâ. Vous auriez dû vous reposer plus longtemps.

Avec précaution, Giordano défit le pansement. Les lèvres de la plaie étaient boursouflées, suppurantes. Il posa sa main sur le front du souverain : il était brûlant de fièvre.

— *Allium sativum*, déclara le médecin, il nous faudrait de l'ail.

Moulay Ismaïl afficha un rictus.

— De l'ail...

— Oui, sidnâ. C'est le seul remède qui aurait une chance de freiner le mal.

Le sultan frappa dans ses mains.

Deux gardes noirs se présentèrent sur-le-champ.

— Trouvez des gousses d'ail !

L'un des hommes osa faire observer sans relever la tête :

— C'est le désert, mawlana...

— Allez !

— Et ramenez-moi ma besace, ajouta Casimir.

Un long silence s'instaura qu'il se garda bien de rompre.

— Je ne crains pas la mort, laissa tomber brusquement Moulay Ismaïl. Mais je n'aimerais pas qu'elle me prenne maintenant, alors qu'il me reste tout à faire. Ce pays c'est mon enfant, et un père doit voir son enfant grandir. Il n'a pas le droit de partir avant. Comprends-tu ?

Sans attendre la réponse, il enchaîna :

— Sais-tu le nombre de dynasties qui m'ont précédé ? Idrissides, Almoravides, Almohades, Mérinides, Wattassides, Saadiens. Tous échouèrent à force de se disputer le pouvoir. Le grand Ahmed al-Mansour a failli réussir.

Il a porté la dynastie saadienne à son apogée et un vent de prospérité a soufflé sur le pays. Malheureusement, à cette période a succédé une fois de plus le chaos. Quant à mon demi-frère, il a vu ses efforts brisés par une mort prématurée. Je ne veux pas connaître le même sort. Je ne veux pas quitter ce bas monde avant de faire de ce pays un vrai pays. Comme les Anglais l'ont fait, les Portugais, les Espagnols.

Il ajouta d'une voix presque inaudible :

— Et vous, les Français.

Changeant de sujet, il questionna :

— As-tu des enfants ?

Giordano secoua la tête.

— Que le Miséricordieux me pardonne. Moi qui en ai déjà une cinquantaine, je me demande parfois si de ne pas en avoir n'est pas un bien. Les enfants, les frères, les oncles, les neveux, la famille, voilà les causes majeures de nos tragédies.

Le sultan se tut. Ses yeux se fermèrent et, lentement, il sombra dans le sommeil. Casimir résista du mieux qu'il put, mais s'endormit à son tour. Ce fut l'arrivée impromptue des gardes qui le réveilla. Ils lui remirent sa besace et lui tendirent une dizaine de gousses d'ail.

— Voici...

— Où les avez-vous trouvées ?

— Dans un souk de la ville, répondit l'un des hommes. Nous avons dû les voler.

Casimir écarquilla les yeux.

— Vous êtes rentrés dans Marrakech ?

— Oui, sidi.

Folie, songea Casimir.

— Donnez-moi un poignard.

Il récupéra de sa besace une petite coupelle métallique,

déposa les gousses sur sa surface et, à l'aide de la lame, entreprit de les découper en lamelles aussi fines qu'un cheveu. Alors que les gardes s'éclipsaient, il alla près du sultan qui sommeillait toujours.

— Mawlana...

Moulay Ismaïl battit des paupières.

— Puis-je ?

Le sultan n'opposa aucune résistance.

Casimir ôta les bandelettes, recouvrit d'ail toute la surface de la plaie et renouvela le pansement.

Il ne restait plus qu'à invoquer Mohammed, Jésus et Moïse.

Chroniques berbères

Nous venions d'atteindre Mammès, à une trentaine de kilomètres à l'ouest de Kairouan. Installé sous sa tente, à l'ombre de l'arche de Trajan vestige de la période romaine, l'émir Ibn Qays relisait la missive que lui avait adressée le calife, Abd al-Malek. Bien que courtois, le ton était ferme, et le contenu se résumait en quelques mots : reprendre Kairouan et en finir avec la résistance berbère. L'ordre était clair et Ibn Qays en avait accepté l'augure. Voilà quatre ans qu'il attendait des renforts pour venger la mort de son ami Oqba et effacer le souvenir de sa défaite. À présent, il était prêt. Il décapiterait Koseïla et brandirait sa tête au bout d'une pique. C'en serait terminé avec ces barbares !

Moi, Marek, je n'ai jamais oublié ce jour funeste.

Nous avions commis une faute grave.

Nous avions choisi de combattre dans la plaine, alors que la sagesse eût imposé de tenir tête à l'ennemi à l'abri des murs de Kairouan.

À l'heure du crépuscule, en un embrasement fulgurant, nos deux armées se sont entremêlées au point que la distinction entre l'une et l'autre devint impossible. Comme à son habitude, Koseïla se battait avec un grand courage, celui des héros. Mais il fut bientôt cerné par trois Arabes, jeté à terre, désarçonné. On eût dit que le sol se creusait sous lui comme pour l'absorber. Il voulut se remettre debout. Une lance le cloua dans le sable. À ce moment précis, moi, Marek, j'ai entendu une voix qui criait son nom : « Koseïla ! » C'était celle de Tâbet, le père de Dihia. Lui aussi se débattait, éperdu, jusqu'au moment où un musulman le décapita d'un coup de sabre.

Nous étions vaincus.

Ibn Qays n'a pas fait de prisonniers. Tous ceux d'entre nous qui n'avaient pas réussi à fuir furent passés au fil de l'épée. Je ne sais comment je suis parvenu à y échapper.

Deux semaines après avoir remporté sa victoire, l'émir entra dans Kairouan.

Cette victoire ne lui porta pas bonheur. Mettant à profit la bataille avec Koseïla, les Byzantins avaient débarqué à Barka, en Cyrénaïque. Pour ne pas être coupé de ses arrières, Ibn Qays se porta à leur rencontre et rencontra sa mort. Il agonisa l'épée à la main.

À des dizaines de lieues de là, à l'instant précis où son père rendait son dernier souffle, Dihia poussa un cri de louve. Elle se lacéra les joues et tomba à genoux secouée de tremblements irrépressibles. Elle avait vu le spectre de la mort danser autour de la dépouille de Tâbet tel que l'avait prédit la kâhina. Après un long moment, elle se releva, très droite, l'expression hiératique. « Si je ne devais pas revenir de Kairouan, c'est toi qui me succéderas à la tête des Djarawa. » Alors, elle marcha vers les membres de la tribu qui s'étaient rassemblés et énonça d'une voix implacable : « Barghwata, Awraba, Djarawa, Mediouna, Behlouda, Zénètes, à partir d'aujourd'hui toutes les tribus de l'île du Couchant ne feront qu'une. Le sang appelle le sang ! »

10

Meknès, novembre 1673

Arrivé devant la porte de la petite maison aux murs blanchis à la chaux, Casimir Giordano prit une profonde inspiration et frappa.

— *Chkoun ?* Qui est là ?

Il reconnut la voix de Fatima.

— *Krib*... un proche.

Silence.

Elle apparut.

— *Salam.*

Elle mit quelques secondes avant d'articuler :

— Casimir... ?

Elle rougit et rectifia très vite :

— Docteur Giordano ?

— Puis-je entrer ?

Il se retrouva dans une pièce de taille modeste. Les murs nus étaient eux aussi blanchis à la chaux, le sol recouvert de tapis et de quelques coussins brodés. Un grand plateau de cuivre rouge trônait au centre, posé sur un support en bois. Dans un coin, il nota la présence d'un tajine en terre cuite. Sur la droite, un double battant qui devait ouvrir sur une chambre.

Elle laissa la porte d'entrée ouverte et se campa devant lui.

— Je pensais que notre sultan vous avait tranché la tête...

Elle s'était exprimée sur le ton de la plaisanterie pour masquer sa gêne.

— Il s'en est fallu de peu. J'espère que vous ne m'en voudrez pas d'avoir fait intrusion. Je suis passé au dispensaire et le père Julian m'a dit que vous étiez partie. Définitivement. Est-ce vrai ?

— Je ne pouvais plus continuer à côtoyer ces malades sous peine d'être contaminée à mon tour et de mettre en péril la vie de mon fils et celle de ma mère.

Elle désigna les coussins.

— Désolée, c'est tout ce que j'ai à vous proposer. Alors, qu'avez-vous fait tous ces jours ? On vous a séquestré au palais ?

— C'eût été un moindre mal. Disons que j'ai vécu des moments peu communs et je sais maintenant à quoi ressemble la guerre.

Il désigna la porte d'entrée, toujours ouverte.

— Vous ne la refermez pas ?

— C'est mieux ainsi. Les voisins ne se priveraient pas de médire en voyant un étranger, un roumi de surcroît, entrer chez une femme seule. Alors ? Vous me racontez ?

En peu de mots, il lui confia le récit des semaines passées, les batailles et la mort qui avait frôlé le sultan.

— C'est incroyable ! J'espère que notre souverain s'est montré reconnaissant à votre égard.

— Bien plus que reconnaissant. Il m'a comblé. Et, honneur suprême, du moins à ses yeux...

— Oui ?

— Il m'a nommé médecin de son harem.

Fatima poussa un cri admiratif.

— Eh bien !

— J'appréhende. D'après Abraham Maïmoran, le conseiller du sultan, le harem regrouperait pas moins de trois cents ou cinq cents femmes.

— Vous allez avoir du travail ! Souhaitez-vous un thé à la menthe ?

Il déclina et dit sur le ton de la plaisanterie :

— Je n'aime pas tout ce qui vient des Anglais.

— Que dites-vous ?

— Oh, rassurez-vous, rien de bien sérieux. Il se raconte que c'est la reine Élisabeth Ire d'Angleterre qui serait responsable de l'arrivée du thé à la cour marocaine afin que les artisans anglais puissent vous vendre de la vaisselle et d'autres ustensiles nécessaires à la préparation de ce breuvage. Évidemment, ce sont des racontars.

Ils laissèrent le silence s'instaurer, chacun empêtré dans ses pensées.

Qui donc avait écrit : « *Aimer c'est vivre et mourir d'un pari infernal que l'on fait sur ce qui se passe dans l'âme de l'autre* » ? Et Casimir était amoureux. Il en avait acquis la certitude durant ces journées séparées d'elle. Mais où trouver les mots justes, les mots qui ne font pas peur ?

Il s'exprima, un peu gauche :

— Vous souvenez-vous de ce que je vous ai dit au dispensaire après la visite impromptue du sultan ?

— « Je ne vous abandonnerai pas. »

— C'est exact.

Il la dévisagea avec gravité.

— Vous n'avez plus de travail, Fatima, et moi j'ai été

gâté par le souverain. Permettez-moi s'il vous plaît de partager mon superflu.

Elle se mit à rire.

— Vous êtes bien généreux *tabib,* et votre proposition me touche, mais je ne peux l'accepter.

— Vous avez un enfant...

— Rassurez-vous. Le père Julian m'a trouvé un autre emploi au dispensaire, comme cuisinière. Les prêtres aussi ont besoin de manger. Cela nous suffira, croyez-moi. D'ailleurs aucune femme honorable n'accepterait de l'argent d'un homme aussi bon soit-il. Et comme on dit chez nous : « Celui qui ne se contente pas d'un pain entier devra se contenter d'une moitié. » Une moitié me suffit.

— J'imagine qu'insister ne servirait à rien.

Dans un élan spontané, elle emprisonna la main de Casimir et tout aussi vite, affolée par son geste, elle dénoua son étreinte.

— Pardon.

— Non. Ce n'est pas d'avoir posé votre main sur la mienne que je ne vous pardonne pas, c'est de l'avoir retirée. Fatima, puis-je vous ouvrir mon cœur ?

— Si vous le souhaitez. Mais je sais d'avance les mots qu'il contient.

— Ah...

— Oui. Les mêmes mots que je pourrais vous dire. C'est impossible, hélas. Nos vies se sont touchées et reconnues, pourtant elles ne peuvent s'unir.

— Parce que je suis chrétien et vous musulmane ? Je n'ai aucun inconvénient à embrasser l'islam si tel est votre souhait.

— Vous êtes une belle âme, Casimir, mais il n'y a pas

que la religion. Je ne veux pas que vous viviez malheureux à mes côtés et vous le serez immanquablement.

— Jamais !

— Casimir, ce que je vous dis, je le dis avec le cœur qui saigne. Essayez de comprendre. Je ne sais ni lire ni écrire ; vous êtes un érudit. Je ne connais rien à vos mœurs, sinon qu'elles ne ressemblent aucunement aux miennes. J'ai un enfant et une mère. Je ne peux me séparer d'aucun des deux et je n'imagine pas vous les imposer. Non, je vous en prie, n'y pensez plus et restons amis.

Il articula, la gorge nouée :

— Vous ne m'aimez donc pas autant que je vous aime.

— Je vous en prie, ne dites pas cela. Vous n'imaginez pas à quel point vous vous trompez...

Il chercha désespérément quelque argument, mais n'en trouva pas.

Alors qu'il allait caresser la joue de Fatima, un cri d'enfant le freina.

— *Yemma !*

Un garçon d'environ treize ans. Il se jeta au cou de sa mère. Il était suivi par une femme grassouillette dans la soixantaine. Elle avait les mains et les ongles peints de henné, les cheveux entortillés sous un voile et les poignets cerclés de bracelets en métal argenté.

Apercevant Casimir, elle le salua timidement de la tête.

— C'est le docteur Giordano dont je t'ai parlé, *yemma.* Docteur, voici Salma, ma maman.

Les prunelles de la femme s'illuminèrent.

— *Marhaba.* Un grand médecin !

Casimir s'était levé.

— Je dois malheureusement vous quitter.

— Mais non ! protesta Salma. Restez donc, je vais préparer à dîner, restez.

— Une prochaine fois. J'ai des patients qui m'attendent.

— Promis ? Je vous ferai un couscous, vous aimez ça ?

Il confirma avec un sourire forcé et fit un petit signe d'adieu à Fatima.

Elle avait les yeux embués de larmes.

*

Salé, janvier 1674

Le port représentait une grande valeur stratégique puisqu'il était situé à la jonction des routes de Fès et Marrakech et qu'on y accédait facilement par le nord comme par le sud.

Du côté du fleuve, de hauts murs élevés protégeaient la Dâr al-imâra. C'est là qu'Abdelkader Maânino, nouveau gouverneur de Salé par la grâce de Moulay Ismaïl, était assis dos à la fenêtre qui ouvrait sur l'Atlantique. La peau tannée, assez corpulent, de petits yeux couleur de braise. À sa droite, son frère, Ali Maânino, présentait une stature médiocre. On ne voyait sur son visage que la cicatrice qui lui barrait le front. À sa gauche, Al-Arbi, le neveu repenti du sultan, appuyé sur sa canne.

Face à eux, trois hommes. Tous appartenant à l'ordre des Trinitaires. Ils étaient arrivés une semaine auparavant de France, avec pour mission de racheter des détenus français. Si Abdelkader avait bien voulu les recevoir, c'est parce qu'il en avait reçu l'autorisation du sultan. Moulay Ismaïl, informé que ces ecclésiastiques possédaient un sauf-conduit signé de la main du Roi-Soleil en personne, avait exigé qu'on leur réservât le meilleur accueil ; une manière de transmettre un message conciliant au roi des roumis. Un quatrième prêtre était présent : le père Julian Pastor. Il avait servi en quelque sorte de passerelle entre le souverain et ses coreligionnaires.

— En conclusion, déclara Abdelkader Maânino, nous parvenons à un total de soixante-dix-sept prisonniers, dont deux femmes, à raison de cent écus par captif. Êtes-vous satisfaits ?

L'un des Trinitaires, le père Gallé, fit oui de la tête, tout en ajoutant avec une mine attristée :

— Nous vous sommes reconnaissants. Mais c'est bien peu par rapport aux cinq cents Français détenus ici, à Fès et à Tétouan.

Al-Arbi décida d'intervenir :

— Cinq cents... Et à votre retour en France, où les auriez-vous fait défiler, mon père ?

Le père Gallé fit de grands yeux.

— Mais oui, enchaîna le neveu du sultan, vous organisez bien des cortèges de prisonniers lorsqu'ils débarquent à Marseille. Ainsi tout le monde peut lire sur leur visage, je cite : « les marques de l'inhumanité musulmane et de l'incivilité nord-africaine ».

— Monsieur !

— Mais si, mais si. C'est chose bien connue. On ne parle que de ces cortèges en Europe. J'y étais figurez-vous, en Europe. Vous les exhibez en triomphe dans vos villes en distribuant des livres de chant à la foule où il est question du « cruel Maure qui des humains fait son commerce » et de « ce pays où les chrétiens sont regardés comme des chiens ». Je me trompe ?

Son collègue, le père Jobin, vint à la rescousse :

— Monsieur, qui ne serait touché d'entendre des cantiques d'action de grâces ? C'est une manière d'unir nos frères revenus à ceux qui ont eu le bonheur d'échapper à l'esclavage. Par le chant, les spectateurs se mettent dans la peau de ceux qui ont souffert. Rien de plus.

— Bien sûr, fit mine d'approuver Al-Arbi. C'est parfaitement louable.

Le prêtre Gallé crut utile de faire observer :

— Pardonnez-moi, mais nous ne connaîtrions pas, vous et nous, de tels désagréments si vos corsaires, tels que ce Mezzomorto, n'aggravaient pas la situation par leurs actions. Il y a une semaine encore...

— Mezzomorto ? Vous voulez dire Hussein Pacha. Je vous signale qu'il s'agit d'un renégat chrétien originaire de Majorque et converti à l'islam. Je peux vous assurer qu'il n'a rien d'un Marocain ou d'un Maure, selon votre langage, et qu'il est au service du dey[1] d'Alger. Ce qui me fait penser à une histoire amusante. Permettez-moi de vous la raconter. Il paraît que tout récemment, ce Hussein Pacha a capturé deux douzaines de voyageurs français. L'un d'entre eux, affirme-t-on, était le numismate de votre roi. Vous n'allez pas le croire, mais il a avalé vingt pièces d'or au moment de l'abordage et les a excrétées une fois libéré à l'aide d'un laxatif... à l'épinard. Incroyable, non ?

Al-Arbi et Ali Maânino partirent d'un fou rire, tandis que les prêtres, muets, se dévisageaient, partagés entre l'offuscation et le dégoût.

— Je crois que notre entrevue est close, annonça le

1. Titre honorifique des gouverneurs de la régence d'Alger sous l'Empire ottoman.

gouverneur en se levant. Mais avant de vous dire adieu, j'aimerais attirer votre attention sur un point que vous semblez négliger. Ce négoce est une source de profits tant pour la France que pour le Maroc. Et votre roi craint autant pour ses galères que notre sultan pour sa main-d'œuvre. Dites-vous qu'une rédemption générale viderait vos chiourmes de leurs rameurs maures et les chantiers de Moulay Ismaïl de leurs ouvriers. Et dois-je vous rappeler l'infâme commerce du « bois d'ébène » pratiqué à outrance par les négriers européens et qui ne soulève aucune protestation ? Donc, cessons de larmoyer...

Une semaine plus tard, informé du déroulement de la négociation, Moulay Ismaïl convoqua Ali Mokhtar, son grand vizir. Il lui relata en détail la tractation négociée par Abdelkader et conclut :

— Cent écus par captif. C'est une somme non négligeable.

— Surtout, seigneur, si on la multiplie par soixante-dix-sept.

— Parfaitement. Vois-tu où je veux en venir ?

Mokhtar avoua que non.

— Imagine un peu ce que de tels rachats procureraient comme bénéfice à l'État. Sans compter que, parmi ces captifs, il existe certainement des hommes qui excellent dans certains métiers que nous pourrions mettre à profit.

Mokhtar guetta la suite.

— Voici ce que j'envisage. Tous les esclaves seront désormais ma propriété comme tout butin. Ils ne seront plus vendus sur les marchés et on les appellera « prisonniers de guerre ». Ils seront employés à mon service et j'aurai pleins pouvoirs de les échanger contre nos sujets en captivité en France ou ailleurs en Europe. Bien évidemment, je rétribuerai raisonnablement les capitaines de navire qui me livreront leurs prises. J'écrirai à tous les gouverneurs des provinces afin qu'ils m'envoient ici, à Meknès, tous les esclaves chrétiens détenus par des particuliers et je les rémunérerai d'une centaine de mouzounas[1] par tête. Qu'en penses-tu ?

Le vizir afficha un sourire.

— C'est une idée intéressante, mawlana, non seulement pour les bénéfices qui en découleront mais aussi pour son aspect humain. Le sort des prisonniers n'en sera qu'amélioré, ne fût-ce que parce que ces esclaves ne passeront plus d'un maître à l'autre et vivront en communauté. Et je suppose que vous appliquerez la règle coranique : « Pas de contrainte en religion » ?

— N'est-ce pas déjà le cas ? Avons-nous à aucun moment exigé des captifs qu'ils se convertissent ? Dois-je te rappeler qu'ils pratiquent ouvertement leur religion, qu'ils sont assistés par des religieux qui leur disent la messe, que les fêtes chrétiennes se célèbrent ?

— Absolument, sidnâ. Quand pensez-vous promulguer ce décret ?

— Pas tout de suite. Il faut d'abord que j'apaise le pays et mette fin à ces soulèvements. Mahrez est toujours enfermé dans Marrakech. La ville résiste au siège et je ne veux pas donner l'assaut. Ce serait un bain de sang. Il y a ces tribus berbères, celle des Aït Oumalou, la confédération des Sanhadja, et d'autres qui, tels des oiseaux de proie, attendent le moment propice pour semer le désordre.

1. L'une des trois monnaies d'argent qui circulaient à cette époque, avec le dirham et le mithqal.

Moulay Ismaïl leva les bras au ciel comme pour le prendre à témoin.

— Il n'y a de force et de puissance qu'en Dieu.

Journal de Casimir Giordano

Meknès, août 1675

Je me suis décidé à écrire.

Je ne sais pas à quel rythme je poursuivrai, ni si je poursuivrai. Comme le répète souvent Moulay Ismaïl : « Il n'y a de force et de puissance qu'en Dieu. »

Enfin l'épidémie de peste touche à sa fin. Elle aura duré un peu plus de huit cents jours. Combien de victimes a-t-elle causées ? Faute de données précises, je les estime à environ six cent mille, ce qui est une tragédie pour un pays de quatre millions d'âmes. En interrogeant les gens ici et là, j'ai fait un constat intéressant : cette maladie frappait essentiellement au printemps et au début de la saison chaude, l'été elle disparaissait, excepté sur le littoral plus frais. Pour quelle raison ? Je n'ai trouvé aucune explication.

En pratique, la réponse de Moulay Ismaïl face à l'épidémie fut pleine de bon sens. C'est ainsi que, dès l'apparition du mal, le sultan prescrivit aux gouverneurs des provinces d'user des moyens les plus sévères pour interdire les déplacements d'une ville à l'autre du royaume. En même temps, il fit poster des soldats sur les grandes voies de circulation, avec ordre de tirer à vue et sans sommation sur tout voyageur.

En prospectant dans la bibliothèque du palais, je devais découvrir que la stratégie du souverain n'était pas très éloignée de celle qu'Al-Mansour Ad-Dhahbî avait adoptée. Dans un ouvrage qui relatait son règne j'ai pu lire les conseils qu'il prodiguait aux gens de sa cour : « Ne lisez et ne laissez pénétrer dans vos bureaux aucune des lettres que vous recevrez ; faites remettre ces lettres à votre secrétaire qui se chargera de les lire et vous donnera connaissance de leur contenu. Et comme le secrétaire devra venir en votre présence et qu'il sera alors en contact avec vous, qu'il n'ouvre jamais ces lettres avant de les avoir au préalable trempées dans du vinaigre très fort ; il les étendra ensuite et les fera sécher. C'est alors seulement qu'il les lira et qu'il vous en communiquera le contenu. »

On s'en doute, la vie urbaine fut cruellement touchée au cours de ces deux années. Ce ne fut pas seulement dû à la diminution de la population des villes fauchée par le fléau, mais à la désorganisation du pays qui a conduit au ralentissement du commerce. En outre, comme me l'a expliqué Abraham Maïmoran, avant que n'éclate l'épidémie la conjoncture internationale était déjà peu favorable au Maroc. Voilà un certain temps que le pays avait perdu son rôle d'exportateur de sucre sur les marchés européens au bénéfice d'un concurrent redoutable, le Brésil.

Avec l'accord du souverain, j'ai continué de me rendre assez régulièrement au dispensaire pour tenter de soulager les malades mais aussi, pourquoi mentirais-je, dans l'espoir secret de croiser Fatima. Je ne comptais évidemment pas sur le hasard. Je m'arrangeais toujours pour être présent aux heures des repas, sachant que c'étaient les plus propices. Après avoir prodigué mes modestes soins, qui consistaient pour l'essentiel en pansements, incisions de bubons et compresses, je la retrouvais dans le patio. Nous discutions de tout, de rien, évitant d'aborder le sujet le plus essentiel : nous deux. Bien que frustrants, ces rares instants me furent, et me sont toujours, plus précieux que de l'or. Les dernières semaines – peut-être était-ce mon imagination – j'avais cru percevoir chez Fatima comme un fléchissement, une lueur attendrie dans son regard, un frôlement de main plus appuyé. Mais je n'osais m'attarder sur cette impression de crainte d'être déçu.

Moulay Ismaïl a mis à profit cette période pour continuer de renforcer son armée en incorporant au noyau initial une tribu arabe dotée d'une cavalerie chamelière : les Oudayas, tribu aussi puissante qu'influente. Mais c'est surtout aux jeunes esclaves noirs que le sultan accorde toute son attention et tous ses soins : les Abid al-Bokhari. Sa garde noire. Un terme qui signifie littéralement « les esclaves d'Al-Bokhari ». Cette appellation leur fut attribuée après que le sultan eut ordonné qu'ils portent sur eux des hadiths tirés du livre de l'imam Al-Bokhari. « Vous et moi, leur disait-il, sommes les esclaves de la loi traditionnelle du Prophète – sur lui nos prières et le salut de Dieu – et de sa loi sainte contenue tout entière dans ce livre. Tout ce que cette loi ordonne, nous le ferons, et tout ce qu'elle nous défend, nous nous en abstiendrons : c'est pour elle et elle seule que nous combattons. »

J'ai eu l'opportunité de voir à l'œuvre cette armée. Elle est redoutable. On l'évalue à près de cinquante mille hommes.

Meknès, juin 1677

Décidé à en finir avec son neveu, Moulay Ismaïl a repris la route pour Marrakech toujours assiégée et je l'ai accompagné comme à l'accoutumée.

Cette fois, le sultan laissa libre cours à sa colère. Il a ordonné l'assaut de la ville. Au prix de combats terriblement meurtriers et de centaines de victimes de part et d'autre, la cité rebelle fut capturée, pillée et tous les habitants qui avaient accordé leur soutien à Ibn Mahrez furent mis à mort ; trente-deux eurent les yeux brûlés. Malheureusement, Mahrez, que l'on avait aperçu brièvement livrant combat du haut des murailles, avait réussi une fois de plus à prendre la fuite. J'en arrivais à croire que c'était lui qui possédait l'anneau de Salomon.

Nous avions tous compris que ce conflit qui s'éternisait avec son neveu ne tarderait pas à allumer d'autres foyers insurrectionnels. Ce fut le cas. Les Berbères zénatas, que feu Moulay Rachid ibn Chérif avait eu tant de peine à dompter, entrèrent à leur tour en dissidence. Soutenus par les Turcs d'Alger, toujours prompts à s'immiscer dans la vie du Maroc, ils s'étaient mis à razzier des villages et s'étaient emparés de Tâdla, dans le centre du pays.

Nous sommes donc repartis en guerre. Ce fut sans doute le moment le plus éprouvant de cette campagne. Un premier corps d'armée envoyé par le sultan fut mis en déroute par les Sanhadja. Un deuxième, puis un troisième subirent le même sort. Il ne me souvient pas d'avoir vu Moulay Ismaïl dans un tel état de rage. Craignant de voir son autorité et son prestige remis en cause, il décida de mettre en œuvre des moyens radicaux pour écraser cette révolte. À la tête d'une armée de *'abid*, renforcée par une dizaine de canons, il est parti pour Tâdla. Après avoir repéré le chef des Sanhadja et ses troupes, il les encercla, fit donner du canon jusqu'à laminer leur résistance. Pas moins de trois mille Berbères furent tués ce jour-là et sept cents têtes furent envoyées à Fès pour être accrochées aux remparts. Je me demandais si cela parviendrait à taire les ardeurs de ceux qui ne cessaient de remettre en cause le pouvoir.

Décembre 1678

Ce matin, le grand vizir Ali Mokhtar est venu m'annoncer :

— Prépare-toi, nous partons demain pour Chenguit[1].

J'ai dû avouer que je ne savais pas où se trouvait Chenguit.

— Moi non plus, s'est esclaffé Mokhtar.

Nous avons traversé l'Atlas, le Souss. Au sud du Sud ballotté par le chergui, un vent brûlant qui vous séchait la peau. Sous nos pas s'étendait une immense zone désertique, paysage minéral, parsemé de dunes. Mais que diable allions-nous faire dans ce coin perdu ?

Je n'ai pas tardé à comprendre.

Trois semaines plus tard, le 23 janvier, nous avons pénétré dans la Seguia al-Hamra[2], puis dans le territoire des Mghafra, une grande tribu arabe dont les terres s'étendent de l'Oued Noun au cap Bojador. Il semble que la mère de Moulay Ismaïl en était originaire. Nous fûmes reçus en grande pompe par le cheikh Bakar, un homme de grand prestige que l'on disait féru de théologie et de littérature et adepte du soufisme.

1. Actuelle Mauritanie.
2. La rivière rouge, le pays des Touaregs.

J'étais subjugué. Moi, le Marseillais, je me retrouvais plongé dans un monde que jamais je n'eusse imaginé. Pendant plusieurs jours, j'ai pu observer Moulay Ismaïl et le cheikh Bakar qui, à l'écart de tous, semblaient refaire le monde. Un matin, on nous annonça que les deux hommes avaient scellé une alliance. Pour la parfaire, comme l'exigeait la coutume, le cheikh faisait présent de sa fille au sultan, gage de fidélité et d'allégeance. C'est à ce moment que j'ai saisi la raison de ce périple. En fait, il servait les plus hauts intérêts politiques du Maroc. Il sécurisait le commerce transsaharien et permettait au sultan d'étendre ses possessions bien au-delà du point atteint par ses prédécesseurs.

C'est en fin de journée que la promise nous fut présentée. Elle était aux côtés de son père, drapée dans une magnifique melhfa gris et violet. Je fus ému tant par sa beauté que par sa jeunesse : elle devait avoir une quinzaine d'années et on la disait déjà lettrée.

On nous annonça son nom : Khenata, qui fut très vite couvert par un torrent de youyous. Les épousailles se déroulèrent le lendemain, entourées d'un faste digne de l'événement.

Quand vint l'heure de repartir pour Meknès, j'avoue que la scène des adieux me brisa le cœur. J'essayais de concevoir les pensées qui traversaient l'esprit de cette adolescente séparée du jour au lendemain de sa famille, de sa tribu pour épouser un inconnu plus vieux qu'elle de dix-huit ans. J'essayais aussi d'imaginer l'accueil que lui réservait Zaydana, l'actuelle épouse. On la disait despote, irascible, sadique, capable du pire. Comment réagirait-elle en voyant débarquer une rivale potentielle dans sa chasse gardée ?

En observant la jeune fille que l'on installait dans un baldaquin, j'eus peur pour elle.

Je vis qu'elle tenait serré un ouvrage contre sa poitrine et qu'elle s'y accrochait comme une naufragée à une bouée. Il s'agissait d'un exemplaire des hadiths réunis par l'imam Al-Bokhari.

Mars 1679

Nous sommes rentrés à Meknès le troisième jour du mois de ramadan.

Dès le lendemain, bien qu'épuisé et fourbu, je me suis rendu au dispensaire. Après avoir fait le tour des malades j'ai retrouvé Fatima. Et là se produisit un événement que je n'eusse imaginé. Dès qu'elle me vit, elle courut vers moi, emprisonna mes mains dans les siennes et les porta à ses lèvres. Submergé par des émotions contradictoires, je suis resté muet, sans réaction. Je sus seulement que les choses venaient irrémédiablement de changer entre nous.

Elle bredouilla :

— Allah est miséricordieux. Vous êtes vivant...

Elle s'écarta, essuyant d'un geste furtif les larmes qui coulaient le long de ses joues.

J'ai demandé :

— Pourquoi cette inquiétude soudaine ?

— Une nouvelle a circulé dans Meknès. On disait le sultan perdu dans le Sahara avec toute son escorte, alors...

— Je comprends mieux.

J'ai rétorqué sur un ton faussement enjoué :

— Si c'était le cas, vous auriez été éternellement triste, n'est-ce pas ?

Elle prit une courte inspiration avant de répliquer :

— Je serais morte.

Elle éclata en sanglots, s'ensuivit un torrent de mots.

— Je n'en peux plus de mentir, Casimir. Mentir aux autres est une trahison dont ils sont les victimes, mentir à soi-même est bien pire car c'est nous que nous trahissons. Que Dieu me pardonne, voilà trop longtemps que je tais ce que je ressens pour vous. Par bêtise, par peur, à cause du carcan, des mœurs, du monde, des autres. Je suis prête à franchir le pas. Peu importent les conséquences. Je ne veux pas mourir en ayant passé ma vie à ressembler au fou de Leïla qui se contentait d'être amoureux de l'amour[1].

Elle ajouta dans un souffle :

— S'il n'est pas trop tard...

J'ai secoué la tête.

— Trop tard existe lorsque l'on s'est fixé un délai. Je vous attendais. Je vous aurais attendue, toujours, si toujours est synonyme d'éternité.

Elle posa sa tête contre mon épaule. Je l'ai entourée tendrement et nous sommes restés un long moment sans parler.

C'est la voix du père Julian qui nous sépara.

Il s'arrêta devant nous et nous toisa.

— À présent mes enfants, que comptez-vous faire ?

J'ai immédiatement répondu :

— Nous marier, mon père.

Fatima sursauta.

— Quoi ?

— Bien sûr.

L'ecclésiastique observa :

— Vous êtes conscient du problème que crée une telle union.

1. Appelé « Qays et Leïla », ce récit populaire décrit la folle passion d'un poète bédouin et de sa cousine.

— S'il est d'ordre religieux, il n'existe pas. Je me convertirai à l'islam.

Julian Pastor fronça les sourcils.

— Vous seriez prêt à renier votre foi ?

— À mes yeux, la foi c'est croire en un Dieu. Rien d'autre. Je ne renierai donc rien. Voyez-vous, bien avant de rencontrer Fatima, j'avais déjà séparé religion et Créateur. La religion est une pratique sociale. La foi en Dieu, une certitude de l'âme. Vous me pardonnerez ?

Le trinitaire nous scruta longuement, puis :

— Ce qui vous attend n'est pas simple.

Il nous salua et se retira.

Le soir même nous avons annoncé la nouvelle à Salma, la mère de Fatima. Un sourire radieux illumina son visage, elle joignit les mains en prière et s'exclama :

— Ainsi vous goûterez enfin à mes plats !

Amar, lui, applaudit de bon cœur. Apparemment, la perspective d'avoir un beau-père à dix-huit ans n'était pas pour lui déplaire.

Ce fut ce même soir que j'ai prononcé la shahada : « J'atteste qu'il n'y a pas de divinité excepté Allah, et j'atteste que Mohammed est le Messager d'Allah. » C'est tout. J'étais musulman. J'avais posé comme seule condition à Fatima de ne pas être obligé de me faire circoncire. En revanche, je tenais absolument à ce que la cérémonie du mariage se déroulât selon la tradition et que tous les membres de sa famille qu'elle aurait aimé inviter fussent présents. Le mariage fut fixé au début du mois de mai. Un seul souci me tracassait. Il était d'ordre pratique. Où trouver une maison suffisamment spacieuse pour nous accueillir tous les quatre, car il était impensable que nous vivions dans la modeste demeure de Fatima. Abraham Maïmoran, à qui je me suis confié, m'a suggéré de venir habiter près de lui, dans le Mellah, le quartier juif. J'ai failli accepter, mais après réflexion je me suis dit qu'il ne serait pas convenable d'imposer à mon épouse et à sa mère de vivre à l'écart de leurs coreligionnaires puisqu'elles en seraient séparées par de hauts murs.

Un matin, j'appris que le sultan avait quitté Meknès à la tête de son armée. Une fois n'est pas coutume, je ne fus pas sollicité pour l'accompagner, ce qui ne me déplut pas. Je ne m'étais pas remis de ce voyage dans le Sahara et je tenais à seconder Fatima dans ses préparatifs. Comme je m'étonnais de ce nouveau départ du souverain, Abraham m'expliqua qu'il avait décidé d'entreprendre une campagne dans le Sud afin d'y recevoir la députation des tribus de la région. Où puisait-il cette énergie ?

Quatre semaines s'écoulèrent. Le 3 mai, je fus à la fois acteur et témoin d'un cérémonial inoubliable. Trois jours plus tôt, les amies de Fatima l'avaient entraînée au hammam. Ensuite, il y eut le rituel du henné, toujours entre femmes. Fatima s'était vu recouvrir pieds et mains de motifs savamment dessinés, les uns plus raffinés que les autres. Après cette séance, entourés des membres de la famille et de quelques amis, nous nous sommes réunis autour d'un dîner.

La veille du mariage, je dus troquer mon pantalon et ma chemise contre un jabador, une sorte de caftan blanc, et me hisser avec ma bien-aimée sur une chaise à porteurs bercé par une polyphonie de darboukas et autres instruments que j'entendais pour la première fois. Au cours de cette nuit (mémorable pour un Occidental), j'ai vu mon épouse se changer à plusieurs reprises, arborant de magnifiques tenues dont je me demandais par quel sortilège elle, que je savais dépourvue de moyens, se les était procurées. Plus tard elle me confia en pouffant de rire que c'étaient les robes qu'elle avait conservées de son précédent mariage. À l'aube, j'étais, je l'avoue, totalement vidé.

Faute de place, je suis allé retrouver ma chambre au palais pour essayer de prendre un peu de sommeil. Vers midi, on tambourina à ma porte.

— Si Maïmoran veut vous voir immédiatement.

L'esprit engourdi, j'ai emboîté le pas à l'émissaire.

En pénétrant dans le bureau d'Abraham, j'ai compris immédiatement qu'il se passait quelque chose de grave.

Après les salutations d'usage, il commença :

— Mon ami, j'ai de bien mauvaises nouvelles. Il va de soi que tu ne dois en parler à personne. Seul le secrétaire du sultan et moi-même sommes au courant.

Il prit une profonde inspiration avant de déclarer :

— Moulay Ismaïl a disparu.

11

À mesure qu'Abraham Maïmoran s'exprimait, l'incrédulité de Casimir Giordano grandissait.

Après avoir reçu la députation des tribus du Sud, mal conseillé par l'un de leurs chefs, le commandeur des croyants s'était aventuré aux environs du djebel Amour, en territoire algérien. Il fut accueilli par une armée turque au grand complet, avec ses canons et ses mortiers. Voilà plus d'un siècle et demi que les Ottomans régnaient en maîtres absolus sur l'Algérie actuelle, la Libye et la Tunisie. Ce qui ne les empêchait pas d'avoir des visées sur le seul pays maghrébin qui échappait à sa tutelle, le Maroc.

Dès la nuit tombée, les Turcs se sont mis à tirer sur l'armée du sultan, semant la panique dans ses rangs. Les boulets firent l'effet d'un coup de pied dans une fourmilière. Les unes après les autres, les tribus qui s'étaient ralliées au sultan prirent leurs jambes à leur cou. À minuit, Moulay Ismaïl n'eut d'autre choix que de battre en retraite et d'accepter les conditions des Turcs : le fleuve Tafna demeurerait la frontière immuable séparant l'Empire ottoman du Maroc et la paix fut conclue.

— C'est triste, mais c'était prévisible, commenta Casimir. On ne pouvait...

Abraham le coupa.

— Ce n'est pas tout. À son retour à Meknès, une nouvelle bien affligeante attendait le sultan : ses trois frères, Al-Harrâne, Hâchem et Ahmed, s'étaient à leur tour soulevés !

— Ses frères ?

— Et aussi des cousins. Moulay Ismaïl est allé les affronter dans le Sud, aux environs du djebel Saghro. Heureusement, malgré d'énormes pertes, la victoire lui a souri et ses trois frères n'ont trouvé leur salut que dans la fuite.

Abraham Maïmoran adopta une courte pause avant de poursuivre :

— Seulement voilà, au lieu d'emprunter la route habituelle pour rentrer à Meknès, le sultan a décidé de passer par le col d'Al-Glaoui, dans le Haut-Atlas, entre Marrakech et Ouarzazate. C'est un passage montagneux qui se trouve à plus de mille huit cents mètres d'altitude.

— Pour quelle raison ?

— Justement, nous n'en savons rien. Ce matin nous avons appris qu'une effroyable tempête de neige s'était abattue il y a quelques jours sur le col. Depuis, plus aucune nouvelle du souverain.

— Et le grand vizir ?

— Il l'accompagnait. Tu comprends pourquoi il ne faut pas que l'information s'ébruite. Si nos ennemis venaient à apprendre que le pays était sans gouvernance, je n'ose imaginer les conséquences.

Casimir était dépassé.

Maïmoran précisa :

— Sur ordre d'Al-Mandari, le secrétaire du sultan, un contingent de Cheragas est parti avant-hier pour Al-Glaoui. Prions qu'ils retrouvent Moulay Ismaïl sain et sauf.

Casimir réprima un frisson. Si le sultan disparaissait, ce serait la fin du royaume.

Maïmoran lança soudain :

— J'allais oublier. Il m'a chargé de te dire que tu avais une maison qui t'attendait dans la Médina.

— Tu veux dire que...

— Ce que tu as entendu : une maison t'attend. Va voir Al-Mandari. Il t'indiquera où elle se trouve précisément et t'en donnera les clefs. Une dernière chose encore. Le chef des eunuques m'a fait savoir que la nouvelle épouse du sultan, Lalla Khenata, est souffrante. Il serait bien que tu l'examines. Mais méfie-toi, Casimir. Oublie les histoires que tu as pu lire ici et là. Un harem est un monde bien plus périlleux que celui de la cour. C'est un monastère qui a pour religion le complotisme et pour Dieu le sultan ; un sultan qui – soit dit entre nous – est très peu prodigue avec ses femmes. Disons-le : il est pingre. Ses concubines vivent plus que modestement. Il en résulte que celles qui le peuvent tentent d'entrer dans des jeux d'influence et servent, par exemple, d'intermédiaires pour qui veut obtenir une audience auprès du sultan. Toute une économie invisible se développe sur le mode du courtage, de la commission. D'après les échos que j'ai pu recueillir, Lalla Zaydana surpasse en ce domaine et de loin toutes ses rivales. L'un de mes amis juifs qui ne pouvait obtenir une réponse du sultan pour une affaire importante a pris le parti d'envoyer à la reine un magnifique collier de perles en la suppliant d'intercéder en sa faveur. Manifestement son geste fut récompensé puisqu'il a obtenu ce qu'il sollicitait en vain. Tout le monde reconnaît que Zaydana exerce une grande influence sur le souverain.

— Je vois...

— Il faut savoir aussi qu'il existe entre ces dames des rapports hiérarchiques qui opposent les femmes originaires du royaume aux « étrangères » d'origine chrétienne. Il vaut donc mieux ne pas essayer de prendre parti sous peine d'être broyé entre les seins de ces dames.

*

De hauts murs séparaient le sérail du palais. Point de fenêtres ni de terrasses. Pour y accéder, Casimir dut emprunter de longs couloirs obscurs, des escaliers dérobés pour atteindre l'entrée gardée par des Noirs.

Il déclina son identité.

Le caïd lui souhaita la bienvenue et l'emmena vers une grande salle où étaient réunis une dizaine d'eunuques assis sur des divans, jambes repliées sous leurs cuisses. Leur chef, silhouette longiligne, visage glabre, se leva et pria Casimir de le suivre.

Ils entrèrent dans un jardin où une vingtaine de femmes, essentiellement des Noires, étaient assises, ou allongées langoureusement sur l'herbe. La soudaine apparition du médecin les fit littéralement bondir. Certaines ne pouvant concevoir qu'un homme blanc pût se trouver là prirent carrément la fuite. Les plus courageuses s'approchèrent en tremblant du chef des eunuques pour lui demander qui était Casimir. Dès qu'elles apprirent qu'il était médecin et qu'il venait voir Lalla Khenata, elles coururent le dire à celles qui s'étaient enfuies, et en un instant la cour fut emplie de femmes qui répétaient à l'envi : « *doctor cristiano* », « *tabib nasrani* ».

Elles pressèrent le Français de telle sorte qu'il ne lui fut plus possible de faire un pas. Empressées de le consulter, elles l'étaient encore plus d'examiner son visage. Ne sachant de quel mal se plaindre, elles lui présentaient leur pouls à tâter, pour le seul plaisir d'être touchées. Heureusement, le chef des eunuques leur ordonna de laisser Casimir tranquille sous peine de les accuser auprès de Lalla Zaydana. L'avertissement fit son effet car elles s'écartèrent immédiatement.

Sur le côté droit du jardin, une porte ouvrait sur une vaste salle. L'eunuque crut utile d'expliquer à Casimir que le harem n'était pas composé d'une seule pièce, mais de plusieurs bâtiments. Certains abritaient le quartier des *ûsfân al-dâr*, les eunuques ; d'autres, les esclaves femmes, dont certaines étaient des musiciennes, d'autres des lingères, ou encore de simples domestiques, seules autorisées à faire le service. Et plusieurs bâtiments accueillaient des vestiaires et des hammams.

Le médecin s'enquit :

— Combien y a-t-il de femmes ici ?

— Cinq cent vingt, exactement. Et deux épouses légitimes. Lalla Zaydana et celle qui vous attend, Lalla Khenata.

Cinq cent vingt ? Les ragots en attribuaient le double au sultan.

— Nous sommes arrivés, dit l'eunuque. Attendez ici, je vais vous annoncer à Lalla Khenata.

Quelques minutes s'écoulèrent. L'eunuque réapparut.

— Je vous accompagne.

Ils traversèrent une grande pièce décorée de lambris en stuc et en bois de cèdre jusqu'à ce qu'ils fussent arrivés devant une porte entrebâillée.

— Vous pouvez entrer.

Hésitant d'abord, Casimir franchit le seuil.

Lalla Khenata était allongée sur un lit en noyer, la tête posée sur des oreillers brodés. Dans un coin de la chambre on avait disposé par terre une nappe blanche sur laquelle était posée une sorte de lanterne vitrée en argent qui contenait une bougie-veilleuse. Un mouchoir de soie enroulé par-dessus tamisait la lumière. Un peu partout il y avait des coussins ronds et carrés. Deux grandes armoires en marqueterie se dressaient sur le mur du fond. Une console où des carafes d'eau étaient rangées, et près de la fenêtre un brasero en cuivre jaune.

La dernière fois où Casimir avait vu l'adolescente, c'était chez les Mghafra, au moment de ses épousailles avec le sultan. Elle paraissait déjà fragile ; aujourd'hui elle semblait l'être bien plus encore. Alors qu'il s'approchait d'elle, il constata qu'elle tenait le livre d'Al-Bokhari serré contre sa poitrine.

Une douzaine de femmes noires et quelques Circassiennes étaient assises à quelque distance de la petite sultane. Casimir demanda :

— Depuis combien de jours est-elle souffrante ?

La plus âgée répondit :

— Depuis deux jours.

À la manière dont elle était vêtue – un caftan vert, serti de fils d'argent –, ce ne pouvait être que l'intendante du harem.

Casimir se pencha sur la jeune fille et lui ôta des mains le livre d'Al-Bokhari qu'il confia à l'intendante. Le visage était d'une grande pâleur. Les yeux entourés de cernes bleuâtres. Il l'interrogea doucement.

— Où as-tu mal ?

Khenata répondit par un gémissement en effleurant son ventre et son front. Le médecin palpa son pouls. Il était filant, galopant, imperceptible par moments. Il sortit de sa besace une spatule et pria l'adolescente d'entrouvrir la bouche. Elle obéit, quasi inconsciente. Le palais était fortement irrité, ainsi que la glotte et la langue. Il inspecta ses bras et vit que par endroits la peau était rouge cerise.

S'adressant de nouveau à l'intendante, il s'enquit :

— A-t-elle mangé quelque chose ?

— Non. Elle refuse. La seule personne qui réussit à la nourrir un peu c'est Lalla Zaydana.

— Que lui donne-t-elle ?

— Uniquement des amandes d'abricots amères.

Casimir fronça les sourcils.

— Depuis combien de temps ?

— Je ne sais, sidi.

Brusquement lui revint en mémoire cette nuit où il avait été appelé au chevet de Moulay Rachid ibn Chérif, au plus mal, et il revit le bol d'amandes d'abricots amères posé près de lui. Décidément...

Lalla Zaydana était-elle au courant du pouvoir toxique de ces fruits ? Il n'osait y croire. La sultane avait certes mauvaise réputation, mais de là à chercher à assassiner une enfant ?

Il prit un petit flacon de sa besace. Après en avoir ôté le bouchon, il souleva la tête de Khenata et versa quelques gouttes dans sa bouche.

— C'est un purgatif, dit-il à l'intendante. Surveillez-la. Et il ne faut plus que Lalla Zaydana donne ces amandes à la sultane. Pas une seule. Je l'interdis formellement.

La femme afficha une moue gênée.

— Sidi, personne ne peut donner d'ordre à la sultane.

— Dans ce cas, c'est moi qui vais lui parler. Où est-elle ?

— Dans son appartement, mais...

Casimir récupéra sa besace et bondit hors de la chambre.

Le chef des eunuques attendait sur le seuil.

— Emmène-moi chez Lalla Zaydana.

— C'est... c'est impossible, *tabib.* Au préalable il faut solliciter une entrevue.

— Je la sollicite. Emmène-moi.

— Elle sera furieuse.

— Emmène-moi !

— Comme vous voudrez.

Il fit signe au médecin et le conduisit vers un autre bâtiment.

— C'est ici, annonça-t-il en désignant une porte en bois massif.

Et il prit ses jambes à son cou.

Casimir inspira et frappa trois coups sur le battant.

— Qui est là ?

— Votre médecin.

— Je ne suis pas malade !

— Je sais, Altesse, mais Lalla Khenata l'est.

— Que veux-tu que j'y fasse ? Tu n'as qu'à la soigner !

— Il serait bien de ne plus lui donner d'amandes.

Il ajouta :

— Elle pourrait en mourir.

Il y eut un long silence, la voix de Zaydana claqua.

— Adieu, *tabib !*

Il fut à deux doigts de protester, mais lui revint la mise en garde de Maïmoran : « Il vaut mieux ne pas essayer de prendre parti sous peine d'être broyé entre les seins de ces dames. »

Chroniques berbères

Mars 693

À la lueur du feu de camp, les visages étaient graves.

Assis entre les fils de Dihia, je gardais les yeux rivés sur les flammes. Nul besoin de me questionner pour connaître mes pensées. J'étais avec Koseïla. Mon ami, mon frère d'armes. Je lui parlais. Et je sais qu'il m'entendait.

À quelques pas de nous, j'ai vu Dihia qui lançait au hasard quelques cailloux sur le sable et je l'ai entendue qui murmurait : « Je suis ce qui a été, ce qui est, ce qui sera. » Comme à chaque incantation, elle fut prise de tremblements. Une fois apaisée, elle convoqua les chefs des tribus rassemblées et leur annonça : « La kâhina a parlé. Demain, nous devrons marcher vers le nord-est, jusqu'à l'oued Nini. C'est là que nous vaincrons l'ennemi. »

Les guerriers l'acclamèrent. J'en fis autant. À ce jour, jamais la kâhina ne les avait trompés.

De Damas, on nous avait envoyé un nouveau général. Il s'appelait Ibn Numan. Comme ses prédécesseurs, il avait pour mission de nous exterminer. Il était convaincu que la tâche serait aisée. À ses yeux, la nouvelle reine des Berbères n'était qu'une vulgaire devineresse. Au mieux une sorcière. En aucun cas un chef de guerre.

C'est aux abords de la Meskiana, à l'endroit précis indiqué par la kâhina, que la rencontre eut lieu. Dihia, comme à chaque bataille, avait emmené une grande figurine en bois représentant un bélier. L'idole qu'elle vénérait. Les armes vaincraient les hommes, le bélier le mauvais œil.

Il nous fallut moins de trois heures pour terrasser Ibn Numan et son armée. Il n'a pas eu d'autre choix que de battre en retraite, abandonnant derrière lui butins et cadavres. Plus tard, les Arabes se souviendraient de cette date comme étant « le jour du désastre ».

Dihia triomphait. Son défunt père, Tâbet, pouvait être fier.

C'est ce jour-là que je fus témoin d'un événement des plus étranges.

Alors que nous nous apprêtions à libérer les prisonniers, l'attention de Dihia fut attirée par un jeune homme qui ne ressemblait pas aux autres. Il n'avait pas cet air de chien battu et possédait un tatouage gravé sur l'épaule. On y lisait « Allah ». Elle lui demanda son nom. Il répondit fièrement : « Khâlid ibn Yazîd. »

Quelqu'un cria : « C'est le neveu du général Ibn Numan ! »

Dihia m'a ordonné :

« Prends soin de lui, Marek. Il vaut bien plus que cent prisonniers. »

Bien que surpris, j'ai obtempéré.

Le lendemain, dès l'aube, Dihia convoqua les sages de la tribu et leur annonça : « J'ai décidé d'accorder l'anaya à Khâlid ibn Yazîd. Je vais l'adopter, il sera mon troisième fils. » Nous étions sidérés. L'anaya est une protection que l'on offre à un individu, une tribu ou même un territoire ; les femmes aussi bien que les hommes pouvaient en faire usage. Mais pourquoi tout à coup Dihia l'avait-elle souhaité pour ce musulman, et pourquoi l'adoption ?

Selon le rituel, elle fit pétrir de la farine d'orge trempée dans de l'eau par une ancienne de la tribu. Quand la pâte fut prête, elle dénuda sa poitrine, en recouvrit la pointe de son sein gauche, celui du cœur, et apostropha l'Arabe.

« Viens, Khâlid ! »

Comme il hésitait, elle répéta :

« Viens ! Ne crains rien. Mes seins ne mordent pas. »

Quand il s'allongea près d'elle, Dihia emprisonna la nuque du jeune homme et plaqua sa bouche contre son sein.

Levant les yeux vers Adid et Yezdia, elle ajouta :

« Voici votre nouveau frère. »

Elle s'était exprimée d'une voix assez forte pour être entendue de tous.

Ce soir-là, elle ne partagea pas la couche de son époux.

12

Meknès, 24 mars 1680

— Mesdames, dit Maïmoran, je ne sais à laquelle de vous nous devons ce somptueux dîner, aussi acceptez toutes les deux mes hommages.

Salma, la mère de Fatima, joignit les mains comme en prière et rosit de plaisir.

— Que Dieu te bénisse, répliqua-t-elle.

Fatima se hâta de faire remarquer :

— Si Maïmoran, c'est au sultan que devrait aller votre gratitude. S'il n'avait eu la générosité de nous offrir cette maison, jamais nous n'aurions osé vous recevoir et jamais ma mère n'eût été capable de réussir ce tajine car, mais vous l'avez deviné, c'est ma maman qui a tout préparé.

Abraham inclina la tête.

— Que ses mains restent éternellement en vie.

Salma chuchota à l'oreille de sa fille :

— *Hadak weld nnass.* C'est un homme de bonne famille.

— Je crois que ma belle-mère a succombé à votre charme, s'amusa Casimir.

Et il changea de sujet :

— Vous avez remarqué ? Meknès n'est plus qu'un gigantesque chantier. J'ai l'impression que le sultan a bien l'intention de faire de cette ville la rivale de Versailles. Il n'est pas un coin où l'on ne construit pas. On soulève des tonnes de terre, on creuse des tranchées, on abat des maisons, on dresse des remparts. Moulay Ismaïl s'est glissé dans la peau d'un véritable contremaître. Il arrive dès l'aube, vérifie lui-même la bonne marche des travaux, et n'hésite pas à sévir en cas d'imperfection.

Maïmoran opina.

— Et il sévit durement... très durement. J'ai eu l'infortune d'assister à une scène peu agréable. Ayant constaté que des briques étaient trop minces, le sultan a fait convoquer l'artisan qui les avait faites et en a rompu plusieurs sur sa tête. C'est triste à dire, mais pourquoi le sultan se priverait-il ? Il dispose d'une main-d'œuvre quasi illimitée depuis qu'il s'est rendu propriétaire de tous les esclaves du royaume.

— En tout cas, dit Fatima, il a la baraka. C'est un miracle de Dieu s'il a pu réchapper à cette tempête de neige sur le col d'Al-Glaoui. Casimir m'a dit que de nombreux soldats ont perdu la vie ce jour-là.

— C'est exact, confirma Abraham. Le plus tragique, c'est qu'une fois au pied du col, les survivants, morts de faim, ont envahi une ferme et ont fait main basse sur les vivres qui s'y trouvaient. Le propriétaire s'en est plaint au sultan qui n'a pas hésité à passer une trentaine d'hommes au fil de l'épée. Ensuite, pour des raisons que j'ignore, il a passé sa colère sur le grand vizir. Il l'a attaché à son cheval et l'a traîné jusqu'à Meknès. À leur arrivée il ne restait plus que des débris du corps.

— *Ya Allah !* se récria Salma, mais c'est affreux !

— Disons que Moulay Ismaïl est facilement... irritable.

Alors que les deux femmes se levaient pour desservir, la porte d'entrée s'ouvrit et un jeune homme entra dans la pièce. Assez beau, le teint cuivré, d'abondants cheveux noirs ondulaient sur ses épaules.

— Amar ! *Lahbibe diyalli !* Mon chéri, s'écria Fatima en bondissant vers son fils.

— Tu dois mourir de faim, dit Salma. Je vais te réchauffer un plat.

Passant outre les protestations du jeune homme, elle se précipita dans la cuisine.

— Assieds-toi, mon garçon, proposa Casimir.

— Je ne fais que passer, malheureusement. On m'attend à l'école coranique.

— Il aime bien la théologie, crut bon de préciser Fatima, et il a décidé de nous abandonner pour aller étudier à Fès, à l'université Al-Qarawiyyin.

— Il est sans cœur, surenchérit Salma de retour avec un plat de tajine qu'elle posa devant Amar. Allez, mange. Tu es maigre comme une carotte.

— Al-Qarawiyyin ? s'étonna Casimir. Première nouvelle. Quand as-tu pris cette décision ?

— Il y a deux jours. Je trouve que l'enseignement de l'école coranique est trop limité. Alors qu'à Al-Qarawiyyin on aborde les sciences profanes, la logique, les mathématiques et aussi...

Il marqua une pause avant d'ajouter avec un sourire complice :

— La médecine.

Casimir fit les yeux ronds.

— La médecine est enseignée à Al-Qarawiyyin ?

— Non. Mais certains médecins bénévoles viennent parfois proposer des lectures. Je verrai bien si le sujet m'intéresse.

— Si c'est le cas, que feras-tu ? Il n'existe pas une seule école de médecine dans tout le Maghreb. Je sais qu'il en existait à Damas, à Bagdad, à Ispahan, à Cordoue, mais c'était il y a plus de huit siècles !

— On verra bien, père. Je ne suis pas encore décidé.

Et il ajouta :

— Qui sait ? Peut-être accepteras-tu de devenir mon maître ?

Casimir eut un mouvement de recul.

— Ah ça, jamais ! Rien n'est moins bénéfique que l'enseignement d'un père à son fils. Nous allons passer notre temps à nous chamailler.

— J'adorerais, répliqua le jeune homme, amusé.

Il se tourna vers sa grand-mère et l'enlaça.

Abraham en profita pour demander à Casimir :

— Comment va Lalla Khenata ? Va-t-elle mieux ?

— Oui, elle est rétablie. Il semble que j'ai été écouté. J'avoue que l'idée de mettre en cause la terrible Lalla Zaydana ne m'enchantait guère. Et puis, il n'est pas impossible qu'elle ignorât le danger de ces amandes amères. En tout cas, je plains cette jeune fille, seule, entourée d'adultes, sans personne à qui se confier. Ses seules sorties se limitent à prendre l'air dans le jardin du harem ou se rendre le vendredi à la mosquée. Seule Lalla Zaydana – qui fait régner la terreur autour d'elle – dispose du privilège d'aller où bon lui semble.

Casimir prit une corne de gazelle qu'il présenta à son hôte et dit encore :

— Je ne sais pas si tu es au courant, mais le harem s'est

enrichi d'une nouvelle recrue. Une Irlandaise de seize ans. Miss Shaw. Je me demande comment elle a échoué ici. Elle...

Quelques coups frappés à la porte l'interrompirent.

— Qui cela peut-il bien être ? s'exclama Fatima.

Amar alla ouvrir.

Un émissaire du palais se tenait sur le seuil.

— *Si* Maïmoran est-il là ?

Abraham se leva.

— Qu'y a-t-il ?

— Pardonnez-moi, mais Moulay Ismaïl exige immédiatement votre présence.

— À cette heure ?

— C'est la guerre, sidi.

— La guerre ? Avec qui ?

— La France.

Abraham se tourna vers ses hôtes avec une expression navrée.

— Je suis au regret de devoir prendre congé, mes amis. Merci encore pour ce somptueux repas.

La guerre avec la France, songea Giordano. Il ne manquait plus que cela.

*

Lorsque Abraham Maïmoran fut admis dans le bureau de Moulay Ismaïl il y trouva Nour ibn Filali, le nouveau grand vizir, mais aussi un autre visiteur qu'il n'avait jamais croisé jusque-là.

— Entre, déclara le souverain. Voici Hajj Mohammed Temim, le gouverneur de Tétouan. Un proche de notre famille.

Abraham découvrit un homme dans la quarantaine, la tête couverte d'un turban, les pieds chaussés de babouches de cuir. Un mince filet de barbe argenté par endroits ornait un visage harmonieux. Dans un langage commun, on aurait pu le qualifier de bel homme.

Il s'était levé spontanément en portant la main au cœur, à la bouche et au front. Abraham lui rendit son salut.

— La France, enchaîna Moulay Ismaïl le visage sombre. Avant-hier matin à l'aube, des vaisseaux de guerre ont mis le blocus devant le port de Salé.

— Hélas, mawlana, ce n'est pas la première fois, rappela Mohammed Temim.

— C'est vrai. D'ailleurs cette flotte est commandée par le même marquis qui, il y a huit ans, s'était plu à bombarder la ville avant de repartir bredouille. Cette fois j'ai retenu son nom : Châteaurenault. Il nous a fait parvenir un message indiquant qu'il était disposé à négocier un échange de captifs soit avec Abdelkader Maânino, notre gouverneur de Salé, soit avec moi.

Les traits du sultan se crispèrent.

— Aurais-je agi de la sorte envers leur roi ? Un roi pour qui j'éprouve une grande considération. Pas une lettre, pas un pli à mon intention ? Et figurez-vous que ce Châteaurenault propose de négocier en son nom propre ! Ce qui signifie que les termes devront être approuvés ultérieurement par son maître.

— Inacceptable, asséna le grand vizir.

— Il n'en demeure pas moins que nous ne pouvons laisser indéfiniment perdurer ce blocus. Les revenus du makhzen en souffriraient.

Il se tourna vers le gouverneur de Tétouan :

— Hajj Temim, que suggères-tu ?

La réponse tomba sur-le-champ :

— Ne rien faire, mawlay.

— Ne rien faire ?

— Le marquis reprendra le large. Ses vaisseaux sont trop lourds pour franchir la barre et les marins ne pourront pas rester confinés à bord éternellement. Donc... Ne rien faire et ils repartiront comme ils sont venus. Entre-temps, je vous suggère de nommer un négociateur qui aura votre pleine et entière confiance et ils reviendront vers nous.

Moulay Ismaïl parut perplexe.

— D'où tiens-tu cette certitude ?

Ce fut Abraham Maïmoran qui prit la liberté de répondre :

— Hajj Temim a raison. La France reviendra vers nous, car la France a besoin du Maroc.

Le grand vizir resta bouche bée.

Mohammed Temim prit la relève :

— Depuis longtemps, les pays européens se sont emparés de territoires qu'ils exploitent et colonisent, alors que la France ne réussit toujours pas à se constituer un empire capable de rivaliser avec celui de l'Espagne ou à dominer de grandes voies commerciales à l'instar des Portugais ou des Hollandais. Le Roi-Soleil en est conscient. Il ne peut pas négliger les espaces où il pourrait tenter d'imposer son influence et favoriser l'action de ses marchands. Le Maroc fait partie de ces espaces. Patientez, le gouvernement de la France tentera une nouvelle approche et quand il le fera, présentons-lui un interlocuteur qui aura pouvoir de négocier en votre nom.

Le sultan passa machinalement sa main sur son front où perlaient quelques gouttes de sueur.

— Je dois réfléchir. Pour l'instant j'ai d'autres préoccupations. Je dois envoyer au plus vite des renforts au caïd Ibn Haddou. Voilà des mois qu'il assiège Tanger et il m'a fait savoir que les Anglais sont près de capituler. Alors les négociations avec les Français attendront.

Il répéta :

— Oui. J'ai d'autres préoccupations...

Se levant d'un seul coup, il mit fin à la réunion.

Pour la première fois on le sentait épuisé.

*

Neuf mois plus tard, ce ne sont pas les Français mais les Anglais qui proposèrent de négocier. La garnison de Tanger était exsangue. Deux années de siège avaient fini par avoir raison de leur résistance. Dans le courant du mois de décembre 1681, le gouverneur britannique fit savoir au caïd Ibn Haddou qu'il avait des propositions à lui faire. Il expliqua que le roi d'Angleterre, Charles II, avait décidé de dépêcher un envoyé spécial auprès du souverain marocain, sir James Lesley, qui était déjà en route avec de nombreux présents. En conséquence, les Anglais demandaient une trêve de six mois pour permettre à l'ambassadeur annoncé de remplir sa mission. La requête fut transmise à Moulay Ismaïl qui donna son accord.

— Qu'il vienne donc. Nous le recevrons avec les égards dus à son rang.

Ce fut seulement vers la mi-janvier que l'ambassadeur anglais arriva à Meknès. Les présents qu'il ramenait au sultan étaient responsables de ce retard. Une vingtaine de mules avaient été nécessaires pour les transporter. Sir James Lesley se présenta le 17 mars 1681 devant Moulay

Ismaïl. Les négociations s'engagèrent et aboutirent trois jours plus tard à la signature d'un traité de paix de quatre ans en contrepartie d'une importante fourniture d'armes et l'on décida que, plus tard, un émissaire marocain ferait le voyage à Londres afin de ratifier l'accord.

Moulay Ismaïl avait de quoi être pleinement satisfait. Les Anglais avaient montré leur faiblesse et quatre ans de trêve ne représentaient guère que quelques grains de sable. Une fois le délai expiré, on repartirait à l'assaut de Tanger.

À présent, Ibn Haddou avait les coudées franches pour conquérir une autre ville : la Maâmora. Voilà bien trop longtemps qu'elle était tenue par les Espagnols.

*

30 avril 1681

En observant le village posé à l'embouchure du fleuve Sebou, à cinq heures de marche de Rabat, Casimir Giordano se dit qu'il n'était pas bien différent des innombrables ports de pêche qui longeaient l'Atlantique. Pourtant, aucun site de cette côte n'avait suscité autant de convoitises. Il n'était qu'à voir l'imposante forteresse que les Espagnols avaient érigée après avoir conquis le port, et l'enceinte et les bastions, pour en être persuadé. Peut-être était-ce la forêt de chênes-lièges ou le lac et ses milliers d'oiseaux qui avaient tant éveillé l'appétit des conquérants portugais, hollandais et, en dernier lieu, des Espagnols ?

Partout des morts et des blessés. Pourtant les visages étaient rayonnants. Lorsque Moulay Ismaïl fit son entrée dans le camp, tout vêtu de blanc, précédé d'un coran, une clameur le salua qui résonna jusqu'au pied de la citadelle.

La Maâmora était libre ! Ibn Haddou avait réussi.

Après soixante-dix ans d'occupation, les Espagnols avaient rendu les armes. On apercevait encore le drapeau blanc qu'ils avaient arboré au sommet d'une des tours. Aujourd'hui le commandeur des croyants était venu recueillir le fruit de la victoire. Un butin exceptionnel. Une centaine de pièces d'artillerie, des mousquets. Des pièces d'or.

Moulay Ismaïl laissa venir à lui le gouverneur, Don Juan Peñalosa y Estrada, accompagné de six officiers. Comme il avait été convenu avec Ibn Haddou, Don Juan s'agenouilla et baisa les pieds du sultan. C'est à cette seule condition qu'il avait été autorisé à se retirer, libre, en emmenant sa famille et ses biens. De même – avec l'approbation de Moulay Ismaïl –, Ibn Haddou avait accordé la vie sauve aux trois cents prisonniers, à leurs femmes et leurs enfants. Il n'échappa à personne que Moulay Ismaïl profita de l'occasion pour poser des questions au gouverneur sur la politique des cours européennes et... sur le roi de France. Continuait-il de triompher sur les champs de bataille ? À contrecœur, le gouverneur reconnut que c'était le cas.

— Voilà qui ne me surprend pas, dit Moulay Ismaïl, je savais que le roi de France, dont j'estime la valeur, ne pouvait manquer d'avoir de grands avantages sur ses ennemis. Mon neveu, à son retour d'Angleterre, m'avait déjà tenu au courant de ses glorieux exploits.

Ensuite, Moulay Ismaïl marcha jusqu'au bout du promontoire qui dominait l'océan, se prosterna et baisa la terre.

— À partir d'aujourd'hui, annonça-t-il d'une voix impérieuse, cette ville portera le nom d'Al-Mehdia[1].

Ce fut deux mois plus tard, début juin, que la prédiction de Mohammed Temim se réalisa. Châteaurenault était revenu jeter l'ancre à quelques encablures de Salé, mais cette fois, il était accompagné d'un capitaine de vaisseau, Antoine Lefebvre de La Barre, porteur d'une lettre du Roi-Soleil adressée personnellement au sultan. Elle disait en substance ceci :

> Très haut, très excellent et très puissant prince, notre très cher et bon ami, nous avons chargé le sieur Antoine Lefebvre de La Barre, capitaine de l'un des vaisseaux de guerre de l'escadre française, de vous aller trouver pour en conclure un traité, suivant les conditions contenues aux articles dont il est porteur. C'est pourquoi nous vous faisons cette lettre, pour vous dire que nous souhaitons que vous donniez une entière créance à tout ce qu'il vous proposera de notre part sur ce point.

Moulay Ismaïl n'apprécia ni le ton, ni la forme.

La forme, car il ne comprenait pas qu'une lettre royale ne lui soit pas remise en mains propres par une personne de marque alors que le roi des Anglais lui avait envoyé un pli cacheté et enveloppé dans de la soie, apporté par sir James Lesley, un homme de qualité.

Le ton, car certains propos contenus étaient pour le moins ambigus puisqu'ils laissaient entendre que les clauses de l'éventuel traité ne supportaient pas de

1. Le cadeau. Sous-entendu, la ville donnée en cadeau (au peuple marocain). Ce nom évoquerait l'énorme butin pris aux Espagnols.

discussion : « *Nous souhaitons que vous donniez une entière créance à tout ce qu'il vous proposera de notre part sur ce point.* »

Néanmoins, Moulay Ismaïl passa outre. Il donna ordre au caïd Ibn Haddou, qui se trouvait toujours à Mehdia, d'y attendre le capitaine de La Barre, et conclut son message par un vieux dicton arabe : « Accompagne le menteur jusqu'au pas de sa porte. »

Journal de Casimir Giordano

2 juillet 1681

Il y a trois jours, j'ai fêté mes quarante-cinq ans. Presque un demi-siècle.

Est-ce cela la vie ? Les jours et les années qui passent le temps d'un battement de paupières ? Si j'étais malheureux, je suppose que j'aurais trouvé ce temps long ; je ne le suis pas, ou du moins, je ne le suis plus depuis que Fatima est entrée dans ma vie. Fatima, mais aussi Amar. Il m'est devenu précieux.

Bientôt quinze ans que je vis au Maroc et curieusement je n'éprouve pas une once de mélancolie à l'égard de mon passé. J'ai adopté ce pays, comme j'ai adopté Amar. Et je n'imagine plus ne pas conjuguer le nom de Dieu à tous les temps.

Seul petit chagrin, mon embonpoint. À force de me gaver de dattes, de miel de thym, de pain, j'ai perdu cette sveltesse qui, il y a quelques années encore, faisait ma fierté. Tant pis, j'ai gagné au change des saveurs qui m'étaient inconnues.

Plus j'observe Moulay Ismaïl, plus je suis convaincu qu'il laissera son empreinte dans l'histoire de ce pays. Le défi qu'il a relevé n'est pas humain. Il consacre son existence à tenter de saisir d'inaccessibles étoiles. Bien sûr, l'ambition personnelle y est pour beaucoup. Mais il se fait que cette ambition va de pair avec le devenir du Maroc. Sans unité, cette terre ne connaîtra que souffrances et pauvretés.

J'ai appris par Abraham que des négociations étaient en cours avec des émissaires français. Et cependant, dans le même temps, un corsaire français du nom de Jean Bart a obligé un navire salétin à s'échouer sur la côte du Portugal et il a capturé une centaine de Marocains parmi lesquels vingt notables et le jeune neveu du gouverneur de Salé, Abdelhaq Maânino. Pourtant ces gens n'étaient pas des pirates, ils étaient en route pour accomplir le pèlerinage de La Mecque. Une semaine plus tard, un autre navire a été capturé avec un équipage de cent vingt-cinq marins. Tout ce monde a été envoyé aux galères à Marseille.

Qu'est-ce donc que des négociateurs qui se livrent à des attaques alors qu'ils sont censés parler de paix ? Voilà qui ne laisse guère présager une conclusion heureuse.

Hier, à la demande de Lalla Khenata, je me suis rendu au harem. Alors que je pensais la trouver alitée dans son appartement, elle m'attendait dans la bibliothèque du palais. Elle était plongée en pleine écriture, un manuscrit posé près d'elle, ainsi que des feuillets, un calame et un encrier.

Elle fit mine de se lever, mais je la priai de ne rien en faire.

— Vous allez bien, Votre Altesse ?

— Très bien, *tabib*.

— Ah... je croyais que...

— Non. *Hamdou lillah*, soyez rassuré. Aujourd'hui c'est mon anniversaire. J'ai dix-sept ans et je n'avais pas envie de le passer seule.

Je ne sus que répondre, sinon bêtement : « Joyeux anniversaire, Altesse. »

J'ai montré le manuscrit :

— Qu'est-ce ?

— *Tahsîl al-Saada*. « De l'obtention du bonheur », d'Al-Fârâbî. Un très grand philosophe. Les juifs surnomment Ibn Maïmoun[1] « Le nouveau Moïse » et Maïmoun, lui, surnommait Al-Fârâbî « Le second maître », le premier étant évidemment Aristote. C'est vous dire son importance.

— Et ce manuscrit ? Il contient la recette ?

Elle me lança une interrogation muette.

Je précisai :

— La recette du bonheur.

— Ah ! Il n'existe pas de recette, *tabib*, ni de prescription médicale. Seulement un apprentissage.

Sans transition, elle changea de sujet :

— Connaissez-vous l'histoire de mon pays ?

— Pas aussi bien que je ne l'eusse voulu.

— Vous ne savez donc pas que de nombreuses dynasties nous ont précédés.

Elle compta sur le bout des doigts :

— Les Idrissides, qui sont la dynastie fondatrice de notre histoire, les Almoravides, les Almohades, les Mérinides, les Wattassides et les Saadiens. Et chacune d'entre elles a connu son moment de grandeur.

J'acquiesçai, un peu gauchement. Elle dit en souriant :

— Il faudra que je vous donne des cours, *tabib*. Ce n'est

1. Moshe ben Maïmon, ou Moïse Maïmonide. Médecin, théologien, philosophe juif né à Cordoue (1135).

pas bien. Je prendrai des notes pour vous et je vous les enverrai.

— Je n'aimerais pas abuser, Altesse.

— Au contraire, vous me fournissez une merveilleuse occasion d'occuper mes journées qui, je vous l'avoue, se traînent en longueur. Et puis, ce serait une manière de vous exprimer ma gratitude. Vous êtes mon seul interlocuteur intelligent.

Je n'ai pu réprimer un éclat de rire.

— Intelligent ?

— Absolument. Ici je suis entourée de personnages qui ne songent qu'à se farder, manger et déverser leur venin sur leurs consœurs. De plus, elles sont illettrées.

— Et vous ? D'où vous vient cette soif d'apprendre ?

— De mon éducation. De mon père adoré. Et depuis que je vis en recluse, j'ai appris que la connaissance pouvait être une arme.

Je l'ai dévisagée, un peu surpris.

— Vous avez donc l'intention de faire la guerre ?

— Non, bien sûr. Pas dans le sens que vous croyez, mais pour me défendre contre ceux qui cherchent à me dévorer.

— Vous voulez dire « celles », je suppose ?

Elle resta un court instant silencieuse avant d'acquiescer.

J'ai précisé :

— Lalla Zaydana...

Comme si elle n'attendait que ce nom, elle se lâcha :

— Oui. Cette femme n'est qu'un monstre froid et glacial. Je sais qu'elle me hait. D'ailleurs elle hait tous ceux qui ne sont pas à ses pieds. Comme cette pauvre Irlandaise, Shaw. Savez-vous qu'il ne se passe pas une semaine sans que Zaydana ne tâte notre ventre pour s'assurer que ni Shaw ni moi ne sommes enceintes ? Pour l'instant, les deux fils qu'elle a donnés au sultan, Moulay Zaydan et Moulay Ahmed Adh-Dhahabî, lui accordent tous les pouvoirs, mais si demain l'une d'entre nous venait à accoucher d'un autre enfant mâle, sa position de favorite risquerait bien d'être fragilisée. Elle en est consciente. Elle cherchera certainement à nous nuire. Mais je ne la crains pas. Je me répète tous les jours les mots que me disait mon père bien-aimé : « Si Dieu vous soutient, nul ne peut vous vaincre. »

J'étais impressionné de constater tant de lucidité et de précocité chez une jeune fille de dix-sept ans. Elle était déjà pleinement femme.

En la quittant, j'emportais une certitude : si elle réussissait à rester en vie, elle triompherait de tous, même de la terrible Zaydana.

14 juillet

Je viens d'apprendre la bonne nouvelle : le caïd Ibn Haddou et le capitaine de vaisseau de La Barre ont signé un traité de paix et l'on s'apprête à envoyer Mohammed Temim en France afin que le texte soit ratifié par le Roi-Soleil.

15 septembre

Abraham m'a fait savoir que le sultan voulait me voir toutes affaires cessantes.

Je me suis précipité. Comme toujours avec une petite boule au ventre. Une convocation du souverain pouvait être synonyme du pire ou du meilleur.

Dès que j'eus franchi le seuil de son bureau il m'apostropha :

— Tu n'as pas oublié ta langue natale, j'espère !

— Non, mawlana.

Il ordonna à son secrétaire :

— Donne-lui de quoi écrire !

Puis il précisa :

— Mon traducteur est décédé hier. Dieu accueille son âme. Tu vas donc le remplacer. Écris !

De la part du serviteur de Dieu tout-puissant, Ismaïl, fils de Moulay Ali Chérif, à Louis, roi de France, empereur des roumis, la paix soit sur celui qui a suivi la vraie religion.

Dans l'un de nos livres, nous avons trouvé la copie d'une lettre de notre Prophète et Seigneur Mohammed – que la paix soit sur lui – dans laquelle il incitait votre grand bisaïeul Héraclius[1] à embrasser la vraie religion. Aussi, je vous exhorte à mon tour d'observer les prières : faites-vous musulman ! Soumettez-vous et vous serez sauvé. Dieu vous récompensera deux fois. Si vous reculez, vous commettrez un grand crime.

Je ne sais pas si vous êtes de la race et de la lignée de ce Héraclius de qui je vous parle et si cette lettre de notre Prophète se trouve chez vous. Si c'est le cas, faites-le-nous savoir.

Si je vous invite à vous convertir à notre religion, c'est que j'y suis obligé. Si vous le faites ou non, c'est à vous d'y songer. Cela étant, vous méritez tout ce qui est écrit dans la lettre de notre Prophète, à qui Dieu fasse paix !

Ainsi, le sultan demandait au Roi-Soleil de se convertir à l'islam.

J'étais, je le reconnais, assez troublé.

1. Empereur d'Orient entre 610 et 641. Il eut à affronter les troupes du Prophète en 629 et l'emporta de justesse.

À la fin de la réunion, je notai que l'œil droit du souverain était affecté par une rougeur et semblait purulent.

— Mawlana, votre vision est-elle claire ?

Le sultan répondit par un grognement.

— Non. Et au réveil j'ai la paupière collée.

— Me permettez-vous de vous examiner ?

J'avais bien deviné. Il souffrait d'une inflammation de la conjonctive.

— Si vous m'y autorisez, je reviendrai tantôt pour vous poser un onguent, sidnâ. Car si cela venait à s'aggraver, vous risqueriez d'avoir la vue endommagée.

— Fais ce qui te semble bien, *tabib*.

Le soir, une fois rentré chez nous, je pris la liberté de parler de la lettre à mon fils. Après tout, Amar ne suivait-il pas des études de théologie ? Peut-être serait-il capable de me fournir quelque explication. J'ai bien fait. D'après Amar, si Moulay Ismaïl citait l'existence d'une missive destinée à l'empereur byzantin Héraclius, c'est parce que selon une légende qui avait cours au Maroc, cette lettre se trouvait en France et elle était pour ce pays une source de prospérité. Par ailleurs, toujours selon Amar, il ne fallait pas perdre de vue que Moulay Ismaïl était avant tout commandeur des croyants, ce qui sous-entendait des croyants de toutes les religions. Par conséquent, rien de plus normal qu'il essayât de convaincre les princes de ce monde à aller vers l'islam.

Mon fils avait parfaitement analysé l'affaire, d'autant que Moulay Ismaïl avait précisé : « Si je vous invite à vous convertir à notre religion, c'est que j'y suis obligé. »

22 septembre

Hajj Temim a embarqué hier matin pour la France, à bord du vaisseau du capitaine Lefebvre de La Barre. Il était accompagné par deux secrétaires, par Abdelkader Maânino, le gouverneur de Salé, et son frère, Ali Maânino, dont le fils, capturé par les corsaires français, croupissait dans les galères de Marseille. Je prie pour le succès de leur mission. Mais comme disait Abraham Maïmoran qui me citait un proverbe juif : « Alors qu'un trou d'aiguille n'est pas trop étroit pour deux amis, le monde entier n'est pas assez grand pour séparer deux ennemis. »

13

Brest, 25 novembre 1681

Un vent glacial soufflait sur la rade.

Transi, Mohammed Temim ferma les vantaux et se rassit plus près de l'âtre.

Voilà plus de quarante jours que lui et ses compagnons avaient quitté le Maroc pour la France et il n'était pas près d'oublier ce voyage. Ils étaient partis le 21 septembre de Tétouan. Ensuite, pour des raisons que nul n'avait jugé utile de leur expliquer, ils avaient relâché trois jours à Lisbonne. Le mauvais temps s'étant mis de la partie, ce n'est que le 17 octobre qu'ils furent en vue de Brest. Soit presque un mois de navigation ! Temim ne se souvenait pas d'avoir été aussi malade de toute son existence.

Une fois à quai, la délégation avait été accueillie par deux officiels : Michel Bégon, « administrateur et officier de plume de la Marine royale », et Joseph de Raimondis d'Allons, major général de la Marine du Levant. La trentaine, le regard franc, ce dernier fut tout de suite agréable à l'ambassadeur. Il possédait un atout : il parlait couramment l'espagnol, langue que Mohammed maîtrisait parfaitement. Après les salutations d'usage, on les avait conduits à l'auberge du Moulin Blanc. Curieux nom que celui d'auberge du Moulin Blanc dans une ville où n'existait pas l'ombre d'un moulin. Seule distraction : le spectacle de l'escadre qui mouillait dans la rade. Pas vraiment de quoi rompre la monotonie.

On frappait. Il invita la personne à entrer.

C'était Ali Maânino, le frère du gouverneur de Salé.

— Bonjour, *si* Mohammed. J'espère que je ne te dérange pas.

Ali tira un siège, s'installa près de la cheminée et tendit ses mains au-dessus des flammes.

— Mon frère, Abdelkader, s'inquiète, dit-il. Quarante jours d'attente, c'est long. Crois-tu qu'ils nous aient oubliés ?

— J'ai posé plusieurs fois la question à M. de Raimondis qui a été incapable de me fournir une explication claire. Comme on dit chez nous, il faut du temps pour que la laine devienne tapis.

Maânino hocha la tête.

— Oui. Et pendant ce temps, mon fils est en train de dépérir dans les galères françaises. J'espère qu'il est toujours vivant, et s'il l'est, dans quel état ? À en croire certaines informations, les gardiens ne sont pas tendres. On m'a parlé de vingt ou trente coups de fouet pour des peccadilles, et plus de cinquante pour une faute grave. Ensuite, on leur frotte le dos avec du fort vinaigre et du sel. Rien que d'y penser...

— *Allah isahel*, que Dieu facilite... Cela étant, si demain nous n'avons pas de nouvelles, j'exigerai qu'on nous rapatrie au Maroc. Il n'est pas question de passer l'hiver ici. Je ne comprends vraiment pas ce qu'il se passe.

En vérité, aucun des trois envoyés marocains ne pouvait imaginer que dès réception du texte du traité signé entre le caïd Ibn Haddou et le capitaine de vaisseau de La Barre, Louis XIV avait fait savoir qu'il n'était pas question pour lui de le ratifier.

Le 26 août, ce fut au tour de Jean-Baptiste Colbert d'écrire au capitaine de La Barre : « Je vous avoue que le roi est fort surpris du traité bizarre dont vous m'avez donné avis, par lequel je vois que vous avez non seulement oublié la dignité du roi, mais même que vous vous êtes rendu suppliant pour obtenir une mauvaise trêve, et vous vous êtes mis en état d'être obligé de rendre plus de quatre cents Marocains pris sur les vaisseaux de Salé pour dix ou douze hommes qui vous ont été restitués. »

Et deux jours plus tard, le 28 août 1681 : « Le roi ne veut pas entendre parler d'une paix aussi honteuse. Si l'ambassadeur marocain exige de récupérer les Marocains capturés sur les côtes du Portugal, vous le reconduirez immédiatement au Maroc, mais dans le cas contraire, vous devrez le laisser à Brest et venir au rapport à Paris. »

Voilà qui expliquait l'attente interminable.

— Tout ce que j'espère, reprit Ali Maânino, c'est qu'on me rende mon fils. Je...

On frappait.

— Entrez ! s'écria Temim.

Sur le seuil se tenaient le sieur Michel Bégon et Joseph de Raimondis. Dans un ensemble parfait, ils soulevèrent leur tricorne de feutre noir.

— Bienvenue, messieurs. Que puis-je pour vous ?

Raimondis se tourna vers Bégon comme s'il quêtait son aide. Son collègue demeurant impassible, il prit sur lui d'annoncer :

— Excellence, nous avons un petit souci. Notre ministre, M. de Croissy, souhaite que vous nous montriez vos lettres de créance afin de nous prouver que vous avez bien autorité à négocier au nom du sultan.

Choqué, Mohammed Temim, qui s'était levé, eut un léger mouvement de recul.

— J'ose croire que M. de Croissy n'est pas sérieux !

Bégon se racla la gorge. Raimondis tritura son tricorne.

— Il l'est pourtant, Excellence.

Ali Maânino intervint :

— Cette requête est non seulement insensée, mais offensante !

Temim garda un temps de silence avant de déclarer d'une voix ferme :

— Messieurs, je ne montrerai mes pouvoirs qu'à Sa Majesté le roi et à nul autre, et je lui remettrai la lettre que mon souverain a rédigée à son intention.

Bégon ouvrit la bouche pour protester, mais Temim l'arrêta net d'un geste.

— Faites-moi la grâce de ne pas insister !

À l'instant où les deux officiers s'apprêtaient à repartir, Temim ajouta :

— Par la même occasion, je vous saurais gré de rappeler à M. de Croissy que je commence à trouver le temps long. Sans décision rapide, mes amis et moi rentrerons au Maroc.

*

La menace dut porter ses fruits, ou alors les officiels français avaient reçu de nouvelles instructions. Une semaine plus tard, à bord de trois carrosses, Mohammed Temim et ses compagnons prenaient la route de Paris.

Le 30 décembre, ils entraient dans la capitale. Un véritable périple. Après leur départ de Brest, ils avaient fait halte à Nantes, Angers, Blois. Épuisant.

Alors qu'ils approchaient de la rue de Tournon, leur destination finale, M. de Raimondis se décida à déplier l'exemplaire du *Mercure galant* qu'il avait conservé depuis leur départ de Blois.

— Souhaitez-vous que je vous traduise l'article qui vous est consacré, Excellence[1] ?

— Volontiers.

— « L'arrivée de l'ambassadeur de Moulay Ismaïl, roi du Maroc, a fait bien du bruit ici. Son royaume est peuplé de gens ramassés de diverses nations dont les principaux sont les Maures, issus des anciens Sarrasins. Outre ces Maures qui demeurent dans les villes, il y a deux autres sortes de peuples, les uns appelés Barbares, les autres Arabes. Les Barbares habitent dans des maisons couvertes de chaume dans les grandes montagnes d'Atlas qui traversent tout le pays. Les Arabes vivent sous des tentes faites de laine et de poils de chèvre... »

— Intéressant, ironisa Mohammed Temim.

— « Leur roi, âgé de trente-cinq ans, est de la race de Mahomet, surnommé "Chérif", et il a fait graver sur son sceau le nom du Sauveur du monde que ces peuples nomment sidi Naissa... »

— Pardon ? sursauta Temim. « Sidi Naissa » ? Mais de qui parle-t-on ?

1. Extraits que nous avons transcrits autant que faire se peut en français moderne.

— J'avoue que je ne sais pas, Excellence.

— Peut-être veut-il dire « Issa », Jésus. Peu importe, poursuivez...

— « ... et qu'ils connaissent seulement pour un grand prophète. Il y a encore gravé sur ce sceau le nom de Mahomet et celui de Dieu. Ces gens prétendent être les seuls qui suivent la véritable religion. Ils ne portent pas de soie, mais des étoffes de laine qui leur entourent deux ou trois fois tout le corps, depuis les pieds jusqu'à la tête. Ils appellent cet habillement une *hoque* et il doit être toujours blanc. Ils... »

— Une *hoque* ? Un haïk sans doute.

— « Ils ne se nourrissent d'aucune viande sinon des bêtes tuées par un Maure. Ce Maure présente la gorge de la bête qu'il veut tuer du côté de La Mecque et, après avoir dit : "Mon Dieu, voilà une victime que je vais immoler, je vous supplie que ce soit pour votre plus grande gloire que nous la mangions", il lui coupe la gorge. Quand ils veulent faire leur *sala* ou prières... »

— Monsieur de Raimondis, tout ceci est sans intérêt... Arrêtons là, je vous prie.

L'officier obtempéra, confus.

Le carrosse venait de s'immobiliser devant le 30 rue de Tournon.

— Nous y sommes, annonça le major général.

— J'ose espérer qu'il ne s'agit pas d'une nouvelle auberge.

La question n'avait rien d'incongru. C'est dans une auberge qu'il venait de passer les trois derniers jours. La raison ? Temim ne la saurait jamais : Louis XIV ne souhaitait pas que l'on accorde à l'envoyé du Maroc une entrée « officielle ».

— Non, rassurez-vous. C'est un hôtel particulier que M. de Croissy a mis à votre disposition. Vous constaterez par vous-même qu'il est magnifique.

Il l'était en effet.

La pièce servant de salle à manger était garnie de peintures en grisaille. Il y avait un salon de musique orné de boiseries sculptées blanc et or. Sur des panneaux de lambris on avait peint des scènes champêtres. Le reste de la décoration était fait de rinceaux fleuris où jouaient des oiseaux.

L'officier désigna deux laquais en livrée.

— Ils seront jour et nuit à votre service. Ils ne sont pas les seuls. Vous disposerez de deux autres personnes dont l'une parle couramment l'espagnol, et l'autre l'italien, langue que vous pratiquez aussi m'a-t-on dit.

— Oui. Mais nettement moins bien que l'espagnol.

Temim fit glisser sur sa nuque le capuchon qui couvrait sa tête et se laissa choir dans l'un des fauteuils. Autour d'eux, on s'empressait d'allumer les chandelles d'un immense lustre de cristal.

— Souhaitez-vous un rafraîchissement ?

— Un thé serait bienvenu.

Le Français donna des instructions et enchaîna :

— Quel triomphe tout de même que le vôtre ! poursuivit-il. Que ce soit à Angers ou Blois, partout vous avez laissé forte impression. Et j'oserais ajouter : surtout auprès de la gent féminine. Il n'est qu'à lire le compte rendu qu'en a fait le *Mercure galant* pour en être persuadé.

— S'il est de la même teneur que l'article que vous m'avez lu...

— Non, non, Excellence.

Il récupéra prestement l'exemplaire du *Mercure* et lut :

— « L'ambassadeur a fait de chaque femme une ambassadrice ou une reine, affirmant que la beauté des dames de France avait fait tant de bruit dans son pays que le sultan l'avait envoyé en ambassade afin d'en demander une ! » ou encore « On a tous les jours entendu de lui des galanteries nouvelles qui l'ont fait chérir à l'envi de tout le beau sexe. »

Un sourire éclaira le visage du major alors qu'il précisait :

— Vous avez laissé tout particulièrement un souvenir indélébile dans le cœur de Mme de Seuil lors du bal qu'elle a donné à Brest en votre honneur. Je pense qu'elle n'est pas près d'oublier votre réponse lorsqu'elle vous a demandé pourquoi vous preniez un si grand nombre de femmes dans votre pays...

— Oui. Je me souviens. Je lui ai dit : « Madame, si toutes les femmes étaient faites comme vous, nous n'en prendrions qu'une. » Voyez-vous, monsieur de Raimondis, chez nous, les Marocains, l'usage de la courtoisie est érigé en art.

Un serviteur, portant une théière et deux tasses sur un plateau, posa l'ensemble sur un guéridon et se proposa de servir.

Raimondis approuva d'un signe de la tête.

— À propos, enchaîna l'ambassadeur, je peux vous assurer que mon peuple ne vit pas seulement sous des tentes et tous ne sont pas des chameliers.

— Je n'en doute pas. Oubliez, je vous prie, cet article du *Mercure*. Le rédacteur...

— Le rédacteur est à l'image de nombre d'Européens pour qui malheureusement n'existe pas de civilisation musulmane. C'est triste, mais c'est ainsi.

Manifestement mal à l'aise, Raimondis déclara :

— Il se fait tard et vous devez être bien las. Demain, vers

midi, le sieur Michel de Bonneuil viendra vous chercher pour vous conduire chez Sa Majesté. Il est titulaire de la charge d'introducteur des ambassadeurs extraordinaires. L'homme est un peu froid, voire pédant, mais dispose d'un atout qui ne sera pas pour vous déplaire : il possède quelques notions d'espagnol. Vous aurez l'occasion de croiser sans doute deux membres de la famille Colbert. Antoine Colbert, marquis de Seignelay, fils de Jean-Baptiste Colbert, notre plus éminent ministre. Et le frère cadet de celui-ci, Charles Colbert de Croissy, secrétaire d'État aux Affaires étrangères.

— C'est donc une affaire de famille que la politique française, plaisanta Temim.

— En quelque sorte...

— Je vous raccompagne.

— N'en faites rien, Excellence, je vous en prie. En revanche, j'oserais vous demander une faveur. Si votre emploi du temps vous le permet, peut-être aurez-vous la bonté de m'instruire sur les choses de votre pays avant votre départ.

— Je tiens votre requête pour un honneur, monsieur de Raimondis, et un avantage : le savoir est la seule matière qui s'accroît quand on la partage. Sachez déjà que mon pays est un vieux pays et qu'il possède un passé. Un passé aussi dense que le vôtre.

14

Paris, 4 janvier 1682

Il était aux alentours de midi lorsque le sieur de Bonneuil se présenta au 30 rue de Tournon. Ce que Joseph de Raimondis avait omis de préciser, c'était l'âge du personnage. Il n'avait pas plus de trente-cinq ans. Il présenta ses hommages à l'ambassadeur et l'invita à le suivre. Un carrosse les attendait.

— J'imagine que nous nous rendons à Versailles, dit Temim.

— Non, Excellence, à Saint-Germain-en-Laye. Le château de Versailles est actuellement en plein chantier et il ne serait pas agréable de vous y accueillir. Mais soyez rassuré, celui de Saint-Germain n'en est pas moins honorable, ne fût-ce que parce que Sa Majesté y a vu le jour.

Alors que le carrosse s'ébranlait, Michel de Bonneuil s'enquit :

— Votre roi réside-t-il aussi dans un château ?

— Un palais, corrigea Temim.

Bonneuil laissa passer quelques instants, puis :

— Vous devez être certainement au courant de la

missive que votre sultan a envoyée à Sa Majesté. Il y faisait une bien étrange suggestion. Il a adjuré notre roi de se convertir à l'islam. En connaissez-vous la raison ?

— En tant que commandeur des croyants, il est naturel que Moulay Ismaïl cherche à transmettre à tous les gens du Livre, dont les chrétiens et les juifs font partie, le message du Prophète Mohammed.

— Commandeur des croyants ?

— Oui. Un chef temporel et spirituel.

— Une... Une sorte de pape ?

Temim se sentit soudain envahi par une grande lassitude.

— Oui... Une sorte de pape.

Ce fut seulement à l'orée de la forêt de Saint-Germain-en-Laye que le sieur de Bonneuil reprit la parole.

— Un traducteur sera présent lors de votre entrevue. C'est le secrétaire interprète du roi. Il est professeur d'arabe au Collège royal. Il se nomme Pierre Dipy. Je crois qu'il est de votre pays. On le dit originaire d'Alep.

Temim retint un sourire. Il faillit rectifier : « Alep est en Syrie », mais l'expérience lui avait enseigné qu'un bon diplomate réfléchissait deux fois... avant de ne rien dire.

Le château venait de poindre. Imposante construction en forme de pentagone irrégulier, aux façades de pierre et de brique cernées par des fossés. Le carrosse franchit la porte dite du Roi et l'équipage s'immobilisa dans une vaste cour intérieure. Après avoir gravi deux étages, Temim et le baron arrivèrent dans une salle où les avaient précédés de nombreuses personnalités parmi lesquelles Joseph de Raimondis, Abdelkader Maânino, le gouverneur de Salé, et son frère, Ali. Ces derniers abordèrent aussitôt Temim. Ali était si fébrile que ses mains tremblaient.

— *Marhaba*, te sens-tu prêt ?

Temim le rassura.

— N'aie crainte. Place ta confiance en Allah.

Abdelkader approuva :

— Notre ami a raison. C'est Dieu seul qui fend le fruit et le noyau de la datte.

Une voix les interrompit.

— *Salam aleïkom sidi...*

C'était un homme d'âge incertain, le teint fortement basané, le visage ovale, percé de petits yeux gris.

— *Aleïkom al salam*, répondit Mohammed Temim. Vous êtes Pierre Dipy, je présume ?

— Pour vous, ce sera Ahmed Diyâb. Dipy est mon nom d'emprunt. Je suis honoré de servir d'interprète à un frère et au premier ambassadeur marocain reçu à la cour du roi de France.

— Le premier ? Êtes-vous sûr, monsieur Dipy ? Je crois savoir que d'autres m'ont précédé.

L'interprète rectifia :

— Oui et non. Il y a bien eu Ahmed el Hajeri, un Andalou, mais c'était il y a plus de soixante-dix ans[1], et s'il a bien séjourné en France, il n'a jamais été accueilli par le roi de l'époque. Il y a eu aussi sidi Farés. Hélas, son voyage a tourné court et le traitement qu'on lui a réservé fut plus proche de celui qu'on inflige à un prisonnier qu'à un ambassadeur. Vous êtes bien le premier.

Autour d'eux tout n'était que fracs, culottes, jarretières à boucles, gilets à revers brodés de fleurs et tricornes. Cet ensemble poudré et fardé offrait un contraste détonnant avec la tenue de la délégation marocaine faite de burnous,

1. Au temps du sultan Moulay Zidane, neuvième sultan de la dynastie saadienne du Maroc, qui a régné de 1613 à septembre 1627.

de caftans, de babouches en cuir jaune et de turbans de laine.

Joseph de Raimondis se détacha du groupe et alla vers Temim.

— Excellence, commença-t-il à voix basse, apprenez que le roi vous tient en haute estime. Car – et le fait est très rare – Sa Majesté vous recevra dans une salle d'apparat.

— Ah ? Et sinon où Sa Majesté m'aurait-elle reçu ?

— Dans sa chambre à coucher, Excellence.

— Vous n'êtes pas sérieux, monsieur de Raimondis...

— Si, pourtant. Qu'il s'agisse d'audience privée ou publique, Sa Majesté reçoit généralement au pied de son lit, ou, s'il a pour vous quelque estime, dans la ruelle. La ruelle étant le nom de l'alcôve attenante à son lit.

Louis XIV, le Roi-Soleil, recevant dans sa chambre à coucher ! Temim avait du mal à imaginer Moulay Ismaïl en faire autant.

Tout à coup, une voix claironnante imposa le silence.

M. de Bonneuil chuchota :

— C'est l'heure, Excellence. Suivez-moi, je vous prie.

Temim s'assura que son turban était bien aligné sur son crâne, prit une brève inspiration et, bien droit, suivi d'Abdelkader et de son frère Ali, il emboîta le pas au Français.

Sur leur passage, une dizaine de gardes formaient une haie, mais ne présentaient pas les armes, Louis XIV ayant exigé que le Marocain soit traité à « l'égal des envoyés des princes d'Europe et non comme ambassadeur ».

Ils franchirent le seuil de la salle.

Le roi était là.

Vêtu d'un habit à la française, justaucorps, veste et culotte, il était assis dans un fauteuil au haut dossier, recouvert de brocart et posé sur une estrade drapée de velours rouge. Temim eut le temps d'entrevoir une figure large et charnue, sans finesse. La lèvre inférieure assez épaisse débordait sur la lèvre supérieure, au-dessous d'un grand nez busqué. Le menton était proéminent et, détail étrange, dans les yeux bruns une certaine douceur se mêlait à la gravité.

Lorsqu'il fut devant le monarque, celui-ci se découvrit, laissant voir une grande perruque à bourse, poudrée[1], mais ne se leva pas.

Temim salua en s'inclinant une première fois, puis une deuxième et une troisième. Ensuite, il retira d'un étui en cuir la lettre que Moulay Ismaïl avait rédigée et la confia à Pierre Dipy qui lut :

— « Empereur de France, Louis XIV, le plus grand de tous les empereurs et rois chrétiens qui ont été et qui seront. L'empereur mon maître, ayant entendu parler des grandes choses que Votre Majesté a faites dans l'Europe, comme d'avoir à la tête de ses armées conquis des royaumes, gagné un grand nombre de batailles, et, comme un lion, vaincu tous ses ennemis, portant partout la terreur et l'effroi au travers de toutes sortes de dangers. Toutes ces grandes actions ont tant donné d'admiration et d'estime à l'empereur mon maître pour Votre Majesté qu'il a cru qu'aux conquêtes de Souss, de Fès, de Tafilalet, de Rif, d'Al Hoceïma, de Tétouan, de Salé et d'Alcassa[2] et à la gloire d'un grand nombre de batailles qui l'ont rendu le plus grand et le plus vaillant de l'Afrique, il fallait ajouter, pour achever de le rendre content et glorieux, la paix avec

1. La perruque « à bourse » était utilisée pour protéger les habits de la poudre, recueillant l'extrémité des cheveux dans une pochette de taffetas.

2. Ksar al-Kébir.

Votre Majesté. Et c'est pour cela qu'il m'envoie ici, son ambassadeur, Vous la demander. »

Nul ne saura jamais si, pour flatter le roi, Pierre Dipy ne prit pas la liberté de glisser un excès de flatteries absentes du texte original.

Quand il se tut, le roi opina.

— Soyez le bienvenu au royaume de France. Nous sommes bien aise d'entendre pareils propos. Voilà bien longtemps que votre beau pays se rappelle à l'intention des rois chrétiens. J'espère que votre séjour chez nous se déroulera le mieux du monde et que vous ferez bonne chère. Quant à moi, j'ai l'intention de chercher toutes les occasions de vous faire plaisir.

— Nous vous en sommes reconnaissants, Majesté.

Temim remit alors au sieur de Bonneuil sa lettre de créance. Une copie de cette lettre avait déjà été communiquée au roi lorsque l'ambassadeur avait demandé son audience, afin que le souverain connaisse par avance son contenu et ne soit pas pris de court au moment de l'audience publique.

Interpellant l'un des personnages debout, à sa droite, Louis XIV déclara :

— Monsieur de Croissy, nous souhaitons que vous exauciez les désirs de notre hôte, et que vous lui accordiez tout ce qu'il lui plaira.

Revenant à Mohammed Temim, il conclut :

— Transmettez au sultan les hommages du roi de France. Il nous plairait que nos deux pays connaissent une entente juste et durable dans le respect de chacun. Nous sommes convaincus d'y parvenir avec la grâce de Dieu.

Il reposa son chapeau sur sa tête. Signe que l'entrevue était terminée.

Après un ultime salut, Temim et ses deux compagnons se retirèrent, précédés par le sieur de Bonneuil et le capitaine des gardes.

Une fois qu'ils furent dans l'antichambre, Bonneuil expliqua :

— Dès demain, vous rencontrerez le marquis de Seignelay et son père, Jean-Baptiste Colbert, notre ministre d'État. Sa Majesté les a chargés d'écouter vos propositions et d'en discuter.

Temim remercia, puis :

— Si ce n'est pas abuser de votre hospitalité, lorsqu'il sera l'heure pour moi de rentrer dans mon pays, j'aimerais passer par Marseille.

Bonneuil leva un sourcil.

— Marseille ? Puis-je en savoir la raison ?

— Le traité de paix que nous allons, je l'espère de tout cœur, signer n'est-il pas lié aux échanges de prisonniers ? Il serait donc naturel que je rende visite aux galériens marocains. Et Ali Maânino, ici présent, tient absolument à voir son fils qui est détenu chez vous et s'assurer qu'il est en bonne santé.

Un éclair embarrassé traversa les prunelles du Français.

— Ce n'est hélas pas de mon ressort, et j'ignore tout de la situation des captifs, mais comptez sur moi pour transmettre votre requête à qui de droit.

Il changea très vite de sujet.

— N'oubliez pas que ce soir vous êtes retenu à dîner ainsi que votre suite par les officiers du roi.

Avant de prendre congé, il conclut :

— Sachez, Excellence, que le roi a été très satisfait par votre rencontre.

Louis XIV ne pouvait que l'être.

Il n'était plus question de ratifier le traité franco-marocain signé en juillet par Lefebvre de La Barre et le caïd Ibn Haddou. De surcroît, la lettre de Moulay Ismaïl indiquait que c'était le sultan qui demandait la paix et qui, en la demandant, faisait figure de solliciteur.

Chroniques berbères

Carthage, fin décembre 698

L'émissaire byzantin s'avança jusqu'à la pointe de l'éperon rocheux qui dominait la Méditerranée et salua le général Ibn Numan avec respect. Il présenta l'homme qui l'accompagnait. Il s'appelait Ilyas. Chef de la tribu des Afariqs.

Les deux visiteurs étaient venus lui faire part d'une situation des plus graves. Une menace. Le Berbère expliqua : Baghrar, un démon mâle, avait envoûté la kâhina. Cette créature infâme s'était glissée dans la peau d'un jeune homme et, depuis cet instant, la reine des Aurès négligeait son mari et ses enfants et passait ses nuits à forniquer. Plus grave encore, elle proclamait à qui voulait l'entendre que les musulmans n'étaient venus au Maghreb que pour prendre le fruit des cultures, les céréales, les dattes. S'il n'y avait plus rien, ils repartiraient chez eux. Alors, depuis trois semaines, la kâhina et ses hommes avaient entrepris de dévaster les champs, incendier les bocages et même des villages. Ils ne laissaient derrière eux que des cendres. À ce rythme il ne resterait plus rien de l'île du Couchant.

L'émir avait écouté attentivement. Ce jeune homme possédé par le démon, à quoi ressemblait-il ? Le Berbère en fit une description. Une trentaine d'années, le teint mat, et il précisa que dans sa folie la kâhina l'avait adopté.

L'image de Khâlid ibn Yazîd, son neveu, fusa immédiatement dans l'esprit du général. Il l'imaginait bien en démon fornicateur. Il pointa son index sur le Berbère : « Approche, Ilyas ! Prête-moi une oreille attentive, car toute la réussite de mon plan dépend de toi. Voici ce que tu vas faire... »

Le soleil était au midi lorsque Ilyas s'introduisit dans la forteresse. C'était jour de marché et l'on se bousculait devant les étals. Le Berbère alla ici et là, admirant les laines et les tissages, faisant mine de s'intéresser aux tapis, humant le parfum des épices, mais cette attitude d'apparente nonchalance cachait une tension intérieure. « Ce jeune homme d'une trentaine d'années, c'est Khâlid ibn Yazîd. Mon neveu. Tu le reconnaîtras. Il a le mot "Allah" tatoué sur l'épaule droite. »

Ilyas continua de déambuler jusqu'au moment où il vit la reine des Aurès qui enlaçait un jeune homme ; sur son épaule droite était tatoué le nom d'Allah. Le Berbère patienta et ce fut seulement lorsque Dihia desserra son étreinte et pivota sur ses talons qu'il se risqua à aborder le neveu d'Ibn Numan. Il glissa discrètement un pli dans sa main et chuchota : « De la part de ton oncle. Demain à l'aube, à l'orée du bois. » Et s'éclipsa.

Khâlid, impassible, referma ses doigts sur le pli et s'écarta de la foule. Une fois à l'abri des regards, il lut : « Que la paix soit sur toi, mon neveu bien-aimé. L'heure est venue. Tous les renseignements que tu pourras fournir à notre messager concernant les forces et les déplacements de l'infidèle seront les bienvenus. Qu'Allah t'inspire. »

Ainsi, son oncle n'avait pas abandonné la lutte. Les renseignements qui pourraient lui être utiles, Khâlid les savait déjà. La veille, Dihia avait annoncé que les troupes marcheraient dans trois jours vers Tébessa[1], ensuite ils iraient au sud, jusqu'au lieu connu sous le nom de Bir, le puits.

Enfin ! Enfin ses années de captivité (car il n'avait vu dans son adoption qu'une forme de captivité) s'achevaient. Libre ! Il serait libre !

Le lendemain, dès les premières lueurs du jour, Dihia convoqua ses fils ainsi que Khâlid. Elle les fit asseoir autour du feu et annonça sans émotion : « La kâhina a parlé. Je vais mourir. J'ai vu ma tête tranchée, ballottée sur une monture qui cheminait vers l'Orient, là où le soleil se lève. Tout est fini. » Elle s'adressa ensuite à Khâlid : « Sache que c'est pour un pareil jour que je t'ai adopté. Pour ce jour uniquement. Tu es le destin. Aussi, je recommande mes enfants à ta bienveillance. Emmène-les auprès de ton oncle et réclame pour eux l'amân. Le feras-tu ? »

Khâlid hésita : « Je crains que si tu dis vrai tes fils ne puissent échapper à la mort. » Elle répliqua : « Non ! Tu te trompes. Je sais. J'ai vu. J'ignore qui d'Adid ou de Yezdia, mais l'un des deux jouira chez les Arabes d'un prestige plus grand qu'il n'en a aujourd'hui ! Ils embrasseront l'islam, une religion qui vénère le même créateur de l'univers que celui des chrétiens et des juifs. Pour eux qui, comme nous, ont grandi dans l'amour de la nature, des astres, des rivières et des monts cette conversion ne changera rien. Ainsi ma lignée et celle de mon père se perpétueront. Allez ! Partez, partez ! »

Elle les quitta et disparut, avalée par la nuit.

1. Entre le massif de l'Aurès et la frontière algéro-tunisienne.

15

5 janvier 1682, rue Vivienne

La grande galerie séparée en trois parties était éclairée par des croisées ouvertes sur la cour. Des corps d'armoires couvraient toute la surface des murs. Des milliers de livres montaient de la base au sommet ; livres de toutes les tailles et de tous âges qui embaumaient l'air d'une odeur de vieux cuir et de mots invisibles.

Tandis qu'ils descendaient le grand escalier qui menait vers la sortie, l'ambassadeur demanda à Joseph de Raimondis :

— Combien d'ouvrages contient cette bibliothèque m'avez-vous dit ?

Raimondis chercha la réponse auprès du maître de librairie qui leur avait servi de guide.

— Soixante-douze mille exactement, précisa celui-ci. Sans compter le département des manuscrits qui, à lui seul, n'en renferme pas moins de cent mille.

— Ce qui m'a le plus étonné, observa encore Temim, c'est la présence de manuscrits arabes. Parmi lesquels un exemplaire du Coran. Ce lieu est un véritable joyau !

Le maître de librairie approuva, en omettant de mentionner sa surprise en voyant Temim porter le livre à ses lèvres et son front.

— Comme le disait feu Gabriel Naudé, le plus célèbre de nos bibliothécaires : « Il n'existe aucun moyen plus honnête et sûr pour s'acquérir une grande renommée parmi les peuples que de dresser de belles et magnifiques bibliothèques pour ensuite les vouer à l'usage public. »

Temim approuva, mais on le sentait tout à coup parti ailleurs.

Peut-être voyageait-il par la pensée à Cordoue, du temps où l'on ne dénombrait pas moins de soixante-dix bibliothèques ? Où chaque Cordouan de l'aristocratie, même s'il n'avait qu'une culture relative, se faisait un point d'honneur de se constituer une collection d'ouvrages, n'hésitant jamais à surenchérir, même d'une façon disproportionnée, sur la valeur d'un manuscrit mis à l'encan. Peut-être s'évadait-il vers la bibliothèque de l'émir Al-Hakam II, forte de quatre cent mille manuscrits, dont la plupart avaient été amenés de Bagdad par des milliers de chameaux ! À quoi bon... le passé appartient au passé. Al-Andalus n'était plus. C'est sur le Maroc du présent et de l'avenir qu'il valait mieux méditer.

— L'après-midi est avancée, dit-il, et ce soir je suis convié à assister à une tragédie en musique représentée devant le roi et la cour.

— Oui. Il s'agit d'*Atys*, un opéra composé par l'un de nos plus talentueux musiciens, Jean-Baptiste Lully. Je serai à vos côtés.

Raimondis se tourna vers le maître de librairie :

— Lorsque nous étions dans le cabinet des manuscrits, j'ai aperçu plusieurs volumes traduits de l'arabe en latin qui m'ont paru d'un grand intérêt. *Le Livre des exemples.* Pourriez-vous les faire déposer à mon domicile ? J'en prendrai grand soin évidemment et vous les restituerai après lecture. Voyez-vous de quels ouvrages je parle ?

— Bien sûr. Ceux du grand historien andalou, Ibn Khaldoun.

— Pourquoi vous intéresse-t-il ? s'étonna Mohammed Temim, ni l'Europe ni la France ne sont mentionnées. Le récit évoque uniquement l'histoire des Berbères et des Arabes en Afrique.

— Excellence, parce que vous avez éveillé mon intérêt pour cette région du monde, pour votre pays en particulier.

Temim eut un léger sourire.

— Je vous souhaite bien du courage, il s'agit là d'une œuvre aussi dense que compliquée, surtout pour un roumi. Vous risquez de vous y perdre.

— Peut-être. Mais la tentative me séduit.

— Alors, je serais curieux d'en discuter un jour avec vous au Maroc ou ici. Car quelque chose me dit que nos routes se croiseront de nouveau, j'en suis sûr.

Une fois dans la rue Vivienne, Temim s'arrêta et fixa Raimondis avec une gravité soudaine.

— Puis-je vous faire une confidence et exprimer le vœu que vous en conserverez la teneur ? Je vous apprécie beaucoup, monsieur de Raimondis, et vous me donnez l'impression d'un homme à qui l'on peut faire confiance.

— Je puis vous assurer que l'appréciation est réciproque. Parlez librement.

— Ce matin, voyez-vous, j'ai été confronté aux Colbert afin d'élaborer le nouveau traité de paix entre nos deux pays. Je vous avoue que la discussion fut très pénible. Mes interlocuteurs se sont approprié la parole, balayant du revers de la main les contre-propositions que je leur ai soumises.

— Je vois. Et comment la réunion s'est-elle achevée ?

— Par la rédaction d'une série d'articles dans lesquels je n'ai eu mon mot à dire. J'ai protesté. En nous séparant, ils m'ont assuré que rien n'était définitif, que la discussion restait ouverte. Qu'en pensez-vous ?

Raimondis conserva le silence.

Voilà qui expliquait ce vertigineux programme de distractions que l'on avait prévu pour l'ambassadeur. Il n'était pas improbable que ce fût uniquement dans le but de l'amadouer, de l'étourdir, pour mieux le manipuler. Ce soir l'opéra *Atys*, demain le ballet *Le Triomphe de l'amour*. La visite des eaux de Saint-Cloud, de Notre-Dame, de l'Observatoire, du Louvre, des Gobelins, l'exercice des mousquetaires aux Tuileries, un bal donné par le duc d'Orléans et pour finir les Invalides !

De quoi faire perdre toute notion des réalités au négociateur le plus chevronné ! De surcroît, le Marocain livrait une bataille inégale. À un contre deux. Encore que Jean-Baptiste Colbert père comptât pour cent !

Raimondis aurait pu partager ses craintes avec Mohammed Temim. Mais c'eût été manquer de prudence. Le traité n'était pas signé et à en croire les deux ministres le champ des discussions demeurait ouvert. Par conséquent, à quoi bon semer le trouble dans l'esprit de l'ambassadeur au risque de le voir mettre fin prématurément aux tractations. Aussi jugea-t-il plus sensé de répondre :

— Excellence, retenez qu'en France, les négociateurs commencent toujours à tirer à boulet rouge avant de se rendre compte qu'ils sont en manque de boulets. Donc, le seul conseil que je puis vous donner, c'est de faire preuve de patience. Laissez-les découvrir leur jeu. Ensuite vous aviserez.

Mohammed Temim approuva.

— Je suivrai donc votre conseil.

Vingt-quatre jours devaient s'écouler entre le moment où se déroula cette discussion et celui où les deux plénipotentiaires français invitèrent Mohammed Temim à participer à une nouvelle réunion dans les bureaux du secrétariat d'État à la Marine royale. Comme la fois précédente, Pierre Dipy était présent.

Nous étions le 29 janvier 1682.

Les vingt articles déjà définis lors de la première rencontre étaient rédigés noir sur blanc et traduits en arabe. Toutes les contre-propositions de l'ambassadeur marocain avaient été rejetées. Le traité n'attendait plus que les signatures des négociateurs.

Le marquis de Seignelay tendit une plume à Mohammed Temim.

Ce dernier venait à peine d'achever la lecture des deux premiers articles.

Ils affirmaient la paix entre les deux États.

Le troisième le fit sourciller :

> Les vaisseaux armés en guerre dans les ports de l'empereur du Maroc, rencontrant en mer les vaisseaux et bâtiments naviguant sous l'étendard de France et les passeports de l'amiral de France conformes à la copie qui sera transcrite en fin du présent traité, les laisseront en toute liberté continuer leur voyage, sans les arrêter ni donner aucun empêchement, en leur fournissant tout le secours et assistance dont ils pourront avoir besoin. *Et réciproquement, les vaisseaux français useront de même à l'égard*

des vaisseaux des sujets de l'empereur du Maroc qui seront porteurs des certificats du consul français qui sera établi à Salé, desquels certificats la copie sera pareillement transcrite en fin du présent traité.

« Les vaisseaux français useront de même à l'égard des vaisseaux des sujets de l'empereur du Maroc *qui seront porteurs des certificats du consul français* qui sera établi à Salé. » Le consulat français ? Ce n'était rien de moins qu'une atteinte à la souveraineté du Maroc.

L'article 5 indiquait :

> S'il arrivait que quelque vaisseau marchand français se trouvant dans l'un des ports marocains fût attaqué par des vaisseaux ennemis, même par ceux d'Alger et de Tunis, il sera défendu et protégé par les canons du Maroc.

Comment imaginer qu'en pieux musulman Moulay Ismaïl acceptât d'entrer en guerre avec les musulmans d'Alger, de Tunis ou de Tripoli, pour défendre des navires chrétiens ?

Parvenu à l'article 12, Mohammed Temim grimaça. C'était inconcevable !

> Ledit empereur de France pourra mettre un consul à Salé, Tétouan ou un tel autre lieu qu'il trouvera bon, pour assister les marchands français dans tous leurs besoins ; et pourra ledit consul exercer en liberté dans sa maison la religion chrétienne, tant pour lui que pour tous les chrétiens qu'ils voudront assister. Et aura ledit consul tout pouvoir et juridiction dans les différends qui pourront naître entre les Français, sans que les juges dudit empereur du Maroc en puissent prendre aucune connaissance.

On n'avait jamais vu un État étranger ouvrir un consulat où bon lui semble, sans faire une demande à cet effet et sans obtenir au préalable l'accord du gouvernement du pays concerné.

— Messieurs, ce n'est pas acceptable. Le consul de France doit être nommé avec l'accord du sultan. De même ce serait à lui et lui seul de décider du lieu où ledit consul résidera.

Pour toute réponse, le marquis de Seignelay déclara :

— Excellence, voulez-vous signer je vous prie ?

— Et Abdelhaq Maânino, le neveu du gouverneur de Salé ? Vous vous étiez engagé à le libérer.

— Dans la lettre que Sa Majesté s'apprête à dicter à l'intention de votre sultan, il sera indiqué qu'elle a l'intention d'envoyer un ambassadeur au Maroc. Celui-ci amènera ce jeune homme avec lui. Soyez rassuré.

Était-ce la fatigue ou l'épuisement provoqué par ces trois mois de visites interrompues, ce cortège de rencontres ou bien la crainte de rentrer au Maroc bredouille ? Était-ce aussi les adjurations d'Ali Maânino qui craignait qu'en cas de rupture des négociations la libération de son fils fût compromise ? Difficile de savoir ce qui se passa à ce moment précis dans l'esprit de Mohammed Temim.

Dans une sorte d'état second, il prit la plume qu'on lui tendait et signa au bas du document.

Aussitôt, le marquis de Seignelay voulut faire de même, mais son père le stoppa net.

— C'est à moi de signer le premier.

Il arracha littéralement la plume des mains de son fils.

— Que faites-vous ? se récria celui-ci. Ce serait plutôt à moi d'apposer ma signature en premier.

— Pas du tout, répliqua Jean-Baptiste Colbert. La primeur me revient !

— Pas le moins du monde !

Le marquis voulut récupérer la plume des mains de son père. Mais celui-ci s'était reculé.

Mohammed Temim et Pierre Dipy observaient la scène, bouche bée. Elle était proprement inimaginable. Deux hommes d'État et pas des moindres se chamaillant comme deux gamins.

— Puisque je vous dis que c'est à moi que revient cet honneur ! asséna Jean-Baptiste Colbert.

— Et pourquoi donc ?

— Mon cher fils, le privilège de l'âge tout simplement !

Ce qui était vrai. Trente et un ans séparaient les deux hommes.

Le marquis de Seignelay se résigna.

Jean-Baptiste Colbert trempa la plume dans l'encrier et coucha sa signature.

— Félicitations, lança-t-il avec un large sourire. Excellence, vous venez d'écrire l'Histoire ! Votre empereur sera fier de vous.

Tout en récupérant le traité, il rappela :

— Et ce soir, nous fêterons l'événement. Vous êtes invité au souper de Sa Majesté.

Temim approuva d'un signe de la tête.

Il était peu probable qu'il eût faim ce soir.

16

Meknès, février 1682

Il avait commencé par abattre les maisons du côté de l'ouest et la partie orientale des murailles pour agrandir la casbah et dégager les abords.

Bientôt dix ans que Moulay Ismaïl bâtissait cette ville nouvelle. Ensemble cyclopéen toujours en voie d'achèvement, jamais achevé. Quarante-deux kilomètres de remparts flanqués de bastions à l'intérieur desquels se dressait la nouvelle Meknès, la cité impériale. Il y avait là des habitations, des jardins, des silos géants destinés à subvenir aux besoins de la population en cas de sécheresse ; capables, assurait le sultan, de faire face à dix ans de siège. Depuis un mois, un immense plan d'eau, l'Agdal, desservait les mosquées, mais aussi les bains publics, les maisons et les vergers qui ceinturaient la ville. Cet incroyable ouvrage hydraulique était alimenté par une dizaine de norias – des machines à godets – reliées par des canalisations en terre cuite. Par son étendue, cette surface marine, sur laquelle pouvaient circuler des canots, n'était pas sans rappeler les lacs des montagnes du Moyen-Atlas situées au sud de la capitale. Sans doute un désir de Moulay Ismaïl.

Un peu plus à l'écart se dressait un imposant bâtiment, formé de dizaines de nefs et de centaines de piliers : les écuries royales. Plus de douze mille chevaux. Au centre du bâtiment, des constructions voûtées servaient de remises aux harnachements et aux armes des cavaliers.

Versailles se résumait en un palais ; ici, c'était quatre palais que le maître du Maroc avait voulus, parmi lesquels Dâr-al-Kbira, la résidence royale. Mais tout portait à croire que le souverain envisageait d'en construire un cinquième.

Malgré ce qu'en disaient les roumis, Versailles ne lui avait pas servi de modèle. Il n'était qu'à voir les toits en pente recouverts de tuiles vertes, les gigantesques cours dallées inondées de soleil, les façades démesurées que ne perçait aucune fenêtre mais où s'ouvraient de loin en loin des arcades étroites à travers lesquelles on apercevait des pièces remplies d'ombre, pour comprendre que l'on était plus proche de l'architecture andalouse. Fallait-il être incroyablement stupide pour déclarer, comme ce trinitaire, que l'amour du souverain pour l'architecture consistait surtout en un besoin maladif de créer pour avoir de quoi détruire !

Dans l'aube naissante, sa trousse à la main, accompagné par deux gardes noirs, Casimir Giordano s'engouffra sous le porche de Dâr-al-Kbira. Cèdres sculptés, muqarnas et zelliges conféraient au lieu cette atmosphère que les visiteurs occidentaux avaient coutume d'appeler « les Mille et Une Nuits ». C'était la première fois que Giordano entrait dans ce palais. Une fois devant les appartements du souverain, il ôta ses babouches et attendit d'être autorisé à entrer.

Au bout d'un temps infiniment long, la porte à double battant s'écarta. Un serviteur l'invita à avancer. L'immense pièce était vide. On le somma de patienter.

L'ameublement consistait en de magnifiques tapis qui couvraient entièrement le plancher en bois de cèdre et de larges et bas divans habillés d'étoffes précieuses et une multitude de coussins. Les fenêtres, qui prenaient naissance à un demi-pied du sol, ouvraient sur un magnifique jardin. Quant aux murs, ils étaient décorés d'arabesques rehaussées d'or et d'azur et de versets du Coran.

Un nouveau temps s'écoula.

Finalement une porte pivota au fond de la pièce et le sultan se présenta. Sur le moment, Casimir ne vit que lui et se prosterna. Ce fut seulement lorsqu'il se redressa à l'invitation de Moulay Ismaïl qu'il découvrit la jeune fille. Seize ans ? Dix-sept ans ? Blonde, des yeux gris. Elle tenait un nouveau-né dans ses bras. Il se dit qu'elle ne pouvait être que l'Irlandaise dont on lui avait parlé, Miss Shaw.

— *Marhaba, tabib.* Nabila vient de m'offrir un mâle par la grâce de Dieu.

Nabila ? C'était donc son nouveau nom.

— Nous aimerions être rassurés sur son état de santé, examine-le. Sa mère est inquiète.

Casimir songea tout naturellement à Lalla Zaydana. Désormais, son fils Zaydan ne serait plus seul en lice pour succéder un jour à Moulay Ismaïl. Aux dernières nouvelles, elle avait de ses propres mains tranché la tête d'un eunuque qui avait commis l'impardonnable faute de renverser du thé sur le haïk de soie qu'elle venait d'acquérir.

— Depuis combien de jours est-il né ? questionna Casimir.

— Tu veux dire combien d'heures. Deux, trois. Il respire mal. Examine !

Les nourrissons n'avaient jamais été la spécialité de Casimir.

Il tendit les bras vers la jeune fille.

— Puis-je ?

Elle lui confia le bébé.

— Comment s'appelle-t-il ?

— Mohammed al-Alam, répondit le souverain.

Il prit l'enfant, le coucha sur un coussin, vérifia son pouls, sa température puis posa l'oreille contre son thorax. Effectivement, le souffle était haché, court. Il s'étouffait. Seul remède, aspirer à l'aide d'une poire les sécrétions du nez et de la gorge. Mais il n'avait pas de poire. Tant pis. Il posa sa bouche contre celle du nouveau-né et aspira le mucus du mieux qu'il put qu'il recracha dans un mouchoir et il fit pareil pour les fosses nasales.

— C'est bon, dit-il. Il faudra veiller à le préserver de la chaleur. Vous devrez aussi nettoyer régulièrement le nombril à l'eau tiède, jusqu'à la cicatrisation complète.

— Tu vois que tu n'avais pas de raison de t'inquiéter, s'exclama le sultan. À présent rentre au harem.

La jeune fille salua timidement, récupéra son bébé et se retira.

Qu'allait-il advenir de cet enfant ?

De ce qu'il en savait, le sultan ne s'occupait pas du tout du sort de sa nombreuse progéniture non plus que de son éducation. Une caresse ou deux à la naissance, ensuite les enfants étaient abandonnés à leurs caprices, transformés en véritables petits tyrans. Convaincus de leur impunité, il n'était pas rare d'en voir quelques-uns qui chapardaient à l'étalage lors de leurs sorties en ville. C'est la raison pour laquelle, lorsque les commerçants les voyaient apparaître, ils se hâtaient de cacher tout ce qui aurait pu les tenter.

Le sultan alla s'étendre sur un divan et Casimir crut entrevoir un voile de tristesse qui embrumait ses prunelles.

— Ah ! *tabib*, être sultan est à la fois source de mille bonheurs et d'autant de chagrins. Je viens d'apprendre que l'un de mes plus grands chefs de guerre a été emporté par la maladie.

— Qui donc, mawlana ?

— Le vainqueur de Tanger et de Mehdia, le brillant négociateur qui vaut à notre ami Mohammed Temim d'être reçu en ce moment même à la cour de ton roi, Louis XIV. Je parle de l'héroïque Omar ibn Haddou, qu'Allah accueille son âme.

Casimir jugea nécessaire de rectifier :

— Sidnâ, voilà longtemps que le roi de France n'est plus mon roi. Mon roi, c'est vous à présent.

Une expression mitigée se fixa sur les traits de Moulay Ismaïl.

— Aurais-tu été atteint toi aussi par ce mal qui sévit autour de moi, plus redoutable que la peste ?

Giordano ne cerna pas l'allusion.

— La flatterie, mon cher. Je ne suis pas une femme, *tabib*, et les mots doux coulent sur moi comme l'eau sur les galets.

— C'est peut-être parce que vous confondez franchise et flatterie, seigneur. La flatterie cache un poignard, la franchise est désarmée. Je suis désarmé, sidnâ. Je l'ai toujours été devant vous. Dois-je vous rappeler que ce comportement a même failli me coûter la vie ?

Le sultan fit celui qui n'avait pas entendu et questionna :

— Comment va ton épouse ? Ton fils ?

— Amar va bien, il se passionne pour les études. Il rêve d'entrer à Al-Qarawiyyin, mais les places sont rares.

— Voilà qui est honorable. Tu as bien de la chance. Si je devais inscrire toute ma descendance dans cette université elle ne serait pas assez grande pour la contenir. Bien sûr, je pourrais faire un tri et n'accorder ce bénéfice qu'à mes fils préférés. Mais je sais que cela déclencherait une guerre parmi mes concubines en comparaison de laquelle celle que je livre à mes ennemis est un jeu d'enfants.

Une voix annonça le grand vizir, Ibn Filali.

— Qu'il entre !

Giordano voulut se retirer, mais s'arrêta sur un geste du sultan.

— Attends...

Après les prosternations et les salutations rituelles, le grand vizir annonça :

— Nous avons reçu une lettre de Si Mohammed ibn Haddou[1], notre envoyé à Londres.

— Que dit-il ? A-t-il signé le traité de paix ?

— Non, sidnâ. Pas encore. Mais il nous annonce que lui et sir James Lesley sont arrivés à bon port et qu'il a été reçu avec tous les honneurs par le roi des Anglais. Charles II lui a exprimé toute l'admiration et la considération qu'il a pour vous. Toutefois, Ibn Haddou se dit très contrarié car lors de l'audience on lui a imposé d'enlever non seulement ses babouches mais aussi son turban. Il voulut bien ôter ses babouches, mais pas le turban, invoquant les mœurs de notre pays. Comme on l'a menacé de ne pas le recevoir, il a dû s'exécuter et s'est senti profondément humilié.

1. Frère du défunt Omar ibn Haddou.

Moulay Ismaïl balaya l'air de la main.

— Oh ! Il n'avait pas à l'être. Eux ont l'habitude d'ôter leur chapeau et nous nos babouches. En somme, il a été ambassadeur européen par la tête, et marocain par les pieds. Continue...

— Il précise aussi que sa visite est très appréciée, qu'il fait la première page des journaux britanniques et que le peintre de la cour a fait de lui un portrait qui le montre chevauchant dans un parc avec une lance à la main. De plus...

— Le traité ! C'est tout ce qui m'importe !

— Il n'en parle pas. Je...

— S'il ne parvient pas à un accord, j'attaquerai de nouveau Tanger et cette fois je n'accepterai aucune trêve. Les Anglais sont des tricheurs. Je sais qu'ils continuent à commercer avec les rebelles du Sud en dépit du pacte que nous avions signé leur interdisant ce genre de tractations.

Le sultan frappa du poing sur un coussin.

— Je les prendrai à la gorge !

Il prit une brève inspiration.

— Et de France ? Avons-nous des nouvelles de mon ami Hajj Temim ?

— Non, mawlana, pas encore.

— *Ya Allah !* Comme il est long le temps pour celui qui désire. C'est bon... Va en paix.

Dès qu'ils furent seuls, il lança à Casimir :

— Comment s'appelle ton fils ?

— Amar.

— Dis-lui qu'il a une place qui l'attend à l'université Al-Qarawiyyin. Pars, à présent.

*

Décidément, le sultan ne cesserait de l'étonner. Cet homme n'était que paradoxe. D'une part, il était capable de faire fouetter jusqu'au sang un esclave pour une futilité, de passer une trentaine d'hommes au fil de l'épée, d'attacher son vizir à un cheval et le traîner jusqu'à Meknès, et d'autre part, le jour où on lui avait annoncé qu'au moment d'être exécuté un dissident avait déclaré « C'est Allah qui décidera qui du sultan ou moi avait raison », il s'était rendu à l'endroit où l'on avait décapité le condamné, il avait ramassé une motte de terre encore souillée par le sang et s'en était couvert le visage. Oui. Paradoxal.

En franchissant le seuil de sa maison, Casimir comprit tout de suite qu'il se passait quelque chose. Le silence qui régnait était anormal.

Il cria le nom de Fatima, il n'y eut pas de réponse.

Ce fut Amar qui se présenta, le visage défiguré.

— Grand-mère, hoqueta-t-il. Elle est...

Sans attendre la suite, Casimir se précipita dans la chambre de Salma. Elle était étendue sur le lit, inanimée. Fatima, agenouillée près d'elle, se cramponnait à la main de sa mère comme une naufragée. Nul besoin d'examen pour savoir qu'il était trop tard.

— Que s'est-il passé ?

— Comme grand-mère n'était toujours pas levée, expliqua Amar, maman s'est inquiétée et elle est allée voir ce qui se passait. Elle l'a trouvée comme endormie.

Incapable de poursuivre, il éclata en sanglots.

Que dire ? Où trouver les mots pour apaiser un si grand chagrin ? Ni les mères ni les enfants ne devraient mourir.

Il se pencha sur Fatima, la détacha doucement de Salma et la serra contre lui.

— Mon amour, pardon, pardon de n'avoir pas été là...

Elle balbutia :

— Nous sommes à Dieu et à Dieu nous retournons.

*

Saint-Germain-en-Laye

Chaque fois que Joseph de Raimondis entrait dans la chambre du roi il était pris de vertige. D'abord à cause de la taille de la pièce. Pas moins de cinquante toises[1]. On eût pu imaginer qu'elle fût suffisamment vaste pour que les visiteurs y fussent à leur aise. Pourtant, Raimondis se souvenait de s'être trouvé mal un jour tant la foule des courtisans était dense. On étouffait. Et puis il y avait ces murs tendus de rouge cramoisi qui vous éblouissaient. Ces rideaux suspendus au plafond, ce balustre qui vous donnait l'impression d'être dans un sanctuaire dont le lit de parade eût été le tabernacle. Le lit ! Plus d'une toise de largeur et autant de longueur[2].

Oui, Raimondis était pris de vertige.

Voilà un moment que, campé derrière le balustre, il guettait le bon vouloir du roi lorsque celui-ci se décida enfin à l'apostropher.

— Alors, monsieur de Raimondis, l'ambassadeur du Maroc est-il satisfait de son séjour ?

— Plus que satisfait, sire. Comblé. Il m'a même avoué avoir pleuré lorsqu'il avait appris qu'il devait venir en France, mais qu'il pleurerait bien davantage en nous quittant.

1. Environ cent mètres carrés.
2. 2,40 m sur 2,25 m.

Louis XIV parut ravi.

— Que dit-il encore ?

— Il est au désespoir, car il pense que nul ne le croira à son retour chez lui. Il trouverait d'ailleurs cette incrédulité naturelle, puisque lui-même n'y aurait jamais accordé foi quand bien même mille personnes en auraient voulu soutenir la vérité.

Le roi joignit les mains, rosissant de plaisir.

Enhardi, Raimondis enchaîna :

— Figurez-vous, Majesté, qu'il a commencé la rédaction d'un livre dans lequel il a l'intention de noter tout ce qu'il a vécu depuis sa venue chez nous. Il en a même trouvé le titre : *Le Livre des miracles.*

Cette fois Louis XIV rit de bon cœur.

— Décidément, voilà un homme qui a de l'esprit ! Nous aurons plaisir à le revoir avant son départ puisqu'il en a fait la demande. Vous lui transmettrez nos hommages. Nous y tenons.

Se détournant, le Roi-Soleil fit signe à Jean-Baptiste Colbert de le rejoindre dans la ruelle. Une fois les deux hommes isolés, le monarque s'informa :

— Est-il vrai que l'ambassadeur a exprimé l'intention de rendre visite aux galériens marocains, à Marseille ?

— Oui, Sire, il en a fait part au sieur de Bonneuil. Pour l'heure nous n'avons pas donné suite à cette requête.

— Vous avez bien fait. Cette semaine, nous vous dicterons un mémoire à l'intention de Jean-Baptiste Brodart[1]. Il sera autorisé à faire visiter les galères à l'ambassadeur, mais uniquement après avoir pris soin d'en retirer

1. Jean-Baptiste Brodart de Sanseuil. Il était depuis 1679 commissaire général de la Marine et intendant des galères.

les Marocains. Il est essentiel que l'envoyé du sultan ne puisse connaître le nombre de galériens originaires de son pays. Vous vous en assurerez évidemment.

— Bien sûr, Majesté.

*

Jardin du Palais royal, 17 février

Mohammed Temim avisa un banc sous la galerie Montpensier et proposa à Raimondis :

— Posons-nous un peu, mon ami. J'aimerais profiter du spectacle.

Le spectacle en question n'était autre que celui qu'offraient les promeneurs qui allaient et venaient le long des allées bordées de marronniers. Femmes en robe volante aux couleurs chatoyantes, en laine ou en soie, robe à la française, hommes portant l'habit, enfants jouant au cerceau.

— Quel monde étonnant, murmura Temim. Si différent du nôtre.

— À Paris, la promenade est l'occasion de réunir hommes de finances ou oisifs, jeunes et vieux, femmes de théâtre ou de plaisir, haut monde et demi-monde.

Il enchaîna sans transition :

— Vous avez donc signé le traité.

— À ma grande tristesse. Mais en toute honnêteté je n'ai pas eu le choix. Les Colbert se sont montrés d'une intransigeance absolue. Que se serait-il passé si j'avais refusé ? J'étais pris entre le marteau et l'enclume. De surcroît, mon collègue, Ali Maânino, m'avait supplié de signer. Son fils est toujours prisonnier chez vous. Il ne veut pas prendre le risque de fâcher les Français avant que vos autorités ne le lui rendent.

Temim leva les bras au ciel et les laissa retomber sur ses cuisses en soupirant :

— Allah est grand. Une alliance entre nos deux pays eût été des plus profitables. N'avons-nous pas un ennemi commun ? L'Espagne. Je crois que l'obstacle est lié au manque de connaissances de votre gouvernement. Il ne sait rien de mon pays.

— C'est exact. Nous sommes très mal renseignés. Et lorsque nos diplomates mentionnent votre roi, c'est pour le décrire tantôt dans son harem, entouré de milliers de concubines, tantôt au milieu de son armée de cent cinquante mille Noirs, tantôt envoyant ses pirates tourmenter le commerce de l'Europe et celui de la France en particulier, ou tranchant des têtes à tout-va.

Il prit une pause avant de développer :

— Le Maroc, mais me semble-t-il aussi l'ensemble du Levant, constitue dans notre imaginaire d'Occidentaux un réservoir de mythes – il chercha le mot juste – « orientalistes ». D'ailleurs, sous l'appellation d'« Orient », la plupart d'entre nous ne font aucune différence entre votre pays et les États barbaresques et le reste du monde musulman. Le sieur de Bonneuil, celui-là même qui a comparé le titre de commandeur des croyants à celui de pape, me confiait la perception qu'il avait de votre royaume : une terre déchirée tant par le tribalisme que par le fanatisme.

Le silence retomba.

Temim récupéra son chapelet et fit courir les grains entre son pouce et son index.

— Tribalisme et fanatisme... Cher ami, ce que vous me

décrivez là est le tableau classique de toute nation en devenir. Votre propre pays n'a-t-il pas été traversé par mille et un soubresauts avant d'éclore enfin ? Vous avez eu les Romains, vous avez été plusieurs fois divisés, déchirés entre Armagnacs et Bourguignons pour le plus grand plaisir de l'Angleterre, vos protestants et vos catholiques se sont haïs, sans oublier vos luttes intestines. Bref, je ne vais pas vous enseigner ici votre propre histoire. Un pays est comme un homme : il a besoin de temps pour devenir ce qu'il sera. Le mien n'échappe pas à cette règle.

— C'est incroyable, mais d'où tenez-vous cette connaissance de la France ?

— Une passion pour l'histoire en général et celle de votre pays en particulier. D'autre part, j'ai eu la chance de faire quelques études à Fès, dans notre université d'Al-Qarawiyyin.

— Une université ?

— Oui, monsieur de Raimondis. La plus vieille du monde. Sans vouloir vous offenser, elle précède de trois siècles votre université de Paris.

— Je rends les armes, quand je vous disais que nous sommes mal informés.

— Rassurez-vous, nous le sommes aussi. Mais j'y pense tout à coup. Je ne sais rien de vous. Êtes-vous marié ? Avez-vous des enfants ? Et que signifie ce titre : Joseph de Raimondis d'Allons ? Vous me trouvez trop indiscret sans doute. C'est toujours ainsi lorsque je tiens quelqu'un en estime.

Le Français hésita un bref instant avant de répondre :

— Je suis né le 9 avril 1651 dans le sud de la France, en Provence. Mon père était avocat et premier consul de la ville de Draguignan. Il avait hérité du titre de seigneur d'Allons, dont j'ai hérité à mon tour. Passionné par la mer, j'ai commencé par être nommé lieutenant de vaisseau, puis capitaine et major de la Marine du Levant. Je suis marié depuis six ans et père de deux enfants que j'adore. Voilà. Vous savez tout. Oserais-je vous poser à mon tour la question ?

— Bien sûr. Je suis né à Tétouan, il y a bientôt quarante ans, une ville du nord du pays, à quelques lieues de Djabal Tarek, que vous appelez Gibraltar je crois. Ma famille a toujours été proche de celle du sultan. Il y a deux ans, celui-ci m'a fait l'honneur de me nommer gouverneur de ma ville natale. Et je ne suis pas marié. Faute de temps, par manque de courage aussi. Après tout, le mariage est une longue traversée maritime. Il ne faut pas craindre le mauvais temps. Or, je suis enclin au mal de mer.

Temim réprima un frisson et serra contre lui son caftan.

— Le vent fraîchit. Si nous rentrions ?

Alors qu'ils marchaient vers le carrosse qui les attendait, l'ambassadeur demanda :

— Avez-vous commencé la lecture d'Ibn Khaldoun ?

— Absolument. Et vous aviez raison. Je me perds dans cette multitude de noms de personnages et de tribus. Mais je m'accroche. J'ai déjà mille questions à vous poser. Nous aurons tout le temps d'en parler au cours de notre voyage pour Marseille. Si ma mémoire ne me fait pas défaut, nous partons le 25.

Temim confirma.

— De longues journées m'attendent d'ici là.

*

Il disait vrai. Ô combien ! Trois jours plus tard, on l'emmena visiter l'Arsenal de Paris, immense entrepôt d'armes et de poudre. Puis l'hôtel des Invalides. Enfin Versailles, dont les travaux venaient tout juste d'être achevés.

Le 23 février 1682, il fut informé que Sa Majesté avait agréé sa demande et qu'elle voulait bien le recevoir en audience de congé le lendemain, à midi.

Il se présenta donc à l'heure dite et, à l'issue du discours qu'il prononça, il se vit offrir de nombreux présents parmi lesquels deux lustres de cristal, une montre enrichie de rubis et de diamants, un lit et... douze sièges.

On n'oublia pas le gouverneur de Salé, Abdelkader Maânino, non plus que son frère, Ali, qui furent presque tout aussi gâtés. En outre, M. de Bonneuil remit à l'ambassadeur une lettre à l'intention de Moulay Ismaïl, ainsi que le traité signé par les Colbert père et fils. Le lendemain, le ballet des visites reprit de plus belle dont chaque instant fut commenté par *Le Mercure galant.* Le rédacteur des articles, censé écrire à une dame de province, ne lésina point sur les formules laudatives concernant Mohammed Temim, écrivant :

« Si vous étiez ici, Madame, vous auriez peine à vous empêcher de faire une déclaration d'amour à l'ambassadeur du Maroc. »

Ali Maânino, lui, ne participa à aucune des festivités.

Il ne pensait qu'à son fils enchaîné sur une galère.

17

Mars 1682

Ce fut à bord d'une calèche attelée à six chevaux que Mohammed Temim s'engagea vers Marseille en compagnie de Joseph de Raimondis. Abdelkader Maânino et son frère roulaient dans leur sillage. Ils mirent six jours pour atteindre Lyon (ce qui était étonnamment rapide), où ils firent halte. Ensuite ce furent Valence, Montélimar, Avignon. Le 16 mars ils entrèrent dans Marseille. Des logements les attendaient au sein même de l'arsenal. C'est en ce lieu que le royaume construisait, réparait et équipait des navires de combat.

À leur arrivée, ils furent accueillis par l'intendant général des galères, Jean-Baptiste Brodart, et par M. de Pille, gouverneur de la ville.

— Soyez le bienvenu, Excellence, salua l'intendant avec une certaine obséquiosité. La réputation de votre glorieux sultan vous a précédé, et je me suis laissé à croire que nul autre empereur ne l'égalait en terre d'Afrique. Nous sommes tout à votre disposition, prêts à exaucer le moindre de vos vœux.

Mohammed Temim répliqua avec une sécheresse qui surprit Raimondis :

— Je n'en formulerai qu'un seul, monsieur : je souhaite rendre visite aux captifs marocains.

Ali Maânino précisa :

— Mon fils, Abdelhaq, en fait partie.

Brodart feignit l'étonnement.

— Des galériens marocains ? Ici, à Marseille ? Vous devez faire erreur. Je vous assure que nous n'en connaissons point de ce pays.

Il prit M. de Pille à témoin :

— N'ai-je point raison, monsieur le gouverneur ?

Pille toussota avant de rétorquer :

— Aucun galérien marocain, Excellence. Cependant nous allons nous en assurer.

Il ordonna à Brodart :

— Vérifiez ces informations auprès du chef du bureau des chiourmes, le sieur Desangles. Vous...

— C'est impossible ! protesta Abdelkader Maânino. Nous savons avec certitude que votre corsaire, Jean Bart, a capturé plus de deux cents Marocains sur les côtes du Portugal parmi lesquels mon neveu ! Nous avons même réclamé sa liberté à votre roi qui nous a promis de le renvoyer prochainement au Maroc.

Il répéta :

— C'est impossible !

Il faillit ajouter : « Vous mentez », mais préféra éviter l'incident diplomatique.

Joseph de Raimondis décida à son tour d'intervenir :

— Messieurs, nos hôtes méritent me semble-t-il qu'une enquête soit diligentée. J'imagine que ce sera fait, n'est-ce pas ?

— Absolument, affirma le gouverneur, j'y veillerai personnellement. Au passage, permettez-moi de vous faire remarquer que ce n'est point la coutume que des étrangers aillent interroger les forçats.

Temim répliqua avec sécheresse :

— Vous enfreindrez la coutume, monsieur !

Le gouverneur fit mine de n'avoir pas entendu.

— En attendant, je propose à Son Excellence de prendre quelque repos et demain nous vous inviterons à visiter la *Réale*, la galère royale.

Le lendemain, lorsqu'il arriva sur le port, comme pour apaiser son courroux, Temim fut salué de la voix et de quatre coups de canon, mais c'est l'esprit ailleurs qu'il arpenta le pont du navire construit à l'initiative du « Grand » Colbert. Un véritable monstre marin qui réunissait à bord une chiourme de plus de six cents rameurs. Le gouverneur se lança dans un discours avec l'intention non dissimulée d'impressionner son hôte. Il expliqua que, sous l'impulsion de Sa Majesté le roi, la flotte française était à son apogée et la *Réale* en était l'un des plus illustres représentants.

Cinq jours s'écoulèrent avant que Brodart ne livrât les résultats de son enquête.

— Je suis porteur d'une bonne nouvelle, Excellence. Nous avons retrouvé la trace de vos concitoyens. Ils voguaient en Méditerranée depuis deux semaines. Ce qui explique ma confusion. Actuellement, ils font route vers Toulon. Ils y aborderont dans deux jours.

— Parfait. À combien de lieues sommes-nous de ce port ?

— Une quinzaine. Cependant vous ne songez pas à...

— Si. Faites le nécessaire pour qu'on m'y emmène dès demain.

— Excellence !

— Monsieur Brodart ! J'ai dit *dès demain.* Je ne quitterai pas la France sans voir mes compatriotes et surtout sans m'assurer qu'Abdelhaq Maânino est en bonne santé ! Est-ce clair ?

Il faisait un soleil radieux lorsque la calèche entra dans Toulon. Cette ville qui pendant longtemps ne fut qu'une bourgade de quelques milliers d'habitants, un port de pêche, s'était transformée au fil des rois de France successifs en une place forte, cernée de puissantes fortifications et dotée d'un important arsenal.

L'intendant général des galères s'avança vers l'ambassadeur et vers Ali Maânino.

— Permettez-moi de me présenter. Mon nom est François Prévost. Je vous sais gré d'avoir pris la peine de venir jusqu'à nous.

Temim aborda immédiatement le sujet principal de sa visite.

— Les captifs marocains. Puis-je les voir ?

Le dénommé Prévost adopta une mine accablée.

— C'est que... La galère a été contrainte de changer de cap.

— Que dites-vous ? se récria Maânino.

— La vérité. Elle est désormais en route pour... Brest. Les vents...

— Monsieur, n'auriez-vous aucune pudeur ? Vous devriez avoir honte ! Cette comédie est irrespectueuse. Pour qui nous prenez-vous ?

Temim serrait les dents. Que faire ? Prendre cet individu à la gorge ? Le capturer lui et ses collègues de Marseille et les traîner à Meknès pour les jeter en pâture à Moulay

Ismaïl ? Il n'osait imaginer le sort qui les attendrait. On les découperait en morceaux et on les jetterait aux bêtes sauvages.

À défaut d'arguments, il posa une main qui se voulait consolatrice sur l'épaule d'Ali et récita un verset :

— « Un châtiment les atteindra dans la vie présente. Le châtiment de l'au-delà sera cependant plus écrasant et ils n'auront nul protecteur contre Allah. »

Pour apaiser la colère de Temim, l'amadouer, on l'emmena à l'arsenal de Toulon où, sous ses yeux, on fit fondre six pièces de canon. Mais il fulminait toujours.

— Faites le nécessaire, ordonna-t-il à l'intendant. Je veux rentrer au plus vite dans mon pays. Et il est hors de question que je retourne à Marseille. J'embarquerai d'ici, de Toulon.

Le soir même, on informait le marquis de Seignelay que « l'ambassadeur ayant demandé à voir les "Maures de Salé" pour s'informer d'eux de la quantité qu'il y en avait sur les galères, on lui avait répondu qu'ils étaient en mer et devaient se rendre à Toulon et qu'il les pourrait voir là-bas ; ce qui ne l'a point contenté, et il a paru un peu chagrin. Ordre fut donné à M. de La Bretesche, le capitaine de la galère qui transportait les Marocains, de ne point toucher à Toulon ; c'est ce qu'il a fait ».

*

Toulon, 31 mars

— Ainsi, l'heure de la séparation est venue, constata Raimondis.

Temim fixait la mer.

Voilà un moment que les deux hommes étaient attablés devant la rade, le Français ayant tenu à faire le déplacement de Marseille pour saluer le départ de l'ambassadeur.

— Quel dommage, déplora Temim. Mon voyage n'aura servi à rien. Je crains que le sultan n'apprécie pas s'il venait à prendre connaissance du traité.

— Parce que vous avez l'intention de ne pas le lui remettre ?

— J'hésite. Il faudra que j'en discute avec mes amis.

— Craignez-vous tant la réaction de votre roi ?

— Pas pour ma personne, mais pour les retombées qu'elle pourrait avoir sur les relations entre le Maroc et la France. J'estime que jusqu'ici Moulay Ismaïl a fait preuve de bonne volonté. Il y a peu de temps encore, il annonçait aux négociants français que non seulement il autorisait le commerce avec votre pays, mais qu'il s'engageait à ce que les navires battant pavillon français ne soient pas molestés. Il a fait savoir aussi que vos religieux étaient libres de venir au Maroc pour racheter les personnes retenues et a autorisé à Meknès la création d'un dispensaire. On aurait pu espérer plus de souplesse de la part de votre monarque.

— C'est regrettable, j'en conviens. Néanmoins, tout n'est peut-être pas perdu. Mon gouvernement s'est engagé à vous envoyer un représentant. Je crois même qu'il a été désigné. Il s'agirait de M. de Saint-Amans. Soyez confiant. Les négociations reprendront, j'en suis persuadé.

— Je vous dis adieu, mon ami. Vous avez été le plus digne de tous.

Dans un élan spontané, il serra le Français contre sa poitrine et lui murmura :

— Et n'oubliez pas Ibn Khaldoun !

Chroniques berbères

Tébessa, 702

Sous un soleil incandescent, le grand bélier en bois porté par quatre soldats ouvrait la marche. L'armée berbère suivait. Dix mille hommes, Dihia en tête.

Ils remontèrent parmi les ruines romaines et firent halte devant l'arc érigé quelque quatre siècles plus tôt en l'honneur de Caracalla, fils aîné de Septime Sévère. Il n'est pas impossible que le fantôme de l'empereur fou se trémoussât d'impatience dans la perspective d'assister à l'affrontement à venir.

Soudain, une grêle de flèches s'abattit sur l'armée berbère.

Des milliers de flèches.

La monture de Dihia se cabra et la jeta à terre.

Mais où étaient donc tapis les archers ennemis ? Un sortilège aurait-il rendu les Arabes invisibles ? Alentour ce n'était qu'une vaste plaine peuplée de ruines.

Une clameur se fit entendre. Elle venait de l'amphithéâtre romain. Des milliers de fantassins surgirent, lances dressées. Lorsqu'ils furent assez proches, Marek distingua celui qui les commandait et eut un haut-le-cœur : c'était Adid, le fils aîné de Dihia. À ses côtés marchaient Khâlid ibn Yazîd et Yezdia.

« C'est la fin du chemin », annonça Dihia.

Elle avait raison. Bientôt l'armée berbère débordée rendit les armes.

On se saisit de Dihia, que l'on traîna jusqu'aux pieds du général Ibn Numan.

Il la scruta avec curiosité, comme on observe un animal étrange. Ainsi, c'était elle, cette femme qui depuis des années tenait tête aux plus valeureux guerriers musulmans. Elle dont on affirmait qu'elle était douée du pouvoir des sorcières.

« Tu vas mourir, déclara Ibn Numan. Tu le sais sans doute. »

Dihia répondit avec un sourire indicible : « Je l'ai toujours su. Fais vite ! Il me tarde de retrouver mon père. »

L'Arabe fit un signe.

Un soldat s'approcha et leva son sabre.

Dans quelques semaines, on déposerait la tête de la reine des Aurès au pied du calife, à Damas[1].

La kâhina l'avait prédit.

1. La dépouille de Dihia fut jetée dans le puits qui se trouvait à proximité. Ce lieu porte désormais le nom de Bir al-Kahina, proche de la ville de Bir al-Atar, à 87 kilomètres de Tébessa.

18

Meknès, 20 avril 1682

Mohammed Temim et Ali Maânino venaient de franchir l'enceinte du Dâr-al-Kbira. Après avoir traversé une cour flanquée de guérites et de fontaines, ils entrèrent sous le porche du palais.

— Es-tu bien décidé, Hajj Temim ? questionna Ali Maânino.

— J'agirai selon mon instinct. Ne t'inquiète pas.

Un garde annonça leur arrivée.

Dans une demi-pénombre, assis sur un divan, un chat angora endormi sur ses cuisses, Moulay Ismaïl les attendait. Derrière lui, on apercevait Abraham Maïmoran et Ibn Filali, le grand vizir.

— *Salam*, Hajj Temim. As-tu fait un bon voyage ?

— Fatigant, mawlay. J'ai été malade durant toute la traversée.

— C'est normal. Nous, les Marocains, préférons la terre ferme. Et toi, si Maânino, as-tu mieux supporté ?

— À peine, sidnâ. À peine.

Le sultan afficha une moue compassée et enchaîna :

— Alors, quelles nouvelles me ramenez-vous de France ?

Mohammed Temim se racla la gorge et fit la narration de son séjour en prenant soin de ne pas mentionner le traité. Puis il conclut :

— Sidnâ, Louis XIV semble bien disposé et se propose de vous envoyer un ambassadeur afin de nouer des relations pacifiques entre nos deux pays. Il nous a remis la lettre que voici à votre intention.

Négligeant de saisir le pli que lui tendait son envoyé, Moulay Ismaïl demanda à Maïmoran de lui en faire la lecture.

Saint-Germain-en-Laye,
12 février 1682

Très-Haut, et très excellent et très puissant prince, notre très cher et bon ami. Nous avons reçu avec bien de la joie la lettre que vous nous avez écrite le 13 septembre 1681. Son contenu et tout ce que votre ambassadeur Mohammed Temim nous a dit de bon de votre part nous ont persuadés du sincère désir que vous avez de rétablir la paix avec nous et de l'entretenir inviolablement. C'est ce qui nous a portés à consentir des articles et conditions de paix traités par notre ordre avec ledit Mohammed Temim, votre ambassadeur. Et comme nous voulons la faire observer ponctuellement dans toute l'étendue de notre empire, tant et si longtemps qu'il y sera satisfait de votre part, nous ne doutons point que vous ne donniez le même ordre dans vos États et à tous vos sujets. Comme votre ambassadeur s'est fidèlement acquitté de tout ce que vous l'aviez chargé de nous dire, et que nous sommes fort contents de sa bonne conduite, nous nous remettons aussi au rapport qu'il vous fera de nos sentiments sur tout ce qui vous regarde, en attendant que nous vous les fassions connaître plus particulièrement par ceux que nous estimerons à propos de choisir pour envoyer vers vous. Sur ce, nous prions Dieu qu'il vous ait en sa sainte garde.

Moulay Ismaïl conserva le silence tandis qu'Ali Maânino ressassait la phrase de Louis XIV : « *C'est ce qui nous a portés à consentir des articles et conditions de paix traités par notre ordre avec ledit Mohammed Temim* ». Ne sous-entendait-elle pas qu'un traité avait bel et bien été signé lors de leur séjour en France ?

Le sultan se taisait toujours.

Pensif, il prit son chapelet d'ambre et fit rouler les grains avant de questionner :

— Hajj Temim, cette lettre ne parle pas de nos frères galériens. Qu'en est-il de leur sort ? Avez-vous eu l'occasion de les visiter ?

— Non. Malheureusement ils ne me l'ont pas permis. Ce n'est pas faute d'avoir insisté.

— C'est insultant !

Le sultan se tourna vers Ali Maânino.

— Et toi ? As-tu pu voir ton fils ? Sais-tu s'il est toujours en vie ?

— Non, sidnâ, là encore ils n'ont rien voulu savoir. Ils se sont simplement engagés à le libérer et le renvoyer chez nous lors de la prochaine visite de leur ambassadeur.

Moulay Ismaïl jeta un coup d'œil par-dessus son épaule vers le grand vizir.

— As-tu entendu ?

Ibn Filali répondit :

— Oui, mawlana. C'est une attitude bien fâcheuse mais qui ne me surprend pas de la part d'infidèles.

S'adressant cette fois à Abraham, il demanda :

— Que suggères-tu ?

Avant de répondre, le Juif s'adressa à Temim :

— Si j'ai bien compris les propos de la lettre, Louis XIV déclare qu'il a consenti à répondre favorablement aux conditions de paix que vous lui avez soumises et qu'il attend de nous la réciprocité.

Temim marqua une imperceptible hésitation.

— Oui. Mais il souhaite en discuter encore. C'est pourquoi il propose l'envoi d'un ambassadeur. Il s'agirait du baron de Saint-Amans. Une personnalité distinguée.

— Dans ce cas, dit Abraham en faisant un pas vers le sultan, je pense qu'il serait bien de répondre favorablement à la lettre du roi. Il sera toujours temps de réfuter les propositions qu'ils vous feront.

Moulay Ismaïl approuva. Il fit signe à un personnage qui tenait une écritoire et ordonna :

— Prends note !

> Empereur de France, Louis XIV, le plus grand de tous les empereurs et rois chrétiens qui ont jamais été et qui seront ! Sachez que nos ambassadeurs sont arrivés à notre cour, porteurs de votre lettre. Ils nous ont raconté vos bontés et votre bienveillance, et ils ont fait l'éloge de votre conduite envers eux. Nous avons été très satisfaits de vos excellents procédés à leur égard. C'est bien ainsi que vous devez agir et pour cela il nous plaît fort de négocier et parler avec vous, et non pas avec d'autres personnes, parce que vous êtes le maître absolu de votre vouloir et volonté. Nous savons votre grande assiduité en toutes les affaires qui concernent votre royaume. C'est pourquoi vous méritez d'être empereur sur toutes les nations de l'Europe, et personne ne mérite point de porter la couronne parmi elles, sinon vous. Je souhaiterais de tout mon cœur que vous soyez le maître de tous et sur toutes les nations. Et le jour que viendra chez nous

> votre ambassadeur, nous souhaiterions qu'il ne retournât point vers vous, s'il plaît à Dieu, qu'avec joie et contentement pour vous. Enfin, tout ce que vous désirez de nous est à votre option, volonté et service.

— Que ce pli parte sur-le-champ ! Quant à toi, Mohammed, as-tu l'intention de rentrer à Tétouan ?

— Oui, seigneur.

— Je t'y autorise, mais je veux que tu sois présent pour accueillir leur ambassadeur.

— Comme il plaira à monseigneur.

Temim s'accroupit de nouveau.

— Que Dieu te soit bienveillant, conclut le sultan.

Une fois seul, Moulay Ismaïl se tourna vers La Mecque, les deux mains à hauteur de ses oreilles, et murmura : « *Allahu Akbar.* » Dieu est Grand.

*

Fès, octobre 1682
Université Al-Qarawiyyin

Assis en tailleur sur un tapis, le maître conclut :

— Oui. Ibn Sina reste à nos jours le plus éminent et le plus influent de tous les érudits parmi les savants musulmans. Ce n'est pas sans raison qu'à l'âge de seize ans on le surnomma le « Prince des médecins ». Son *Canon de la médecine* est la seule référence pour qui veut s'initier à la science médicale. Je vous conseille aussi la lecture de l'ouvrage d'Ibn Zohr, le *Livre sur la réforme des âmes et des corps,* qui traite des maladies des reins. Et je ne saurais trop vous recommander le traité d'Ishaq Ali ibn Rahawi, le premier consacré à l'éthique médicale. Il y considère les médecins comme les « gardiens des âmes et des corps ».

Au moment où il allait se relever, prêt à quitter la salle, il ajouta :

— N'oubliez pas aussi Alhazen[1] ! Ses travaux représentent un trésor pour celui d'entre vous qui s'intéresse au mécanisme de la vue. Il est le premier à avoir prouvé scientifiquement la théorie de l'intromission d'Aristote selon laquelle la lumière entre dans l'œil et non l'inverse. Allez, mes enfants ! Le cours est terminé. Que Dieu vous garde.

Amar quitta la salle en même temps que ses quatre camarades et prit aussitôt la direction de la bibliothèque. Comme à chaque fois qu'il y entrait, il fut saisi par le spectacle de ces milliers de rayonnages qui couraient le long des murs. Combien de précieux ouvrages dormaient ici ? Dix mille ? Vingt mille ? On affirmait que des personnages tels qu'Ibn Rochd, Maïmonide ou encore Ibn Khaldoun avaient fréquenté ce lieu. Pour Ibn Rochd c'était improbable, puisqu'il avait résidé essentiellement à Marrakech. En revanche la présence du philosophe juif à Fès ne faisait pas de doute. Après avoir fui l'Espagne en raison de l'intolérance des Almohades, c'est ici qu'il était venu se réfugier et avait vécu presque six ans. C'est au sein de cette bibliothèque qu'il avait eu le loisir d'approfondir ses connaissances médicales au contact des livres d'Hippocrate et de Galien. Quant à Ibn Khaldoun, nul doute que lui aussi avait fréquenté cet endroit.

Il chercha des yeux le préposé avec qui il avait fini par se

1. De son vrai nom Ibn al-Haytham.

lier d'amitié et ne le trouva pas. Peut-être était-il souffrant ? C'était bien la première fois en deux ans qu'il n'était pas à son poste.

— Puis-je vous aider ?

Amar se retourna.

Une jeune femme d'une vingtaine d'années le dévisageait avec un sourire d'ange.

Pris de court, il balbutia :

— Je... je cherche Abou al-Hassan.

— C'est moi qui le remplace désormais. Mon nom est Alia. Quel ouvrage cherchez-vous ?

Il allait lui répondre quand il remarqua qu'elle avait les yeux vairons. L'iris gauche était bleu, le droit était marron.

— C'est la première fois, dit-il un peu maladroit, que je vois des yeux comme les vôtres.

— Je sais. Tout le monde me le fait remarquer. J'avoue que c'est un peu lassant. Mais je n'y peux rien. Toutes les filles de notre famille sont affublées de cette originalité et depuis des générations. Pour des raisons qui m'échappent, les garçons sont épargnés. La vie est injuste.

— Vous êtes de Fès ?

— Oh oui ! Depuis l'époque de l'imam Idris Ier.

Elle le toisa d'un air amusé :

— Vous ne m'avez toujours pas dit quel livre vous cherchez...

— Pardon... Le *Canon de la médecine*, d'Ibn Sina.

— Vous êtes bien jeune pour être médecin.

— Je ne le suis pas, mais j'ai décidé de le devenir.

— Ah... Vous savez qu'il n'existe pas d'école de médecine dans notre pays.

— Oui. Mais j'ai déjà un maître, mon père. Il est médecin.

— Alors vous êtes béni. Pour le *Canon* d'Ibn Sina, vous devrez patienter. Nous n'en possédons qu'un seul exemplaire en arabe. Et quelqu'un le consulte actuellement. Pouvez-vous revenir après-demain ?

Il s'affola.

— Après-demain ?

Elle confirma.

— Vous ne m'avez pas dit votre nom...

— Amar.

— Très bien, Amar. La paix sur vous.

Elle pivota sur ses talons.

Il était midi. Et il pria pour que la course des heures s'accélère.

*

Deux jours plus tard, il était là.

Et le lendemain et le surlendemain. Et tous les jours de la semaine. Durant cette période aucun étudiant n'eut accès aux cinq volumes d'Avicenne. Amar ne les aurait cédés pour tout l'or du monde. Ils étaient son alibi.

« *Je ne suis ni chrétien, ni juif, ni zoroastrien, ni musulman.*

Je ne suis ni d'Orient, ni d'Occident, ni de la terre, ni de la mer / Je ne suis ni gisement sous terre ni sphères circulaires.

Je ne suis ni de la terre, ni de l'eau, ni du feu, ni de l'air. Je ne suis ni de ce monde-ci, ni de l'au-delà, ni du paradis, ni de la géhenne.

Mon lieu est le non-lieu, mon signe est le non-signe.

Affranchi de toute dualité, j'ai vu que les deux mondes ne font qu'un / L'Un je cherche, l'Un je connais, l'Un je vois, l'Un j'appelle.

Si, dans ma vie, un moment ai-je vécu sans toi / Dès ce temps et dès ce moment, je n'ai qu'à me repentir dans ma voie. S'il m'est gratifié un jour de te rejoindre dans une alcôve secrète, je jetterai les deux mondes sous mes pieds, je danserai foudroyé avec une joie suprême. »

Et il se répétait nuit et jour ces vers de Roumi dans l'espoir qu'Alia les entendrait. Il se décida un matin à lui proposer de faire quelques pas dans le jardin qui jouxtait la bibliothèque.

Il ne se serait jamais attendu à sa réponse :

— Pourquoi ne pas aller au souk al-Attarin[1] ? Il est proche du maristane de Sidi Frej, l'endroit où vivent ceux qui ont l'esprit malade[2]. Je n'y suis jamais allée. Mes parents me l'ont interdit.

Il était déconcerté.

— Le maristane de Sidi Frej ? La folie n'est pas un spectacle bien agréable.

Elle partit d'un éclat de rire.

— Allons Amar, ce ne sont pas les fous qui m'attirent, mais la musique ! Toi qui t'intéresses à Avicenne tu devrais savoir qu'il a démontré le rôle bienfaisant de la musique dans certaines maladies mentales. Alors, lorsque l'hôpital a été fondé son directeur décida que des musiciens viendraient y jouer quelques heures par jour. Et l'habitude a été prise. C'est ainsi depuis cinq siècles.

Elle conclut avec une moue désarmante :

— Tu vois, il faut toujours une femme aux côtés d'un homme pour combler ses lacunes.

Ils ne furent pas très longs à atteindre Bab al-Faraj, la « porte de la Délivrance », l'entrée du souk des épices.

1. Marché aux épices.
2. Probablement l'un des premiers asiles d'aliénés au monde.

Effectivement, comme l'avait pressenti Amar, l'endroit était noir de monde. Les étals croulaient sous des pyramides de safran, de piment rouge, de coriandre et autres, véritable débauche de senteurs, de couleurs et de cris. Après s'être frayé un passage, ils arrivèrent devant un bâtiment vétuste, fermé par une porte grillagée surveillée par un gardien qui avait l'air aussi vieux que le maristane. Alia décida soudain de s'arrêter.

— Que fais-tu ? s'affola Amar.

— Rien. Je regarde juste.

Elle posa son front contre la grille.

Au sein d'une cour des miracles séparée en son milieu par un muret de briques, des hommes accroupis, des jeunes, des vieillards, arpentant le sable, errants, en proie à des tremblements frénétiques ou qui soliloquaient, visages tordus, déformés par Dieu sait quelle souffrance intérieure, des fumeurs de kif hébétés, un collier autour du cou. De l'autre côté, des femmes, dont certaines semblaient privées de vie.

— Que cherches-tu, ma fille ? s'enquit le gardien. Tu viens visiter un parent ?

Il s'était exprimé dans un langage châtié, inattendu.

Alia secoua la tête.

Amar, bouleversé, demanda :

— Ces gens reçoivent-ils des soins ?

Un sourire écarta les lèvres du vieil homme, laissant apparaître une bouche édentée.

— Des soins ? Bien sûr, bien sûr. Ils sont prodigués par le roucoulement des pigeons ou par l'ombre du minaret de Moulay ldris et les cigognes.

— Les cigognes ? répéta Alia.

— Je vois que vous ne connaissez pas l'histoire du

maristane. Écoutez. Un jour, il y a bien longtemps, une cigogne vola dans le palais d'un sultan une couronne d'or et la déposa dans son nid, tout près du tombeau de Moulay Idris. La couronne fut remarquée par les voisins qui virent là un signe de la volonté de Dieu. Ils la récupérèrent et ils la vendirent. Avec le bénéfice de la vente, on édifia une fondation charitable à l'endroit même où se trouvait le nid, c'est-à-dire ici. C'est devenu le maristane. Depuis ce temps, s'il arrive à une cigogne d'être malade, elle se pose sur le toit de Sidi Frej et repart guérie. Celles qui meurent y sont enterrées, car il faut savoir que les cigognes sont des hommes qui nous viennent de quelque île lointaine et qui, à une certaine époque de l'année, prennent la forme d'oiseaux pour venir chez nous où ils passent une saison avant de retourner dans leur île où ils redeviennent des hommes jusqu'à l'année suivante.

Le couple échangea un coup d'œil amusé, mais se garda bien de remettre en doute les propos du gardien.

C'est alors que l'on entendit s'élever quelques notes de musique. Un joueur de oud venait de s'asseoir au milieu de la cour, accompagné par un tout jeune garçon qui frappait sur une darbouka.

Peu à peu, on vit les malades s'immobiliser, et les visages déformés un instant plus tôt recouvrer un peu de sérénité.

— C'est impressionnant, murmura Amar.

— Non, c'est divin. La musique est le chant de Dieu.

Ils s'installèrent par terre, devant le grillage, et en silence ils se laissèrent bercer.

Journal de Casimir Giordano

Bonjour *doctor* Giordano, voici la suite des événements que j'ai réunis pour vous. Comme pour les précédentes notes, je m'efforce d'écrire le plus simplement possible en évitant les détails. J'espère que cela vous intéresse et que vous ne vous endormez pas en me lisant. Je me donne beaucoup de mal, vous savez ?

Après les Idrissides dont je vous ai déjà parlé, ce fut une longue période de troubles et d'anarchie. Et puis un jour, vers 434 de l'hégire[1], est apparu un prêcheur, un Berbère. Pour des raisons qui m'échappent, ce personnage se mit à interdire les tambourins, les vêtements aux couleurs trop vives, les nourritures impures et devint très vite insupportable aux nomades du Grand Sud qui le chassèrent. Retiré du monde, il s'entoura d'adeptes qui prirent le nom d'Al Morabitoun. Les Almoravides. Progressivement, ils développèrent une idéologie de la guerre sainte et grâce à un grand chef guerrier, Ibn Tachfin, ils réussirent à bâtir un empire.

Si les hommes continuaient à porter, comme naguère au désert, une longue pièce d'étoffe qui leur cachait le bas du visage, les femmes almoravides, elles, gardaient

1. Aux alentours de 1042 de l'ère commune.

leur visage dénudé. Mais ce qui est plus intéressant, c'est qu'elles jouaient un rôle important dans les affaires publiques, à l'instar de l'épouse d'Ibn Tachfin[1]. On affirme que c'est elle qui a fondé Marrakech et qui en fit la capitale des Almoravides. Je ne sais pas si c'est vrai.

Elle négociait souvent à la place de son époux et ses connaissances politiques étaient paraît-il si convaincantes qu'on la disait magicienne. Je vous avoue, *doctor*, que voilà un rôle qu'il me plairait bien d'occuper un jour aux côtés de mon époux et souverain. Imaginez-vous que ce serait envisageable ? Je suis consciente que ce ne sera pas facile et que les obstacles qui se dresseront sur ma route seront innombrables. C'est Allah qui décidera.

À partir des années 513 de l'hégire[2], la domination des Almoravides n'apparut plus aussi totale. Une nouvelle dynastie frappait à leurs portes : les Almohades.

Il suffit pour ce soir. Il se fait tard, *tabib*, et mes yeux se ferment.

Avant de vous quitter, je vous informe qu'une rumeur inquiétante court au harem. On dit que Lalla Zaydana cherche à jeter le mauvais œil sur Mohammed al-Alam, le nouveau-né de Nabila – Miss Shaw. La reine a certainement hérité ce pouvoir de ses parents ou ses grands-parents. En tant que roumi je suppose que vous ignorez ce qu'est le mauvais œil. Il consiste à frapper les gens de mille maux rien qu'en les couvrant de compliments : « Qu'elle est belle ! Ce n'est pas avec cette beauté qu'elle mourra vieille fille » ou « Qu'il est riche ». Sachez que ces réflexions – qui semblent banales – peuvent se révéler mortelles,

1. Zaynab Nefzaouia.
2. 1120 de l'ère commune approximativement.

quand elles sont exprimées par une personne douée de ce maléfice. Quoi qu'il en soit, si ce que l'on raconte est vrai, je peux vous assurer que les jours de l'enfant sont comptés.

Je vous enverrai de nouvelles notes la prochaine fois. Qu'Allah vous garde.

Casimir replia soigneusement les feuillets et les rangea dans le tiroir de son bureau. Il avait bien compris que la jeune fille se faisait un point d'honneur de « faire son éducation », ce qui n'était pas pour lui déplaire.

« *Je vous avoue,* doctor, *que voilà un rôle qu'il me plairait bien d'occuper un jour aux côtés de mon époux et souverain.* » Était-elle vraiment sérieuse ?

19

Tétouan, août 1682

Accrochée au pied des montagnes du Rif, la ville de Tétouan somnolait, mollement couchée sur les berges de l'oued Martil. Ici et là, au détour d'une venelle, s'élevait parfois un sanglot qui rappelait à ceux qui l'auraient oublié que Tétouan, bourgade agonisante, recouvra un jour la vie grâce aux Grenadins qui, fuyant la reconquête chrétienne, étaient venus s'y réfugier. À partir du décret d'expulsion de 1609 édicté par Philippe III, des vagues de Morisques étaient venus s'y réfugier.

Tétouan, fille de Grenade, sœur de l'Andalousie perdue.

Le ciel du couchant est limpide.

Tout n'est que contraste. Lumière et pénombre ; blancheur des murs enduits de chaux, éclats des zelliges.

À travers la fenêtre de sa table de travail de la Dâr al-imâra, la maison des émirs, Mohammed Temim promenait son regard au-delà de la ligne d'horizon et son imaginaire lui faisait voir Tanger et, plus loin, la terre andalouse.

Jamais il ne s'était senti si proche de sa ville natale que depuis qu'il s'en était absenté. Au fond, un pays est comme une mère. On l'aime presque sans le savoir et l'on ne prend conscience de la profondeur de cet amour qu'à l'heure de la séparation.

Il gardait un plaisant souvenir de ce périple en France qui lui avait permis d'observer de près les gens d'Occident. La France était indiscutablement une grande puissance et le désir du sultan de s'associer à elle était on ne peut plus légitime. Néanmoins, au tréfonds de lui, Temim doutait de la réussite des négociations. Et la venue annoncée du baron de Saint-Amans n'était pas pour le rassurer. Cette affaire de piraterie et de captifs était bien trop complexe et les enjeux bien trop importants. Malgré les apparences, tant les Occidentaux que les Salétins s'accommodaient fort bien de la coexistence de la course et du négoce. À quoi il fallait noter que les marchandises acquises au Maroc étaient nettement meilleur marché que celles qu'on trouvait en Europe. Cire brute, cuivre, cuirs, laine, dattes, amandes, miel, suif, ambre gris, ou encore le *ghazoul*, cette terre aux vertus savonneuses extraites du mont Atlas dont les femmes occidentales raffolaient. Tout le monde y trouvait son compte tout en faisant mine d'être outré. Les seuls qui souffraient véritablement de cette situation étaient les malheureux captifs, chrétiens ou musulmans.

Quel que soit le résultat des négociations à venir, Moulay Ismaïl avait raison d'aller au bout de son projet. S'il parvenait à signer un traité de paix équitable avec Louis XIV, le Maroc en tirerait un grand profit et pourrait, avec l'aide de la France, en finir avec la présence espagnole. Les Espagnols, les Portugais, les Anglais ! Mais quel appétit ce pays éveillait-il et depuis tant de siècles !

— Sidi, un courrier en provenance de Londres vient d'arriver à votre intention.

Plongé dans ses pensées, Mohammed Temim mit quelques secondes avant de réagir.

— Londres ? Donne-le-moi.

Il découvrit l'en-tête.

Mohammed ibn Haddou
Diamond House – Londres

10 août 1682

Mon ami très cher,

J'espère que ce mot te trouvera en bonne santé, sous la protection d'Allah. C'est de la brume londonienne que je t'écris, le cœur bien lourd.

Je t'avoue que la solitude me pèse bien que, depuis le mois de décembre, date de mon arrivée ici, je sois choyé et honoré à l'extrême. Il faut reconnaître que ma parfaite maîtrise de la langue anglaise (que je dois à ma défunte mère, qui est comme tu le sais d'origine britannique) n'est pas étrangère à la chaleur de l'accueil que l'on m'a réservé.

Mon ami, tu n'es pas sans savoir que ma présence à Londres a pour but de régler les problèmes qui perdurent entre nous et les Anglais, en particulier celui de la présence militaire britannique à Tanger. Je ne te mentirai pas : l'affaire semble mal engagée. Les Anglais continuent de commercer avec les rebelles du Sud marocain en dépit des clauses du traité signés par mon défunt frère, Omar, qui leur interdit de le faire. Pourtant, j'ai été reçu en audience avec tous les honneurs par le roi des Anglais. On m'a même nommé membre honoraire de la Royal Society et accueilli en grande pompe à l'université d'Oxford. Ma modestie dut-elle en souffrir, je me permets de souligner que je suis à ce jour le premier Marocain élu membre de cette société qui est la plus haute institution scientifique du pays.

Les mœurs de ce pays sont bien différentes des nôtres.

Figure-toi qu'il y a quelques semaines, la duchesse de Portsmouth – une femme charmante – m'a convié, ainsi que des membres de notre délégation, à un somptueux dîner dans ses appartements de Whitehall. Le plan de table avait été organisé de sorte qu'il y ait toujours une femme entre deux Marocains. Parmi les convives, quelle ne fut pas ma surprise d'apercevoir un garçon d'une dizaine d'années. Surprise qui s'accrut lorsque mon voisin de table me chuchota à l'oreille qu'il s'agissait de Charles Lennox, duc de Richmond. Et il précisa : « un enfant naturel du roi ». Ma surprise se transforma en stupeur, lorsqu'il me précisa que sa mère n'était autre que notre hôtesse... la duchesse de Portsmouth ! Une Française ! Donc en principe ennemie jurée de l'Angleterre. Décidément, les princes occidentaux ont des mœurs bien curieuses. Les mauvaises langues colportent qu'en réalité Louise Renée (c'est le nom de cette Française) serait un agent secret à la solde de Louis XIV. Faut-il croire tout ce qu'on raconte ?

Qu'ajouter, mon ami, sinon que mon passe-temps favori est de galoper dans Hyde Park et de me livrer aux exercices équestres que tu connais. Ils émerveillent l'assistance anglaise. Ce qui chez nous est banal devient ici une prouesse. C'est ainsi qu'un peintre dont j'ai oublié le nom[1] a tenu à saisir mon portrait sur une toile, et m'a représenté sur mon cheval avec une lance à la main. Me voilà immortalisé !

Cette lettre est bien longue, j'en conviens, mais je ne peux la conclure sans te raconter une ultime anecdote. As-tu jamais entendu parler des sociniens ? Il s'agit d'un mouvement religieux chrétien qui privilégie, tout comme nous, l'unité d'Allah ainsi que la nature humaine de sayedna 'Issa, Jésus-Christ. Quand ces gens ont appris que j'étais musulman, ils m'ont dit tout le bien qu'ils pensaient de

1. Godfrey Kneller. Célèbre portraitiste d'origine allemande.

notre religion et se sont empressés de rédiger un courrier à l'intention de notre sultan dans lequel ils « louent Dieu d'avoir préservé [notre] empereur et son peuple dans l'excellente connaissance de cette vérité qui concerne [notre] croyance en un Dieu unique et souverain, qui n'est pas une pluralité de personnes, et louent Mohammed – paix et salut sur lui – d'être un fléau pour ces chrétiens idolâtres ! ».

J'ignore quand je serai de retour chez nous, au Maroc. Les discussions s'éternisent à mesure que ma lassitude grandit.

Je te salue, mon ami, qu'Allah te protège.

Temim sourit. Il imagina son vieil ami faisant du cheval dans Hyde Park et les expressions émerveillées des ladies pour qui ce devait être le comble de l'exotisme. Au fond, cette lettre il aurait pu l'écrire. Elle décrivait à quelque chose près son séjour en France. Il y a quatre-vingts ans, un autre ambassadeur, secrétaire principal du sultan Ahmed al-Mansour Ad-Dhahbî, s'était lui aussi rendu à la cour d'Angleterre. Lui aussi avait été reçu en grande pompe et avait passé six mois à négocier une alliance contre les Espagnols. Les discussions n'avaient jamais abouti.

Finalement, tous les envoyés marocains avaient plus ou moins droit au même traitement. Des ors, des banquets, des visites, encore des visites. À se demander si Anglais et Français ne s'étaient pas donné le mot pour parvenir à un même but : épuiser les négociateurs pour mieux les faire plier ! Brusquement, il se sentit étouffer. Il sortit de son bureau, descendit l'escalier qui menait à la cour intérieure et se retrouva sur le seuil de la Dâr al-imâra. Dans son empressement, il heurta une personne qui s'apprêtait à entrer.

Une femme.

Temim bondit en arrière.

La femme murmura quelque chose. Il crut reconnaître de l'arabo-andalou.

— Pardonnez-moi, sidi.

L'un des gardes qui étaient en faction se précipita.

— Femme ! Écarte-toi ! Sais-tu à qui tu t'adresses ?

— Oui, répliqua timidement la femme. À *si* Mohammed Temim, le gouverneur de la ville.

Et soudain, elle agrippa un pan du burnous de Temim.

— *Âafak*, seigneur, laissez-moi vous parler. Pitié.

Elle était drapée dans un haïk de la tête aux pieds et son visage était masqué derrière un litham, un voile.

— Que puis-je pour toi ?

— M'accorder un peu de votre temps, seigneur. Rien qu'un peu. Je vous en prie.

Pourquoi Temim acquiesça-t-il ? Bien des années plus tard il se poserait encore la question. Sous le regard interloqué du garde, il s'entendit répondre :

— Suis-moi.

Il la précéda et la fit entrer dans le bureau qu'il venait de quitter.

— À présent, que veux-tu ?

— Que justice soit rendue.

Elle ôta son litham, offrant son visage à la lumière.

Temim retint un mouvement d'effroi. Comment était-ce possible ? Ce visage au zénith de sa jeunesse souillé par une balafre qui barrait sa joue droite, du coin de l'œil à la commissure des lèvres. Il surmonta son malaise pour s'enquérir.

— Qui est le responsable ?

Elle remit son voile.

— Mon maître, celui chez qui je travaillais depuis deux

ans comme servante. Au début, il m'a paru un homme de bien et j'étais d'autant plus rassurée qu'il était issu d'une noble famille.

— Son nom ?

Elle resta muette.

— Son nom ? insista Temim.

— Ahmed al-Mandari.

L'incrédulité la plus grande s'afficha sur les traits de Temim.

— Tu as bien dit Al-Mandari ?

Elle confirma.

— As-tu conscience de la gravité de ton accusation ? Sais-tu de qui tu parles ?

— C'est la vérité, sidi. Si la pudeur ne m'interdisait pas de montrer d'autres parties de mon corps, je l'aurais fait. Je subis cette violence depuis trois mois. Au début, mon maître se comportait dignement. Et puis, je ne sais pas quel djinn a habité sa tête. Du jour au lendemain, ce n'était plus le même homme. Ce matin, alors qu'il s'apprêtait encore une fois à me faire subir des sévices, j'ai décidé de fuir. Je ne peux plus le supporter. J'exige réparation.

Temim nota que le ton de la voix n'était pas celui d'un être plaintif. On y détectait même une certaine dignité. Néanmoins, comment imaginer que ce fût possible ? Les Al-Mandari étaient une prestigieuse famille d'origine arabo-andalouse. En accusant un descendant de cette prodigieuse dynastie, cette femme frôlait le crime de lèse-majesté.

— Avant de venir vous importuner, reprit-elle, j'ai pensé aller me plaindre au chef de la *chorta*[1], mais à quoi

1. Police judiciaire.

bon ? Il m'aurait ri au nez ou, pire encore, m'aurait jetée en prison.

Elle prit une courte inspiration.

— Sidi, vous avez la réputation d'être un homme de bien. À Tétouan, depuis que vous êtes notre gouverneur, il n'est pas un habitant qui ne vante votre équité, votre grandeur d'âme. Voilà pourquoi j'ai décidé de faire appel à vous.

Temim quitta son siège et arpenta la pièce de long en large.

— Douteriez-vous de ma parole, sidi ?

Il arrêta son va-et-vient et la fixa.

— J'ai besoin d'en savoir plus sur toi. Quel est ton nom ? Comment t'es-tu retrouvée au service d'Ahmed al-Mandari ?

— Je m'appelle Zohra. Mes ancêtres étaient de Séville. Comme de nombreux musulmans convertis de force au christianisme, ils ont fui Al-Andalus et sont partis pour Salé où, pour subsister, ils se sont livrés à la piraterie. Plus tard, certains ont décidé de venir vivre à Chefchaouen[1] où ils ont trouvé un emploi chez les Banu Rachid.

— Encore une noble famille, releva Temim. Tout aussi prestigieuse que les Al-Mandari.

Elle ne commenta pas.

— Moi, c'est ici que je suis née, à Tétouan, il y a vingt-cinq ans. J'ai perdu ma mère un an après ma naissance. Mon père, qui lui aussi s'adonnait à la piraterie, est mort à son tour la veille de mes vingt ans alors qu'il livrait combat contre un navire portugais. Je me suis retrouvée seule. Sans ressources. Sachant à peine lire et écrire, je n'ai pas eu d'autre choix que de chercher un travail. J'ai eu la

1. Une petite ville de montagne dans le nord-est du Maroc.

chance d'être prise comme servante auprès d'une famille juive. Pour des raisons que je ne connais pas, ils ont décidé il y a deux ans de s'en aller vivre à Meknès. Avant de partir, ils m'ont recommandée auprès d'Ahmed al-Mandari qu'ils connaissaient de longue date et qui était veuf et sans enfants. Comme je vous le disais, au début cet homme s'est montré des plus courtois. Tout se passait bien jusqu'à ce qu'il perde l'esprit.

Elle se tut et joignit ses mains pour tenter de maîtriser le tremblement qui s'en était emparé.

Que faire ? Renvoyer cette femme chez son tortionnaire ? Impensable. Porter plainte auprès du grand cadi ? Voilà qui ne manquerait pas de soulever nombre de questions, voire de ragots. Un homme qui décide de prendre la défense d'une servante d'une vingtaine d'années plus jeune que lui ! Le cadi était un ami, certes, mais pas au point de faire appréhender un membre de la famille Al-Mandari.

— Bien, déclara-t-il après un long moment. Tu réclames justice, mais pour des motifs que je ne veux pas évoquer, ta demande ne peut être agréée.

Elle poussa un cri.

— Seigneur !

— Attends ! Voici ce que je te propose. J'ai déjà un serviteur, mais je suis disposé à te prendre à mon service le temps que tu trouves un autre emploi. C'est malheureusement tout ce que je peux faire.

Contre toute attente elle se jeta à ses genoux en cherchant à lui baiser la main.

Il fit un pas en arrière.

— Non ! Hormis le sultan, nul être humain ne mérite qu'on s'agenouille devant lui. Relève-toi.

— *Choukran* sidi, merci, qu'Allah vous bénisse.

— Je vais prévenir mon majordome et il trouvera un endroit où te loger. Mais je te répète : c'est provisoire. Pour ce qui est de ton ancien maître, nous aviserons s'il tente de te récupérer.

Elle se confondit encore en bénédictions, puis articula timidement :

— Si je peux me permettre, seigneur, j'ai un bien très précieux que j'aimerais vous confier au cas où il m'arriverait malheur.

Elle extirpa un étui en cuir des plis de son haïk et le remit à Temim. Il contenait une dizaine de pages manuscrites. En prenant soin de ne pas les endommager, Mohammed Temim les sortit de leur protection et les posa sur son bureau.

Inclinant la tête vers Zohra, il demanda avec un sourire amusé :

— C'est donc là ton précieux bien ?

— Oui, sidi. Ce sont des papiers qui étaient dans ma famille depuis plus d'un siècle.

Elle s'approcha, prit délicatement le dernier feuillet et posa le bout de son index sur une signature.

— Voyez...

Temim se figea.

— Ce n'est pas possible !

Il épela à voix haute : « Sayyeda al-Horra ».

— Vous comprenez à présent ?

— Mais d'où tiens-tu cela ?

— Selon ce que je sais, ces pages ont été confiées à l'une de mes ancêtres qui avait eu pour charge de veiller sur la sayyeda[1] dès sa naissance. À la fois protectrice et servante,

1. Terme honorifique.

elle serait restée à son service jusqu'à sa mort. Ce serait la sayyeda elle-même qui lui aurait confié ces pages en lui recommandant de ne les remettre à personne, sous aucun prétexte. C'est ainsi qu'elles furent transmises au sein de notre famille de génération en génération. Ne vous avais-je pas indiqué que certains d'entre eux vivaient à Chefchaouen et travaillaient chez les Banu Rachid ? C'est-à-dire au palais même où a grandi Sayyeda al-Horra.

Temim se laissa choir dans un siège. Le souffle lui manquait.

Il examina le premier feuillet. Absurde ! Ce ne pouvait être qu'un faux. Il avait sous les yeux les Mémoires de la femme la plus étonnante que le Maroc eût jamais connue.

Il s'entendit prononcer : « Et si ? »

La curiosité l'emporta.

Il commença sa lecture.

Alors que la nuit s'avance et que ma gloire s'est fanée, j'ai pris la décision de livrer des parcelles de mes souvenirs avant que ma mémoire fatiguée ne referme définitivement ses portes et que j'en oublie jusqu'à mon nom. On me disait belle comme une pleine lune, forte comme la mer un jour de tempête. J'étais grande, brune, des yeux de braise, la peau métissée. C'était hier et aujourd'hui est déjà hier.

Mon nom est Aïcha bint Rachid, née d'un mélange d'Orient et d'Occident.

Mon père s'appelait Ali ibn Moussa ibn Rachid. Il a vu le jour en 1440, dans le petit village de Gharouzim, au sud de Tétouan. Il appartenait à une noble famille, celle des Banu Rachid.

Je suis née en novembre 1483 à Grenade. J'y ai vécu jusqu'à l'âge de neuf ans. Je garde gravés dans ma peau des senteurs têtues, le chant des fontaines, les mille parfums qui s'ébattent dans les airs, et l'œil qui se perd dans l'éclat du soleil. Et puis survint le funeste jour que nul musulman n'a oublié : le 2 janvier 1492. Des années et des années se sont écoulées, et dans mes entrailles la douleur reste vive et me torturera dans mon tombeau.

Au lendemain de la chute de notre dernier royaume commença notre exil. Nous sommes partis pour le Maroc et nous avons pris la route de Chefchaouen, la ville fondée par mon père quelques années auparavant.

À la veille de mes dix-huit ans, mon père a souhaité, mais sans m'y contraindre, que je prenne pour époux le gouverneur de la ville voisine de Tétouan, Ali al-Mandari. Bien que le prince fût de trente ans mon aîné, j'ai accepté. J'avais très vite compris que cette union contribuerait à consolider les relations entre nos deux familles et qu'elle permettrait de dresser un front commun contre l'occupation chrétienne.

C'est le jour de mon mariage que j'ai adopté pour la première fois le nom d'« Al-Horra ». La signature que j'ai apposée sur l'acte officiel en témoigne : *Sayyeda al-Horra.* Je n'ai pas choisi ce surnom à la légère. Il a un double sens. *Horra* signifie « libre », mais c'est aussi le nom de la femelle du faucon. Un faucon libre. Voilà ce que je fus. Voilà ce que je suis.

Malgré mon jeune âge, je pressentais que cette union me procurerait l'occasion de faire mes premiers pas en politique. J'avais déjà des rêves, entre autres celui de me consacrer corps et âme à la défense de mon pays. J'étais – je l'avoue – animée par un féroce désir de revanche, obsédée par l'idée de faire rendre gorge aux chrétiens qui nous avaient arrachés au pays d'Al-Andalus.

J'eus la fortune d'épouser un homme qui me traita à l'égal des hommes. Plus d'une fois il me demanda de l'assister et j'ai pu apprendre grâce à lui l'art de gouverner. Lorsqu'il s'absentait, je le remplaçais.

Mon mari – Dieu ait son âme – est mort en 1519, alors

que j'entrais dans ma vingt-septième année. C'est à ce moment que mon destin a vraiment basculé. Je me suis retrouvée seule pour gouverner et j'ai immédiatement compris que notre seule force de résistance serait dans la piraterie. Très rapidement, j'ai ordonné la construction d'un arsenal, accru le nombre de nos marins, fait ériger des tours de garde et, prenant la tête de mes navires, j'ai commencé à livrer mon djihad. J'allais de victoire en victoire, semant la terreur parmi ceux qui osaient approcher de nos côtes.

J'aurais pu prolonger mon destin de femme pirate, mais, insensiblement les faiblesses de l'âge commençaient à me ronger. J'approchais de la cinquantaine. J'en paraissais soixante. Les embruns marquent le visage. Le soleil tanne la peau. Aussi, lorsqu'un jour de l'été 1540 le sultan Ahmed al-Wattassi, qui régnait à Fès, demanda ma main, j'ai accepté. Je le respectais, il me respectait.

J'avais posé une condition à notre mariage : si le sultan tenait vraiment à m'épouser, ce serait à lui de se déplacer à Tétouan et non à moi de me rendre à Fès comme l'exigeait la tradition. Contre toute attente, il accepta. L'événement était exceptionnel. C'était la première fois dans toute l'histoire du Maroc qu'un sultan épousait une femme hors de sa capitale. Si j'ai exigé cette condition, c'est parce qu'il n'était pas question qu'une fois mariée je cesse d'exister. Je ne fus pas étonnée de voir mon futur époux se plier à mes exigences. À cette époque, il avait tout perdu, armée et trésorerie, lors de la bataille de l'Oued al-Abid livrée contre les Saadiens. En m'épousant, non seulement il obtenait une part des butins que j'avais engrangés, mais il bénéficiait d'un appui militaire.

Hélas, assez vite, des conflits allaient naître là où je ne les avais pas imaginés. Le sultan, ainsi que mon demi-frère Ibrahim, commença à exercer sur moi une pression constante. Ils tenaient à m'imposer de signer une trêve avec les Portugais. L'idée même m'était insupportable. C'eût été trahir la mémoire de mon père qui, lui, s'était toujours refusé à un tel accord. Il était hors de question que je traite avec un ennemi qui continuait d'occuper des ports de mon pays. J'ai lutté pied à pied, jusqu'au jour où mon époux décéda. Ce fut au printemps de l'an 1549. Aussitôt après, voici que la famille de mon premier époux, Al-Mandari II, chercha à récupérer sa souveraineté perdue. Je dus faire face à de sombres manigances et d'infâmes complots. Le pire fut sans doute la trahison de mon demi-frère. À mon insu, il se rallia au gouverneur portugais de Ceuta, Afonso de Noronha, et, avec son soutien, il essaya de me destituer. Ils ne furent pas les seuls. La rébellion couvait aussi parmi les marins que j'avais commandés jusque-là. J'en ai conclu qu'une femme, quelle que soit sa qualité, est toujours considérée comme une femme. Et les hommes supportent mal d'être trop longtemps sous ses ordres. Leur virilité vaniteuse en souffre. C'est triste. Combien de fois ai-je entendu cette expression : « *mra hachak* », littéralement « une femme, sauf votre respect », comme si être une femme était dégradant[1].

Pourtant notre histoire a connu des personnalités féminines qui valaient bien les hommes les plus valeureux. Qui peut oublier la Berbère Zaynab Nefzaouia, fondatrice de Marrakech, qui contribua aux côtés de son mari, Youssef ben Tachfine, à édifier un immense empire, celui des Almoravides ? Et qui pourrait oublier cette guerrière : Dihia, nommée la *Kâhina* ? Un jour viendra, je veux y croire, où la femme sera libérée des contraintes qu'on lui impose et cessera de vivre dans la soumission.

1. Cette expression, pour le moins vulgaire, était utilisée surtout dans les campagnes à une époque où la femme musulmane n'avait même pas droit à l'héritage, étant considérée comme un objet sexuel et rien de plus.

Je n'ai pas résisté. J'avais bravé tous les dangers, mais affronter la trahison d'un être proche était au-dessus de mes forces. J'avais soixante-six ans et le cœur usé. J'ai accepté sans me défendre ni protester que l'on me prive de tous mes biens. Je n'ai plus conservé que ma dignité. Elle est et demeure mon bien le plus précieux. Un matin, j'ai quitté Tétouan, et je suis allée me réfugier dans la montagne de mon enfance, non loin de Chefchaouen, là où j'avais grandi.

Tout au long de mon existence, un être est resté à mes côtés. Je crois que c'est le seul que j'ai vraiment aimé car je savais que l'amour qu'elle éprouvait pour moi était pur, parfait, désintéressé. Cet amour dont seules les mères sont capables. Elle fut ma jeune servante au temps de Grenade, elle m'a accompagnée à Tétouan, jamais elle ne m'a quittée.

À l'heure où j'écris ces lignes, Amina, c'est son nom, est toujours là qui veille sur moi tel un guerrier, plus solide que les pics qui surplombent ma demeure. C'est à elle que je confie ces écrits car je ne souhaite pas qu'ils tombent dans les mains de gens de pouvoir, ni princes, ni sultans. Elle les conservera. Ainsi, lorsque je serai oubliée de tous, mon souvenir survivra quelque part auprès de mon peuple, car Amina est le peuple. Celui pour lequel j'ai donné ma vie. Dieu, le peuple et mon pays.

Mohammed Temim, haletant, relut et relut la signature : *Sayyeda al-Horra.* Il leva les yeux vers Zohra.

— Je ne sais que penser. Il existe une personne à Tétouan capable d'attester l'authenticité de ces Mémoires. J'ai besoin d'être rassuré. Nous irons le consulter.

Elle fut prise de panique.

— Sidi ! Il ne va pas me les enlever ? Souvenez-vous de ce que la sayyeda a écrit. J'ai tout retenu : « *C'est à elle que je confie ces écrits car je ne souhaite pas qu'ils tombent dans les mains de gens de pouvoir, ni princes, ni sultans. Elle les conservera. Ainsi, lorsque je serai oubliée de tous, mon souvenir survivra quelque part auprès de mon peuple, car Amina* est *le peuple. Celui pour lequel j'ai donné ma vie.* »

— Non, rassure-toi. L'homme à qui je songe est un ami très proche. Comme un frère. Il est passionné de manuscrits anciens. Mais ce sera pour plus tard. Pour l'heure, j'ai d'autres préoccupations. Je dois accueillir un notable étranger et l'emmener à Meknès. Nous en reparlerons à mon retour. D'ici là, comme je te l'ai proposé, tu peux rester ici.

Et il appela son majordome.

Journal de Casimir Giordano

Décembre 1682

Ahmed ibn Mahrez venait une fois de plus de défier son oncle et de soulever la région du Sud contre son pouvoir. Et une fois de plus le sultan avait été contraint de rallier ses troupes et de marcher à sa rencontre. Je l'ai suivi. Cette affaire tombait on ne peut plus mal. Alors que nous étions en route, nous apprîmes que l'envoyé promis par la France, le baron de Saint-Amans, avait entre-temps débarqué à Tétouan où il avait été accueilli par Mohammed Temim, le gouverneur de la ville. Dans l'impossibilité de faire demi-tour, Moulay Ismaïl donna l'ordre à Hajj Temim de nous rejoindre à Imintanout, à une centaine de kilomètres au sud de Marrakech, avec l'ambassadeur. Ils arrivèrent au camp le 10 décembre au soir. Le Français était accompagné de pas moins de six laquais, deux cuisiniers, un officier, un valet de chambre, un médecin, un aumônier, un boulanger et un interprète, le sieur Pétis de La Croix.

Le crépuscule couvrait déjà la plaine et le souverain s'était retiré pour prendre quelque repos. Ce furent Mohammed ibn Haddou, de retour de son ambassade ratée chez les Anglais, et Ali Maânino à qui incomba la charge de souhaiter la bienvenue à la délégation. Après quelques échanges courtois, on conduisit l'ambassadeur et son escorte sous des tentes dressées à leur intention. J'en profitais pour me présenter à mon confrère médecin. Il s'appelait Maurice Petitgrain. Il fut absolument ravi de l'occasion qui lui était donnée de bavarder avec un homme qui, selon ses termes, « pourrait beaucoup lui apprendre sur la médecine indigène ». Nous avons parlé jusque tard dans la nuit, et nous aurions sans doute prolongé plus encore si, épuisé de fatigue, je n'avais mis fin à la discussion.

Le lendemain, comme convenu, Moulay Ismaïl, assis sur un tapis surplombé d'un dais, reçut l'ambassadeur et sa suite. J'observais la scène de loin, et j'entendis le sultan qui disait à Saint-Amans :

— Je remercie Dieu de ce que vous soyez arrivé en bonne santé et de ce que ma religion à moi soit de ne croire qu'en un seul Dieu, créateur de toutes choses !

Et l'ambassadeur de rétorquer :

— Dans la mienne aussi on ne croit qu'en un seul Dieu !

— Alors pourquoi donc croyez-vous qu'Il a un fils ? C'est faire tort à Jésus, que nous honorons aussi, que de le croire fils de Dieu, puisqu'il n'est que Son Esprit.

Apparemment embarrassé, Saint-Amans répliqua :

— Je n'ai pas étudié la théologie et je suis peu apte à disputer de ces mystères !

— Ce n'est pas pour lancer une dispute, je vous en parle comme un bon ami, qui est toujours obligé de conseiller le bien à ceux qu'il aime !

— Soyez remercié pour votre générosité, monseigneur, dit le baron qui pressentait le terrain mouvant.

Aussi il enchaîna sur la flatterie :

— En tout cas, je suis heureux d'avoir été choisi par le plus grand empereur de l'Europe pour venir en ambassade vers le plus grand empereur de l'Afrique.

Après quelques échanges de cadeaux, les discussions s'ouvrirent. Je n'étais pas présent, mais par la suite j'eus quelques échos par la bouche de l'interprète, avec qui je m'étais lié de sympathie.

Il semble que d'emblée l'ambassadeur de France indiqua qu'il n'était venu au Maroc que pour ratifier le traité que Mohammed Temim avait signé lors de son séjour à Paris et il proposa d'en relire chaque article. Très vite le sultan, soutenu et appuyé par Ali Maânino, Mohammed ibn Haddou et bien sûr par Hajj Temim, afficha son opposition à l'égard de certains passages et exigea de les rectifier. À quoi Saint-Amans répondit qu'il n'en avait pas le pouvoir. « Dans ce cas, lui aurait rétorqué Moulay Ismaïl, vous avez fait un voyage inutile, et vous pouvez vous en retourner chez vous comme vous êtes venu. »

Le lendemain, Moulay Ismaïl fit une nouvelle proposition concernant les captifs des deux camps : il suggéra qu'au lieu de leur rachat, on les échange tête pour tête, un Français contre un Marocain. Saint-Amans répéta qu'il n'avait pas le pouvoir de changer une ligne du traité.

C'est alors qu'Ali Maânino, sans doute exaspéré, demanda à l'envoyé pour quelle raison on n'avait pas emmené son fils, Abdelhaq, comme il était convenu. N'avait-on pas promis de le libérer ?

Toujours selon Pétis de La Croix, le baron de Saint-Amans se lança dans une explication confuse à laquelle personne ne comprit rien. J'eus le fin mot de l'histoire par le médecin, M. Petitgrain. Le baron avait menti. Il avait bien emmené le fils d'Ali Maânino mais un incident l'avait empêché de le remettre à son père. On avait surpris sur lui plusieurs lettres rédigées par ses compagnons d'infortune à Marseille qui dénonçait les conditions atroces dans lesquelles ils étaient retenus. Ils y décrivaient entre autres la faim, les injures contre leur religion et le Prophète, les chaînes pesant plus de cent livres. En conséquence, de crainte qu'Abdelhaq Maânino et ses lettres ne nuisent aux négociations, le baron avait décidé de le retenir au secret à bord du navire.

Finalement, après une ultime tentative, le sultan fit une concession majeure : il acceptait de ratifier le traité tel quel, mais maintenait sa volonté de procéder à un échange de captif, tête pour tête. Le 13 décembre, le baron plia bagage et, accompagné par Mohammed Temim, repartit pour Tétouan. Il emportait avec lui une lettre pour Louis XIV dont je n'ai pas eu connaissance ainsi qu'une vingtaine d'esclaves français libérés par Moulay Ismaïl dans un geste de bonne volonté. De son côté, je suppose qu'Ali Maânino dut manifester son irritation au baron de Saint-Amans en lui rappelant le cas de son fils toujours détenu. C'est du moins ce que j'en ai déduit lorsque j'ai appris que, quelques mois plus tard, Abdelhaq fut remis au consul de France à Gibraltar qui le conduisit lui-même à Tanger, d'où il put enfin rejoindre Salé.

Janvier 1683

La délégation est repartie, nous avons levé le camp et Moulay Ismaïl se prépara à attaquer son neveu. Je m'attendais au pire car tous nos éclaireurs nous avaient indiqué que l'armée de Mahrez était d'une force considérable. Ce qui était vrai. Le combat se prolongea pendant vingt-cinq jours. Vingt-cinq jours pendant lesquels je n'ai pas connu une heure de répit, parcourant le champ de bataille pour tenter de secourir ici ou là les victimes qui se calculaient par centaines. Comme à chaque bataille, ce fut un carnage.

J'ignore dans quelles circonstances s'ouvrirent des négociations entre l'oncle et le neveu. Je sais seulement qu'une trêve fut signée qui garantissait une période de paix, du moins jusqu'au prochain embrasement.

Mars 1683

Nous avons repris le chemin de Meknès. J'avais hâte de rentrer. Je me languissais de ma femme, mais aussi de mon fils et de son épouse, Alia. Leur mariage nous avait totalement pris de court. Dès le premier instant où leurs regards s'étaient croisés à l'université Al-Qarawiyyin, il semble que leurs cœurs se soient embrasés. Je me demande si Amar n'a pas été ensorcelé par les yeux vairons de la jeune femme. La famille d'Alia nous a confié qu'ils auraient eu comme aïeul un personnage quasi mythique ; un compagnon d'armes de Koseïla, un guerrier berbère à propos duquel, je dus l'avouer à ma grande honte, je ne savais rien.

Au grand désespoir de Fatima, le couple avait refusé toute festivité, il s'était uni simplement en présence de l'imam, de deux témoins choisis parmi leurs amis et des parents d'Alia venus de Fès pour l'occasion. La fâtiha a été dite, Fatima a tout de même tenu à enduire les mains de sa belle-fille de henné, ils ont échangé leurs alliances et ce fut tout. Trois jours plus tard, ils emménageaient dans la maison que j'avais pu leur trouver, non loin de nous, dans la casbah.

La lecture du *Canon de la médecine* d'Ibn Sina l'avait littéralement fasciné. Quand il m'a demandé d'être son maître, je me suis montré réticent. Il n'est pas bon qu'un père enseigne à son fils. Un étranger est plus efficace et la familiarité conduit parfois à l'irrespect. Mais j'ai accepté.

Amar n'avait guère d'autre choix. À un moment donné l'idée m'a traversé de l'envoyer à Montpellier, là où j'avais moi-même poursuivi mes études. Pour mille raisons elle était irréalisable. D'abord et avant tout parce que Amar ne maîtrisait du français que les quelques expressions que j'avais pu lui transmettre, ensuite parce que sa mère ne me l'aurait jamais pardonné. Il n'en demeurait pas moins que l'apprentissage de la langue française allait se faire naturellement, presque à l'insu de mon fils et pour cause : je ne savais rien des termes médicaux en arabe. Grâce à ceux qu'il avait recopiés en compulsant le *Canon de la médecine*, nous avons pu tant bien que mal trouver leur équivalence en arabe dialectal marocain. Amar était doué. J'étais sûr qu'il ferait un bon médecin, meilleur que moi sans doute car il complétait sa formation « française » par les ouvrages de chercheurs arabes que le grand vizir, à ma requête, l'avait autorisé à consulter dans la bibliothèque royale. D'ailleurs, grâce à cet échange, et contre toute attente, mes propres connaissances se sont enrichies du savoir des Persans, des Andalous, des Syriens et autres.

20

Tétouan, février 1683

Voilà un moment que Josef Ben Ezra gardait la tête penchée sur le manuscrit. Soudain, il indiqua à Temim une lampe à huile.

— Veux-tu l'allumer pour moi, je te prie ? Nous sommes vendredi.

Temim sourit.

— Bien sûr.

Il allait ranimer la mèche, Zohra le précéda.

— Vendredi est jour de shabbat, expliqua Temim. Allumer ou éteindre une lampe est interdit chez les juifs. De même que cuire des aliments, donc...

— Ou écrire, ou effacer des lettres, ajouta Josef. La liste des interdits est longue. Un rituel curieux. Je ne sais pas si de l'enfreindre m'interdira le paradis, mais on n'est jamais trop prudent.

Et il se replongea dans l'examen des manuscrits.

Zohra l'observait, subjuguée. Avec sa barbe abondante et frisée, ses yeux aussi vifs que bleus, son front dégarni, il ressemblait trait pour trait au portrait d'un poète andalou qui trônait chez son ancien tortionnaire, la kippa en moins.

Autour d'eux, des dizaines d'étagères couraient le long des murs. Elle crut y deviner des livres en espagnol, en portugais, en arabe et dans d'autres langues qui lui étaient étrangères.

Finalement Ezra releva la tête et annonça :

— Si ces pages ne sont pas authentiques, alors elles sont l'œuvre d'un faussaire de génie. Le papier est déjà un indice. Il est l'œuvre d'artisans arabes. À la différence des Européens qui utilisent du lin et du chanvre, les Arabes ont pour habitude de faire macérer des chiffons dans l'eau jusqu'à obtenir une pâte homogène. Ensuite, ils y plongent un tamis qui retient les fibres macérées tout en laissant s'évacuer l'eau. Le mélange obtenu est pressé et séché et, pour finir, il est recouvert d'une pellicule d'amidon de riz afin de rendre la surface plus réactive à l'encre.

Il passa délicatement sa paume sur l'une des pages.

— On perçoit bien cette pellicule.

— Pardonne-moi mon ami, objecta Mohammed Temim, l'origine du papier ne suffit pas à...

— Patience, mon frère, patience.

Il alla vers un meuble en bois d'apparence assez ordinaire. Il était muni de trois portes sur la façade et de deux cercles gravés sur les côtés droit et gauche. Il s'agenouilla et, dans un ordre manifestement connu de lui seul, fit pivoter tour à tour les cercles, tantôt à gauche tantôt à droite, jusqu'à ce qu'un déclic se produisît. L'une des portes pivota, laissant entrevoir des rouleaux alignés les uns près des autres. Il choisit l'un d'entre eux.

— Voici la preuve ! s'exclama-t-il avec un large sourire en revenant vers le couple.

Il déplia le rouleau.

— Vous avez sous les yeux un document tout aussi rare que ceux que vous m'avez amenés. Lis !

Quelques minutes suffirent à Mohammed Temim pour comprendre et il en fut abasourdi. Ce n'était autre que l'acte de mariage de Sayyeda al-Horra et Al-Mandari. Il était daté du 18 rabi'al thani, 917[1], et signé : Sayyeda al-Horra. Signature en tout point conforme à celle du manuscrit de Zohra. Même délié, même appui, même élégance.

— Observe bien la couleur de l'encre, suggéra Ezra. Elle est fabriquée avec de la poudre de noix de galle d'Alep et des sels minéraux. Avec le temps, elle adopte une teinte rougeâtre. La même teinte que sur les deux documents. Par conséquent...

— C'est incroyable, murmura Temim. Mais comment as-tu pu obtenir cet acte de mariage ?

Ezra posa l'index sur ses lèvres.

Il enchaîna très vite :

— À présent, mon ami, c'est l'heure du dîner. Il n'est pas question que tu te dérobes. Mariam sera des plus heureuses de te revoir.

— C'est très aimable Josef, mais...

— Il n'y a pas de mais qui tienne. Je meurs de curiosité. Je veux absolument que tu me racontes ton séjour chez les Français.

Il poursuivit à l'intention de Zohra :

— Tu te joins à nous, bien sûr.

— C'est impossible, sidi. Une servante de...

1. 15 juillet 1511.

Le juif avait déjà pris Temim par le bras et l'entraînait vers la pièce voisine. Elle était éclairée par des dizaines de bougies.

Dès qu'elle aperçut le gouverneur, Mariam se précipita vers lui.

— Quelle joie ! Voilà si longtemps que tu nous boudes ! Josef et moi avons fini par penser qu'une jolie Française t'avait enlevé.

— Non, rassure-toi. Pas plus les Françaises que les Marocaines ne seraient capables de me faire renoncer à mon célibat.

Il désigna Zohra qui, gênée, n'osait pas franchir le seuil.

— C'est ma servante. Tu voudrais bien l'accepter à ta table ?

— *Beroukha havaa levétènou*, sois la bienvenue chez nous, fut la seule réponse de Mariam.

Un instant plus tard, ils étaient réunis autour d'une dafina[1] qui avait dû mijoter depuis la veille.

Ezra commença par tendre une kippa à Temim qui s'en couvrit la tête. Ensuite, il prit une coupe de vin, la souleva et récita le kiddouch[2]. Quand il eut fini, Mariam déclara :

— Amen.

Zohra s'efforçait de masquer son embarras. Quelques semaines plus tôt, elle vivait sous la menace d'un fou qui menaçait de la tuer et ce soir elle était là, parmi des gens qui la considéraient pour ce qu'elle était : un être humain. Durant tout le temps que Mohammed Temim avait été absent, elle avait vécu dans la crainte que son ancien

1. Plat traditionnel de la cuisine juive marocaine, à base de viande de bœuf, de pommes de terre, de pois chiches, d'œufs et de blé.

2. Prière récitée avant le repas du shabbat.

maître ne la retrouve. Dieu merci, il ne s'était pas manifesté. Après tout, quelle valeur avait-elle à ses yeux ?

Les discussions se déroulaient, qu'elle n'entendait qu'à peine. De toute façon, s'y serait-elle intéressée qu'elle n'y aurait rien compris, tant les sujets abordés lui étaient étrangers.

À un moment donné, Josef quitta la table pour revenir quelques instants plus tard en brandissant une clef.

— Sais-tu ce que c'est ? demanda-t-il à son ami. C'est la clef de notre maison familiale à Séville. Celle où sont nés mes arrière-arrière-grands-parents et dont je possède toujours le titre de propriété. Et je ne suis pas le seul à avoir conservé une telle clef. Nous sommes des centaines de descendants d'exilés dans ce cas.

— N'est-ce pas naïf, mon ami ? Vous pensez pouvoir un jour revenir en Andalousie et récupérer vos biens ?

— Il n'est pas interdit de rêver. Je te rappellerai que nous, les Juifs, vivions là-bas bien avant votre arrivée, bien avant celle des Romains ou des Wisigoths. Nous étions plus espagnols que les Espagnols ! Que les chrétiens vous chassent de la Péninsule, c'était naturel. Après tout, vous étiez des envahisseurs. Mais nous ? Pourquoi ?

Il eut un geste de dépit.

— Ce qui est sûr, c'est qu'en terre musulmane personne ne nous forcera à manger du porc !

Zohra sursauta malgré elle et osa intervenir de la pointe des lèvres.

— Pardonnez-moi, *si* Ezra, qui vous a forcé à manger cette viande impure ?

— Rassure-toi, personne. Ce sont mes ancêtres qui ont subi cette avanie. Contraints de se convertir au christianisme et pour faire croire à leurs persécuteurs qu'ils étaient sincères dans leur conversion, ils n'hésitaient pas à consommer ostensiblement du lard. Rien que d'y penser, la nausée me monte aux lèvres !

Mariam soupira.

— C'est le passé... Nous sommes heureux ici.

Elle enchaîna à l'intention de son époux dans un dialecte judéo-espagnol que ni Temim ni Zohra ne comprirent.

— Mariam a raison, reprit Ezra. C'est le passé. En vérité, nous avons été et nous sommes bien plus proches de vous, les musulmans, que des chrétiens. Vos femmes portent un voile sur la tête, les nôtres aussi. Pour preuve...

Il montra le foulard qui couvrait la chevelure de son épouse et celle de Zohra.

— Vous ne mangez pas de porc, nous non plus. Vous respectez le vendredi, nous aussi. Vos enfants sont circoncis comme les nôtres. Pour vous, Jésus-Christ, le messie des chrétiens, n'a jamais été le fils de l'Éternel et il n'est pas ressuscité ; nous partageons la même conclusion. Bien sûr, nos relations ne furent pas toujours de tout repos, mais je les préfère à celles que nous entretenions avec les catholiques d'Al-Andalus. Au moins vous ne nous forcez pas à renier notre foi et vous ne livrez pas nos frères au bûcher. Bien sûr, notre liberté de culte a un prix, de même que votre protection. Mais, à l'instar de tous mes coreligionnaires, je m'en acquitte volontiers.

Il conclut ses propos avec une pointe de malice :

— De toute façon, nous voilà tellement nombreux en terre marocaine que vous serez obligés un jour de suivre le shabbat !

— Allah m'en préserve ! protesta Temim. J'ai déjà du mal à suivre nos propres règles !

Ezra fourragea dans sa barbe pendant quelques instants.

— Ces manuscrits, puis-je te demander comment tu les as obtenus ?

Le gouverneur posa un index sur ses lèvres ainsi que son ami l'avait fait un peu plus tôt.

— Mystère...

— C'est bon. Chacun le sien. Un beau personnage que cette Sayyeda al-Horra. J'ai beaucoup apprécié son passage sur les femmes. J'avoue que je ne connaissais pas l'existence de toutes les personnalités féminines qu'elle cite, sauf peut-être la kâhina. Dans notre communauté, on affirme qu'elle était juive et de la même trempe que Yaël ou Débora.

— C'est exact, confirma Mariam. Son père était un prêtre du nom de Kohen. Ce serait lui qui l'aurait convertie au judaïsme ainsi que toute sa tribu.

— On a dit tant de choses sur elle, observa Temim. D'autres affirment aussi qu'elle était chrétienne. Où est la vérité ?

— Peut-on avoir quelques nouvelles du sultan ? questionna Josef à brûle-pourpoint. Je sais que tu es dans le secret des dieux.

— Que veux-tu savoir qui ne soit déjà connu ? Nous avons souhaité nous allier à la France, mais à ce jour ce désir ne semble pas partagé. Le problème des captifs reste insoluble.

Temim but une dernière gorgée de thé avant d'annoncer :

— Il se fait tard, mes amis. Merci pour votre accueil et ce magnifique repas.

Zohra se leva à son tour et tandis qu'ils marchaient vers la porte Ezra chuchota :

— Je ne voudrais pas être indiscret, Mohammed, mais cette servante...

— Elle est venue me voir à la Dâr al-imâra. Elle était au désespoir, menacée d'être tuée par un fou. Si tu voyais son visage, tu comprendrais. Il est défiguré. Je n'ai pas pu faire autrement que de la recueillir et lui proposer de travailler chez moi, alors que je n'en ai pas besoin. Au cas où tu entendrais parler de...

Ezra le coupa.

— La vie fait parfois de jolis ajustements. Il se fait que Mariam et moi n'avons plus de servante depuis une semaine. Si cela t'arrange, nous pouvons la prendre à notre service.

— Ce serait parfait ! Au moins je sais que chez vous elle sera bien traitée. Je vous l'enverrai dès demain.

— Et la lettre de la sayyeda, d'où vient-elle ?

— Elle lui appartient. Ne me demande pas de t'expliquer comment ni pourquoi, ce serait bien trop long. Un jour, si elle le désire, elle t'en parlera.

Ezra serra son ami contre lui.

— Que l'Éternel te garde, Hajj Temim, et prends soin de toi.

Le lendemain, Zohra n'arriva jamais chez Josef.

On trouva son corps dans une ruelle, la gorge tranchée.

Chroniques berbères

El-Asnam[1], 4 mai 742, aux environs de Kairouan

Adam tendit ses mains au-dessus des flammes. Son crâne chauve était constellé de taches de vieillesse et ses rides formaient un treillage qui couvrait sa face. Qui aurait pu se douter que ce vieil homme au regard plein d'une lueur sombre et austère n'était autre que le fils de Marek, le compagnon de Koseïla, tué d'un coup de dague en plein cœur aux côtés de la reine des Aurès ?

Voilà des années qu'Adam faisait ce que son père avait fait toute sa vie : il combattait les Arabes. Et le jour où son fils, Massinissa, fut en âge de monter, de manier la lance et de tirer à l'arc, il l'emmena dans ses razzias. Et puis, un matin du mois de février 739, une bande de cavaliers était arrivée au rocher des Aigles. Leur chef se présenta sous le nom de Maysara el-Matghari. Il expliqua être originaire de Kairouan et affirma avoir regroupé une importante confédération berbère grâce à laquelle il allait mettre fin à l'oppression arabe. Il disait faire partie des « sortants », les khawarijs. C'était la première fois

1. Le site n'a jamais été identifié.

qu'Adam et Massinissa entendaient ce nom. L'homme assura ne pas être en révolte contre l'islam, mais contre les maîtres arabes. Il leur parla du kharijisme. Il leur expliqua que selon cette doctrine n'importe quel croyant – à partir du moment où son attitude morale et religieuse était exempte de tout reproche – pouvait devenir le chef de la communauté musulmane, quelle que soit son origine ethnique. Il rappela les innombrables injustices dont les Berbères étaient depuis trop longtemps les victimes et les invita à se joindre à lui.

Les propos de Maysara avaient séduit Adam et son fils de même que de nombreux membres des Djarawa. Dès ce jour, ils allèrent de victoire en victoire. Ils réussirent même à arracher Tanger aux Arabes. Ce fut Adam lui-même qui, sans trembler, tua le gouverneur de la ville. Ce fut aussi lui qui, aux côtés de Massinissa, livra combat lors de la célèbre bataille dite des nobles[1]. Les khawarijs étaient en train de réussir là où Koseïla, Tâbet et Dihia avaient échoué. Encore fallait-il livrer une ultime bataille, car il était écrit que jamais les Arabes ne lâcheraient leur proie.

Une semaine auparavant, le calife de Damas avait envoyé à leur rencontre une nouvelle armée, forte, disait-on, de quarante mille soldats, avec à sa tête un homme qui avait la réputation d'être le plus brillant des stratèges arabes. Il s'appelait Handala.

Adam et son fils étaient prêts, comme l'était El-Zanati, leur chef.

Mais, pour la première fois, le doute se lisait dans leurs yeux. Parviendraient-ils à vaincre cette fois encore ?

— Il arrivera ce qui arrivera..., murmura Adam. *Mektoub*.

1. Elle eut lieu en 740 non loin de Tanger et fut connue sous le nom de « bataille des nobles » car de nombreux aristocrates arabes y perdirent la vie.

— Tiens ? nota El-Zanati, voilà que tu parles comme un Arabe à présent.

— Comme un musulman, ce n'est pas la même chose.

— Dans ce cas, qu'Allah nous vienne en aide.

Allah devait être occupé ailleurs ce jour-là.

Plus de cent vingt mille cadavres berbères recouvrirent le champ de bataille. Adam mourut. Massinissa survécut.

Le Maghreb était aux Arabes. Il le resterait au cours des siècles à venir.

21

Notes de Lalla Khenata

Février 1684

Salutations, *doctor*, j'espère que mes écrits ne vous lassent pas. Si c'est le cas, rassurez-vous, j'arrive à la fin. En tout cas, moi j'éprouve un grand plaisir à vous faire partager les moments importants qui ont marqué le passé de mon pays. J'ai conscience de vous livrer des informations succinctes, mais je ne veux pas que vous soyez débordé.

La dynastie des Almohades a fini par s'éteindre. C'est à ce moment que surgirent les Banu Marîn, des Berbères originaires des hauts plateaux et des confins sahariens. C'étaient des cavaliers, des éleveurs de moutons et de chameaux. Tous les ans, à la fin du printemps, les régions de la vallée de la Moulouya voyaient arriver avec inquiétude ces nomades frondeurs, indépendants et souvent pillards. Dès que les Almohades ne furent plus capables de les contenir, ils entamèrent leurs conquêtes territoriales.

Abou Bakr, un chef à poigne, fut l'initiateur de leur expansion. Bientôt, succombèrent les villes de Fès, Taza,

Salé et Rabat, qui toutes passèrent sous l'autorité des Mérinides. Plus tard, le fils d'Abou Bakr, Abou Ya'qoub Youssouf, s'empara de Marrakech et fut maître de tout le Maroc.

Quelques souverains éphémères se sont intercalés entre ces deux grands personnages et entre 759 et 775[1], le pouvoir appartint aux vizirs qui firent et défirent les sultans, souvent en les assassinant. Mon pays entra une fois de plus dans une période de décomposition interne qui allait aboutir à un éclatement des territoires et au naufrage des Mérinides. Leur héritage n'en demeure pas moins monumental car les sultans de cette dynastie construisirent de nombreuses mosquées, peut-être afin d'acquérir une légitimité qui leur manqua tant.

Ce fut alors qu'intervinrent les Beni Wattas.

Originaires de Tripolitaine, ces Berbères du groupe zénète étaient arrivés au Maroc au XIVe siècle. Dans un premier temps associés aux Mérinides, ils supplantèrent peu à peu ces derniers et finirent par prendre le pouvoir.

Et l'histoire se répéta : une nouvelle famille monta en puissance, les Saadiens, et les Wattassides furent contraints de leur céder la place.

Nous étions au début du XVIe siècle et mon pays – une fois de plus – connut une crise profonde tant politique que religieuse. Il dut subir également une double tentative de conquête, portugaise à l'ouest, sur sa façade maritime, et turque à l'est. Ce fut dans ce contexte que les Saadiens réussirent à s'imposer. Originaires de la région de Yanbo, en Arabie, étant apparentés à la famille du Prophète, c'étaient donc des chérifs. Avec eux, et pour la première fois depuis les Idrissides, le

1. Entre 1358 et 1374 de l'ère commune.

Maroc n'était plus gouverné par des Berbères, mais par des Arabes.

Sous les Saadiens, le Maroc devint un pont entre le monde méditerranéen et le Bilad al-Sudan dont il écoulait les productions en échange des articles de son artisanat et des produits de son agriculture. Le fret caravanier venu du Sud consistait en or produit dans une région d'Afrique, le Bambouk, à proximité du fleuve Sénégal. L'ambre gris, la gomme arabique, les peaux d'oryx destinées à la fabrication de boucliers, les peaux de léopard et les esclaves alimentaient également ce commerce transsaharien.

À Fès, trois sultans saadiens se succédèrent dans un climat d'anarchie et de règlements de comptes sanglants. Ayant à peine régné durant un siècle, la dynastie saadienne s'acheva dans une catastrophe totale. Au lendemain de la mort du dernier grand sultan saadien, Ahmed al-Mansour Ad-Dhahbî, survenue en 1011[1], le pays – comme à son habitude – a connu une période tumultueuse. Les fils du défunt se sont entre-déchirés pour le pouvoir.

C'est dans ce climat d'anarchie qu'allait naître une noble famille chérifienne. Une famille que vous connaissez si bien puisque vous êtes à son service : les Alaouites.

À vrai dire, *tabib*, en retraçant l'histoire de mon pays, l'admiration que j'éprouve pour mon époux et souverain n'en est que plus grande. Quel courage ! Quelle volonté ! Quelle force ! Si Dieu le veut, il réussira là où tous ses prédécesseurs ont échoué. Qu'Allah lui prête vie.

La seule tristesse qui ronge mon cœur est ma stérilité. Je vais avoir vingt ans et bien que le sultan m'ait invitée à maintes reprises dans son lit, mon ventre reste vide pour

1. 1603 de l'ère commune.

la plus grande satisfaction de Lalla Zaydana. Elle jubile ! Je la soupçonne de m'avoir jeté un sort. J'en suis même convaincue. S'il vous plaît, *doctor*, n'auriez-vous pas un remède qui puisse m'aider à enfanter ? Je vous en prie, prescrivez-moi quelque potion, quelque médecine qui serait susceptible de stimuler la procréation ! Ici, l'une des filles m'a conseillé de boire de l'eau miraculeuse du puits de Zemzem, mais comment m'en procurer ? J'attends de vos nouvelles. Qu'Allah soit avec vous.

Après avoir rangé les feuillets, Casimir réfléchit quelques instants avant d'interroger son épouse.

— Dis-moi, connaîtrais-tu un remède contre la stérilité ?

Fatima, qui était en train de rouler la semoule, faillit tomber à la renverse.

— Que dis-tu ? Tu me crois incapable d'enfanter parce que j'ai passé la quarantaine ? Tu te trompes. C'est toi qui dois être infertile !

— Mais non ! Je ne parle ni de toi ni de moi. Il se fait que Lalla Khenata me demande un conseil. Elle désespère de donner un héritier au souverain. Or, je ne connais aucun élixir qui aurait ce pouvoir. Alors, je me demandais si...

— Bien sûr ! Qu'elle mange tous les matins à jeun de la *habba sawda*[1]. C'est miraculeux.

— La *habba sawda* ?

— Parfaitement. Demande à Amar de te trouver le terme dans ta langue. Selon la tradition, le Prophète Mohammed a affirmé : « Soignez-vous avec de la *habba sawda*, c'est un remède pour tous les maux à l'exception

1. Graine de nigelle.

de la mort. » Il existe aussi une autre recette que ma mère avait conseillée à l'une de ses amies. Mais ne t'avise pas de la suggérer à la reine.

— Pourquoi ? plaisanta Casimir, elle risque d'avoir des jumeaux ?

— Parce que ce n'est pas le genre de propos que l'on tient à une souveraine.

— Tu m'intrigues. Dis toujours.

— On prend une brique, on la chauffe sur le feu et on la pose sur un plateau par terre. Ensuite, la femme doit écarter les cuisses en se positionnant par-dessus, asperger la brique de vinaigre et laisser la vapeur remonter vers son... tu m'as comprise. Mais je te répète, ne t'avise pas de tenir ce langage avec Lalla Khenata sinon tu le paieras de ta tête !

*

1684, Palais de Dâr-al-Kbira au même moment

Le visage rayonnant, le grand vizir répéta :

— Oui, mawlay, c'est fait. Nous avons pris Tanger !

Moulay Ismaïl leva les bras au ciel.

— Allah est grand. ! Le siège a fini par porter ses fruits. Il était temps. Les Anglais ont eu leur leçon.

Abraham Maïmoran approuva.

— Sidnâ, après Mehdia c'est le présage d'autres succès. Bientôt, j'en suis sûr, ce sera au tour de Larache, Arzila et Ceuta.

— Si Dieu le veut. J'ai bon espoir qu'avant ma mort le

Maroc tout entier sera libéré de la présence militaire chrétienne. C'est mon seul vœu.

Il se tourna vers le grand vizir.

— Tous les Anglais ont bien évacué la ville ?

— Parfaitement, seigneur. Néanmoins, avant de se retirer, ces infidèles ont fait exploser une partie des remparts et du fort. Et tout en faisant éclater leurs mines, leurs troupes se sont retirées vers le rivage. C'est le gouverneur, lord Dartmouth lui-même, qui a mis le feu à la dernière avant de prendre la fuite sur ses navires. Nous sommes entrés sans affronter la moindre résistance.

— Que la mer les emporte où qu'ils aillent ! Tu feras reconstruire ce qui a été détruit et surtout tu veilleras au repeuplement de Tanger. Plus tard, nous édifierons des mosquées et un palais pour le gouverneur que je nommerai.

S'adressant à Maïmoran, il questionna :

— Tu ne trouves pas étrange tout de même qu'ils aient rendu les armes si facilement ?

— Mawlay, il existe peut-être une explication. Il n'est pas impossible que le coût du maintien à Tanger de cinq régiments anglais soit devenu une charge trop lourde pour les finances du roi d'Angleterre.

Moulay Ismaïl secoua la tête à plusieurs reprises.

— Quand je pense que pour parer aux menaces espagnoles le roi des Portugais s'était allié avec les Anglais et pour sceller cette alliance il avait donné sa sœur en mariage au roi d'Angleterre avec en dot... notre port ! Tanger ! Notre port ! En dot ! On donne, on prend, on s'échange des territoires qui ne vous appartiennent pas comme s'il s'agissait de moutons ou de chameaux ! C'est fini ! Chaque parcelle de mon pays demeurera à mon pays !

Son regard se durcit :

— Il est écrit que je ne connaîtrai jamais de répit. Jamais !

Ses poings se serrèrent, il enchaîna :

— Il semble qu'une fois de plus mon frère Al-Harrâne, mon propre frère !, soit en train de comploter avec Mahrez, alors que Mahrez et moi avons signé une trêve ! Quatorze ans de chassés-croisés meurtriers. Je prie pour que ces rumeurs soient fondées. J'ai hâte même.

Il leva son index en guise d'avertissement :

— Je vous le dis, je ne sais pas qui me succédera après ma mort. Mais si devait s'ouvrir une guerre de succession ce sera la fin de notre pays. Vous verrez les vautours fondre sur lui et ils le dépèceront !

Abraham Maïmoran suggéra respectueusement :

— Sidi, peut-être devriez-vous songer un jour à nommer un héritier ?

Moulay Ismaïl répliqua, la voix amère :

— Finalement, il n'y a que deux choses qui vous intéressent, ma mort et mon successeur.

*

Trois ans furent nécessaires pour que Moulay Ismaïl voie son espoir d'en découdre avec son neveu et son frère comblé.

Il venait de rentrer à Meknès après avoir effectué un long périple dans le Nord, lorsqu'un messager l'informa que les deux hommes s'étaient emparés de la ville de Taroudant et de sa région. Sans prendre le temps de se reposer, il rassembla son armée de *'abid*, convoqua Casimir et prit la route. Le voyage s'annonçait rude. Sept cents kilomètres séparaient Meknès de Taroudant.

Lorsqu'ils furent aux portes de la ville, Moulay Ismaïl eut la sagesse de ne pas donner l'assaut afin de permettre à ses forces de récupérer. Il transforma la cité en souricière et attendit que l'ennemi, à court de vivres, tente une sortie.

Deux semaines plus tard, alors que le crépuscule recouvrait le paysage, une ombre se faufila hors des murs. C'était Ahmed Mahrez. Accompagné par une poignée de fidèles, il avait eu l'étrange idée d'aller accomplir la prière du *maghrib*, du coucher du soleil, dans le mausolée d'un saint réputé non loin de la ville. L'escapade fut de courte durée. Ils furent interceptés par des soldats du sultan. Ahmed et ses hommes furent passés au fil de l'épée mais son cadavre ne fut identifié qu'après sa mort. Ceux qui l'avaient tué l'avaient pris pour l'un de ses caïds parti à la recherche de vivres.

Moulay Ismaïl se précipita sur le lieu de la rencontre. Il voulait s'assurer par lui-même que la dépouille était bien celle de son neveu. À quoi pensa-t-il alors qu'il fixait le visage tuméfié de son vieil ennemi ? Toutes ces longues années de déchirements pour en arriver là ? Il aurait dû jubiler, il n'éprouva qu'indifférence. Un vide.

Sitôt après avoir assisté aux funérailles du défunt, il ordonna l'assaut de Taroudant.

Au terme d'âpres combats, la ville fut conquise. On chercha le frère du souverain, Al-Harrâne, mais il avait réussi à s'enfuir.

En rentrant à Meknès, Casimir se dit que désormais plus personne n'oserait contester le pouvoir du sultan. C'était oublier que les mots pouvaient aussi être des armes.

Dix jours après son retour au palais, une lettre fut remise au souverain.

Elle était signée d'un dénommé Al-Youssi. L'homme n'était pas un inconnu. Non seulement il passait pour un personnage docte qui bénéficiait d'une aura exceptionnelle, mais c'est lui que Moulay Ismaïl avait choisi pour prononcer l'éloge funèbre de son demi-frère, Moulay Rachid.

En parcourant l'épître, le sultan sentit le sol qui tremblait sous ses pieds.

Louange à Dieu.

Les prières et le salut soient sur notre Seigneur Mohammed, sur sa famille et sur tous ses compagnons.

Je vous écris cette lettre, car il ne m'est plus possible de garder le silence.

Que notre sultan sache que la terre avec tout ce qu'elle contient est le royaume du Très-Haut qui n'a pas d'associé, et que ses créatures sont ses esclaves. Notre sultan est l'un de ces esclaves à qui Dieu a donné pouvoir sur ses sujets. S'il les administre avec justice, avec miséricorde, avec équité et avec intégrité, il est le lieutenant d'Allah sur la terre. Il jouit auprès de Lui d'un rang élevé. Mais s'il les gouverne avec tyrannie, avec dureté, avec orgueil, avec injustice et avec oppression, il n'est qu'un usurpateur insolent et s'expose au plus terrible châtiment de la part du Tout-Puissant et à Sa colère. Or notre sultan sait ce qui est réservé à celui qui tyrannise ses sujets et le sort qui l'attend le jour où il se retrouvera entre les mains de son Créateur.

Je dirai ensuite que le sultan a de nombreuses obligations que je ne pourrais pas indiquer entièrement dans cette lettre. J'en citerai seulement trois : la première est de recueillir les impôts et de les dépenser d'une façon juste ; la deuxième est d'organiser la guerre sainte pour faire triompher la parole de Dieu et, dans ce but, de munir les places de guerre de tout ce qui leur est nécessaire en hommes et en armes ; la troisième consiste à rendre justice à l'opprimé contre l'oppresseur et, dans ce but, à faire cesser les dénis de justice.

Ces trois obligations sont actuellement lettre morte, aussi suis-je obligé de signaler à notre souverain cette situation afin qu'il ne puisse pas s'excuser ensuite de n'avoir pas été avisé et de ne pas avoir su.

S'il tient compte de cet avis et le met à profit, c'est le salut pour lui ; c'est encore la sauvegarde des intérêts du moment, des intérêts de tous, c'est le bien-être et la prospérité. Dans le cas contraire, j'aurai la satisfaction d'avoir fait mon devoir. Que notre sultan procède à un examen : les impositions de son gouvernement ont attiré la peur et l'injustice sur tous ses sujets, ils ont mangé leur chair, bu leur sang, rongé leurs os et sucé leur cerveau. Elles n'ont rien laissé à personne, ni biens de ce monde, ni religion. Elles leur ont tout enlevé. Ce n'est pas là une opinion, c'est une chose que j'ai constatée de mes propres yeux. Ceux qui ont des droits à faire valoir les ont perdus. Ceux qui, dans les diverses contrées, sont chargés de rendre la justice, c'est-à-dire les gouverneurs et leurs subordonnés, ne font que commettre des iniquités. Comment faire cesser l'arbitraire par ceux qui s'y livrent eux-mêmes ? Il n'est plus possible à personne de porter ses doléances.

Les sages arabes et étrangers s'accordent à dire que la tyrannie ne peut assurer la force d'un empire et sa bonne organisation, mais que la justice, même chez les infidèles, est la base de sa bonne organisation. On voit en effet des rois infidèles administrer équitablement des royaumes où leur parole est écoutée. Ils rendent la justice parmi leurs sujets et veillent à la défense de leurs biens matériels.

Le Prophète (sur lui soient les prières de Dieu et le salut) a dit : « Vous êtes tous des bergers et chaque berger doit rendre compte de son troupeau. » Il y a des hommes qui gaspillent injustement le bien de Dieu ; leur châtiment le jour de la résurrection sera l'enfer. Pas un seul fonctionnaire ne viendra le jour de la résurrection sans avoir les mains liées : la justice le délivrera ; l'injustice le fera périr.

Je demande au Très-Haut de vouloir bien protéger notre sultan, le diriger et le fortifier, afin que, sous son égide, la prospérité règne dans le pays. Ainsi soit-il.

Louange à Dieu, maître des mondes.

Personne n'a pu témoigner de la réaction de Moulay Ismaïl à la lecture de cette lettre. Il est possible qu'il ait trouvé le passage sur la guerre sainte et sur l'armée très injustifié. L'armée n'avait jamais été aussi puissante et jamais le combat contre les places chrétiennes si efficace. N'avait-il pas récupéré la Maâmora et Tanger ?

Nous savons seulement qu'Al-Youssi continua de vivre longtemps et en toute quiétude.

Chroniques berbères

An 788, Fostat[1], Égypte

Lorsque les deux hommes franchirent l'enceinte de Fostat, l'aube commençait à poindre. Le premier n'avait pas loin de quarante-cinq ans, l'autre, environ dix ans de moins.

Une fois devant la mosquée Amr ibn-al-As, ils mirent pied à terre. Leurs visages brûlés par le soleil reflétaient toute la fatigue et la tension accumulées depuis qu'ils avaient fui La Mecque.

En cette année 788, l'Égypte dans laquelle ils venaient de pénétrer était gouvernée depuis une trentaine d'années par les Abbassides. Les Omeyyades avaient été balayés. Aujourd'hui, le cœur du monde musulman battait à Bagdad.

Avisant une fontaine, les deux hommes s'y rendirent pour se désaltérer et procéder à une toilette succincte. Leur présence ne dut pas passer inaperçue car assez rapidement un homme qui occupait la maison voisine de la fontaine les aborda. À la manière dont ils étaient vêtus, il comprit qu'ils étaient étrangers. Il leur demanda ce qu'ils faisaient dans la capitale égyptienne. Le plus âgé déclara s'appeler Idris ibn Abdallah ibn Hassan. Il

1. La première capitale de l'Égypte.

descendait en ligne directe d'Ali, cousin et gendre du Prophète. Il était donc sacré. Deux semaines plus tôt, toute sa famille avait été massacrée par les soldats du calife, Haroun al-Rachid, lors d'une bataille qui s'était déroulée à Fakh, près de La Mecque. L'autre personnage, nettement plus jeune, s'appelait Rachid, c'était son affranchi, son dévoué serviteur. Il avait l'intention de conduire son maître au Maghreb, où ses ennemis ne pourraient pas l'atteindre.

L'Égyptien, impressionné de découvrir un descendant du Prophète, déclara qu'il serait honoré de les aider à accomplir leur voyage. Une caravane (dont il était le propriétaire) s'apprêtait justement à partir pour l'île du Couchant. Il proposa aux deux hommes de les intégrer parmi les voyageurs. Ils couvrirent leur bienfaiteur de bénédictions.

Après une halte à Tlemcen, Idris et Rachid se séparèrent du groupe et gagnèrent la ville de Walili. En cette année 788, Walili était une ville fortifiée, de dimension moyenne, aux eaux abondantes, entourée de plantations d'oliviers et de nombreuses huileries. C'est là que des descendants de la tribu des Berbères awraba étaient venus se réfugier il y a bien longtemps, après la mort de leur grand guerrier, Koseïla.

Sitôt arrivé, Idris se présenta devant leur chef, Ishaq ibn Abdelhamid, et lui révéla son identité. Aussitôt, il lui offrit l'hospitalité et s'engagea à tout mettre en œuvre pour le protéger et le soutenir dans ses projets.

Cela se passa le premier de rabi al awal de l'an 172, soit le 9 août 788 de l'ère moderne.

Convaincu qu'avant de conquérir des territoires il devait commencer par conquérir les âmes, Idris consacra les six premiers mois de son séjour à Walili à prêcher les enseignements du Prophète et à réunir des adeptes. Au commencement du mois de ramadan de l'an 789, le 2 février, Ishaq ibn Abdelhamid convoqua l'ensemble de la tribu des Awraba, leur révéla les origines sacrées d'Idris, décrivit sa piété, sa noblesse d'âme et proposa qu'il fût proclamé imam[1]. La tribu approuva à l'unanimité.

Ce ne fut pas un acte banal. À travers cette nomination, c'est l'imamat idrisside qui venait de naître, et à travers lui les germes de l'État marocain, un centre de pouvoir autonome, indépendant du califat de Bagdad.

Un mois plus tard, conscient qu'il était essentiel qu'une ville portât son nom, il fonda à quelques kilomètres de Walili « Moulay Idris ». Peu de temps après, il acheta à la tribu des Aït Yazgha, pour 2 500 dirhams, un terrain sur la rive droite d'un courant aux eaux abondantes. Alors qu'ils creusaient les premières fondations, les ouvriers exhumèrent une grande pioche de près de soixante livres. Le nom de la nouvelle cité fut tout trouvé, ce serait Medinat-Fas[2], *fas* signifiant « pioche » en berbère.

Un matin de l'année 789, Idris prit les armes et à la tête de ses troupes s'en alla répandre la parole sacrée dans des lieux qu'elle n'avait pas encore atteints. Il conquit Tâdla. Ensuite, ce furent Taza et Tlemcen. Lorsqu'il rentra à Walili, au début du mois de septembre, sa gloire et sa renommée étaient au zénith. C'est à cette époque qu'il prit pour épouse la fille du chef des Awraba, Kenza al-Awrabya, une femme hors du commun. Une personnalité d'une qualité rare.

Mais hélas, aux alentours du mois de juin 791, le calife Haroun al-Rachid estima que le personnage représentait une menace pour le califat et prit la décision d'assassiner l'imam. Pour accomplir cette funeste besogne, il engagea un individu sans foi ni loi : Soliman ibn Jerir. Sous des abords avenants,

1. Délégué par la communauté locale pour faire appliquer l'ordre selon la loi islamique.

2. Fès actuelle.

c'était un véritable démon de l'espèce humaine. À force de ruses il réussit à s'introduire dans le cercle des intimes d'Idris et l'empoisonna.

Kenza était alors enceinte de neuf mois.

Les sages se réunirent et déclarèrent que s'il naissait un enfant mâle, on lui donnerait l'éducation due à son rang et, à l'âge d'homme, on le proclamerait successeur officiel de son père. Entre-temps, ce serait Rachid, l'esclave affranchi de l'imam défunt, qui gérerait les affaires. En réalité, ce fut Kenza qui, dans l'ombre, occupa ce rôle.

Le 14 août 793, alors que l'automne couvrait la campagne, elle mit au monde un garçon. Il fut nommé Idris le jeune ou Idris II. Et comme il avait été convenu, lorsqu'il atteignit l'âge de douze ans, il succéda officiellement à son père et toutes les tribus de l'Atlas lui prêtèrent serment de fidélité dans la mosquée de Walili.

Kenza ne fut pas étrangère à cette passation de pouvoir sans violence. C'est elle qui, pendant ces douze années, sut préserver le trône de son futur enfant et s'imposer dans un monde d'hommes.

La dynastie des Idrissides était sauvée.

22

Meknès, 15 octobre 1694

— Je suis désolée, pépite de mes yeux, déplora Fatima, mais je n'ai pas trouvé cinquante-huit bougies.

Abraham plaisanta.

— Avec moi c'eût été plus facile.

— Six de moins ? s'exclama Giordano. Tu veux rire.

Alia, l'épouse d'Amar, leur lança :

— J'ai toujours cru que l'âge était le tourment des femmes.

— Détrompe-toi, répliqua Maïmoran. Il l'est aussi pour nous. Mais pas pour les mêmes raisons. Vous, c'est la peur des rides ; nous, c'est le déclin de nos organes. Ils partent en morceaux. Ils nous trahissent. Hier encore je marchais comme un jeune homme, aujourd'hui la goutte me fait traîner le pas, quand elle ne me force pas à m'allonger.

Amar suggéra :

— Sidi, vous n'avez qu'à boire tous les jours une infusion de colchique et dans deux semaines vous retrouverez votre démarche d'antan.

— Tiens ? s'étonna Casimir. Voilà un remède que je ne connaissais pas.

— Parce qu'il te reste encore beaucoup à apprendre de la médecine arabe, père. Mais je ne désespère pas.

— Quelle outrecuidance ! se récria Fatima. Quand je pense qu'il y a peu de temps encore tu marchais à quatre pattes et maintenant tu joues au grand professeur avec ton père !

— Ce n'est pas grave, dit Casimir. La jeunesse est une maladie qui finit un jour par passer. Il en guérira, comme nous tous.

Il jeta un regard circulaire.

— Quelqu'un pourrait-il me dire où sont mes petits-enfants ?

— Azdine et Houcine jouent dans le jardin, et Issam fait sa sieste, le rassura Alia.

— C'est tout de même incroyable que deux d'entre eux soient nés avec les yeux vairons, fit observer Maïmoran.

— C'est ainsi. Dieu l'a voulu, déclara Fatima.

— À propos d'enfants, reprit Casimir, je vous annonce une bonne nouvelle : grâce à ma tendre épouse, Lalla Khenata a enfin donné le jour à un héritier. Abdallah ibn Ismaïl.

— Que dis-tu ? s'exclama Amar. Grâce à ma mère ?

— Oui, confirma Fatima non sans une pointe de fierté. Comme la reine avait des difficultés à tomber enceinte, je lui ai conseillé de manger des graines de *habba sawda.* Et voilà le résultat.

— Allons, *mama,* ce n'est pas savant, c'est une coïncidence.

— Savant ? C'est parce que tu as une barbe que tu te

crois savant ? Mon cher fils, si la barbe suffisait, les chèvres seraient toutes médecins !

Alia jugea plus sage d'intervenir :

— À présent que Lalla Khenata a un fils, l'Irlandaise un autre, et Lalla Zaydana deux, lequel succédera au sultan ?

— Ma chère, dit Maïmoran, le choix serait simple s'il n'y avait que ces enfants-là. Il en existe une pléthore qui peuvent aspirer au trône : des frères, des demi-frères, des cousins, sans doute plus d'une centaine ! Le combat promet d'être rude.

Il se pencha vers Casimir et proposa :

— Si nous allions faire quelques pas dans le jardin ?

— Et moi, je vais récupérer les enfants, dit Alia. Sinon, ils vous casseront les oreilles !

Les deux hommes n'allèrent pas loin. Avisant un banc à l'ombre, Maïmoran, grimaçant de douleur, s'y laissa choir.

— Quel poison que cette jambe !

— Tu devrais suivre les conseils de mon fils. L'infusion de colchique. Qu'as-tu à perdre ?

— À vrai dire, mon ami, il n'y a pas que la goutte qui me torture. J'arrive à un point de ma vie où la lassitude s'installe. De surcroît, sous l'influence de cette furie de Lalla Zaydana, des aventuriers commencent à faire leur apparition dans l'entourage du sultan, je ne citerai que Moshe ben Attar, un coreligionnaire, à qui j'ai eu le malheur – à la demande pressante de la reine – de prêter 8 000 livres que je ne reverrai sans doute jamais. Il rend régulièrement visite à la souveraine et la couvre de présents pour s'attirer ses faveurs. Je sais qu'il ne rêve que de prendre ma place auprès du sultan ! Ce n'est pas tout. Dépourvu de pudeur, il pousse le jeu jusqu'à courtiser ma propre fille, Yaël, qui, hélas, n'est pas insensible à son charme ! Je suis inquiet pour l'avenir de ce pays.

— Pourtant, il semble qu'il s'annonce sous les meilleurs auspices. Le sultan a repris Arzila et Larache aux Espagnols. Et il a mis ses frères au pas. La sécurité règne. Le commerce est florissant.

Maïmoran secoua la tête.

— Je sais, je sais. Peut-être que je suis préoccupé par la rupture de nos relations avec la France. La visite du chevalier de Saint-Olon, le dernier ambassadeur que Louis XIV nous a envoyé il y a quelques mois, a tourné court. Il a débarqué en pleine fête de la rupture du jeûne de ramadan et a paru offusqué que Moulay Ismaïl l'ait fait attendre quatre jours avant de le recevoir. C'était oublier que Mohammed Temim et Ali Maânino avaient dû patienter plusieurs semaines dans le froid de Brest ! L'affaire s'est mal terminée. Saint-Olon a refusé d'entendre parler d'alliance militaire et le souverain a été obligé d'écrire à Louis XIV que les pouvoirs de son envoyé ne lui avaient pas paru suffisants pour traiter avec lui des conditions de la paix. Il lui a écrit : « Si Votre Majesté désire vraiment parler de manière approfondie, qu'elle nous envoie un des grands seigneurs de sa cour qui aurait tout pouvoir. » Il y a six mois, le sultan a fait une dernière tentative en envoyant en France l'amiral Ibn Aïcha[1]. Comme Mohammed Temim – qui hélas vient de nous quitter –, il est resté cloîtré à Brest pendant deux mois, jusqu'à ce que le gouvernement français veuille bien reconnaître son statut d'ambassadeur. Là encore, la négociation a tourné court.

1. Avant de devenir envoyé spécial du sultan, Abdellah ibn Aïcha était l'un des plus célèbres corsaires salétins du XVIIe siècle.

Casimir esquissa un sourire.

— Oui. Mais on a été à deux doigts de célébrer un mariage entre la fille née hors mariage de Louis XIV, la princesse de Conti[1], et notre sultan.

Abraham confirma.

— C'est exact. Une histoire peu croyable. Apparemment, Ibn Aïcha, envoûté par le charme de la princesse, avait conçu le projet de la faire demander en mariage par Moulay Ismaïl ! À son retour à Meknès, il s'en était ouvert au sultan en lui faisant valoir que la princesse ferait une sultane incomparable et que cette union le placerait aux yeux de l'univers sur le même pied que le Roi-Soleil ! Mais Moulay Ismaïl a balayé l'idée d'un revers de la main. Fin de l'histoire. Pour moi, il n'existe que peu d'espoir de parvenir un jour à un accord de paix avec la France.

Dans un élan affectueux, Casimir posa sa main sur l'épaule de son ami.

— Tout ce que je viens d'entendre n'est pas pour me réjouir le cœur, mon ami. Mais sois rassuré. Je reste convaincu que Moulay Ismaïl ne t'échangera ni pour Ben Attar ni pour personne. Il t'apprécie trop et depuis trop longtemps. L'avenir te le prouvera.

*

Abraham Maïmoran se massa les yeux et attira près de lui la lampe à huile.

Il avait entre les mains les ultimes feuillets des *Chroniques*.

1. Veuve du prince de Conti, elle était la fille de Mlle de La Vallière et jouissait à la cour, sous le nom de Mlle de Blois, des prérogatives des filles de France.

Fresque étonnante dont il se demandait qui avait pu l'écrire puisque celui qui l'avait commencée, et qui disait s'appeler Marek, était mort en même temps que la kâhina. Quelqu'un avait dû prendre la relève, ou quelques-uns, le récit survolant près d'un siècle et demi.

Il reprit sa lecture.

Fès, décembre 821

Du toit de sa maison, un homme observait le flot des réfugiés qui continuait d'arriver d'Andalousie. Plus de huit mille en trois ans. Ils avaient envahi Fès. Fès devenue cité bicéphale, formée de deux noyaux distincts, depuis qu'Idris le jeune avait créé une seconde ville, sur la rive gauche du fleuve, juste en face de celle que son défunt père avait fondée. Les deux agglomérations, celle des Qarawiyyin et celle des Andalous, bien que séparées par le cours du fleuve, et chacune cernée de remparts, étaient devenues le siège du royaume. Au fil des mois, avec l'approbation du souverain, les nouveaux arrivants s'étaient insensiblement glissés dans tous les rouages du gouvernement, reléguant au deuxième, voire au troisième plan, le rôle des Berbères.

Le soleil se couchait. L'appel à la prière venait de retentir. Omar, c'est ainsi que l'homme s'appelait, descendit les marches qui menaient à l'étage.

Le dîner était servi.

À peine assis, il posa à sa fille la question qui lui brûlait les lèvres : « Qu'attends-tu pour te marier ? » Elle lui répliqua : « J'attends l'homme parfait. »

Ce qui déclencha le fou rire de sa mère.

— L'homme parfait ? Ma pauvre chérie, si j'avais suivi ton raisonnement, aurais-je épousé ton père ?

Omar grimaça et ne fit aucun commentaire.

— D'ailleurs, il n'y a pas que le mariage, poursuivit Malika. J'ai d'autres projets. J'aimerais écrire.

— Écrire ? Écrire quoi ?

— Je ne sais pas encore. Peut-être l'histoire de notre pays. Ou des poèmes. Depuis que Fatima et Meryem m'ont fait découvrir les vers de Kaab ibn Zohayr, je rêve de l'égaler.

Maya et son époux firent de grands yeux.

— Kaab ibn Zohayr ?

— Un grand poète du temps du Prophète – la paix soit sur lui – à qui il dédia un poème magistral composé de cinquante-sept vers. Au moment où il déclamait le cinquantième, Mohammed, saisi par l'émotion, jeta son manteau à ses pieds en guise de présent.

— Un joli conte, ironisa Omar. Et Fatima et Meryem, peut-on savoir qui elles sont ?

— Ce sont deux jeunes filles originaires de Kairouan dont j'ai fait la connaissance au marché aux tissus. Fatima est une personne exceptionnelle. Férue de littérature. Une érudite. Une passionnée qui depuis toute petite poursuit un rêve : transmettre et éduquer. Sa famille appartient au clan des Banu Fihr, des descendants du général Oqba al-Fihri, le fondateur de Kairouan. Ils ont quitté cette ville pour venir vivre ici à Fès. Or, le père de Fatima est décédé il y a deux ans, que Dieu ait son âme, en laissant à ses filles une immense fortune[1]. Grâce à cet argent, Fatima a décidé, en accord avec sa sœur, de construire une mosquée et une université. Ce sera l'université d'Al-Qarawiyyin.

— Quel âge ont-elles ?

1. La charia, qui impose des règles quant à la part d'héritage qui revient aux femmes, n'est entrée en vigueur que récemment au Maroc. Ce qui explique que les deux filles aient hérité de la totalité des biens du père.

— Elles sont un peu plus jeunes que moi. L'aînée, Fatima, a vingt-quatre ans et la cadette, Meryem, vingt-deux.

Omar soupira.

— Tenir un journal... de la poésie... Kaab ibn Zohayr... Pas de mariage... Que Dieu me pardonne, mais je ne me reconnais plus dans ce monde.

Il ne se tourmenta pas bien longtemps.

Six mois après cet échange, Malika épousa Majd, un descendant de Koseïla.

Un an plus tard, ils eurent une fille qu'ils nommèrent Naïma. Naïma naquit avec une particularité : elle avait les yeux vairons. L'iris gauche était bleu, le droit était marron.

Chose étrange, sa postérité hériterait de cette singularité, longtemps, longtemps. Bien longtemps après que Naïma eut disparu.

Abraham plissa le front.

Les yeux vairons ? Mais Alia, l'épouse d'Amar, le fils de Casimir, n'avait-elle pas elle aussi les yeux vairons ? Et leurs trois petits enfants ?

Il fallait qu'il en parle à Casimir. La coïncidence était pour le moins troublante.

Journal de Casimir

Octobre 1721

Le cimetière du Mellah était triste comme tous les cimetières. Et il pleuvait.

Plus de vingt ans s'étaient écoulés depuis cette discussion avec Abraham dans les jardins royaux et voilà qu'aujourd'hui il reposait en terre aux côtés de sa femme, décédée sept mois auparavant. À croire qu'après une longue vie commune, si l'un des époux s'en va, l'autre est incapable de lui survivre longtemps. Parmi les nombreuses personnes présentes, j'ai reconnu Moshe Ben Attar. Abraham, sans doute victime de cette lassitude qu'il avait exprimée un jour, avait fini par lui accorder la main de sa fille. J'ai cru lire sur les traits de Ben Attar un air de triomphe. Non sans raison. Il avait gagné de plus en plus d'importance auprès du sultan et réussi à conclure un traité de paix entre le Maroc et la Grande-Bretagne sans avoir eu besoin de se déplacer en Angleterre. Abraham décédé, nul doute qu'il le remplacerait comme trésorier auprès de Moulay Ismaïl. Il y avait aussi le nouveau médecin personnel du souverain, un dénommé Al-Andalousi, un renégat originaire de Séville, royalement incompétent, mais qui avait réussi à gagner la confiance du sultan en lui communiquant des informations sur les affaires espagnoles.

La cérémonie terminée, j'ai pris le bras de Fatima et, accompagnés par notre fils et son épouse, nous avons pris le chemin du retour.

Comment ne pas avoir le cœur lourd ? J'étais infiniment triste d'avoir perdu un ami, triste aussi pour ce pays que j'avais fait mien et que je voyais depuis quelques années glisser vers l'abîme. Pourtant, un travail colossal avait été accompli. Hormis Tanger, qui malheureusement avait été reprise par les Anglais, Ceuta qui résistait et quelques enclaves où telles les mauvaises herbes les Espagnols s'accrochaient, l'unification du Maroc était accomplie. Des constructions monumentales parsemaient le pays, un important réseau routier s'était développé, si sûr – comme me l'avait fait remarquer Abraham – « qu'un juif ou une femme peuvent aller d'Oujda à l'oued Noun sans rencontrer personne qui leur demandât d'où ils viennent et où ils vont ». L'agriculture, le commerce étaient florissants, l'armée des Abid al-Bokhari, forte de plus de cent cinquante mille hommes, tenait à l'écart les ennemis du royaume. Et malgré ces accomplissements il régnait une atmosphère malsaine, un climat de fin de règne. Depuis qu'en 1699 le souverain avait décidé de partager le pouvoir avec certains de ses fils en les nommant à la tête de différentes provinces du royaume, on eût dit qu'un immense linceul recouvrait la terre marocaine.

Aussitôt le partage fait, l'anarchie s'était installée dans le pays. Les frères s'empoignaient, s'écharpaient. Une haine farouche animait Lalla Zaydana à l'égard de celle qui depuis quelques années avait gagné en influence auprès du sultan : Lalla Khenata. Elle fulminait de voir combien sa rivale avait pris de l'importance, combien elle intervenait en tout dans les coulisses, au point qu'on la qualifiait de ministre de l'ombre. Je craignais pour sa vie et la survie de ses fils. Comme je craignais pour celle de Moulay Ismaïl, persuadé qu'à un moment ou à un autre on chercherait à hâter sa fin.

Vers quel naufrage se dirigeait le Maroc ?

Je guettais le pire. Et j'avais raison.

J'éviterai de décrire en détail la suite des événements qui se sont succédé entre l'année 1699 et ce soir. Les fils de Moulay Ismaïl se sont déchirés, laminés. Le comble de l'horreur fut atteint lorsque, sous l'influence diabolique de Lalla Zaydana, Moulay Ismaïl fit arrêter Mohammed al-Alam, le fils qu'il avait eu avec Miss Shaw, et qui était entré en dissidence. Il avait ordonné qu'on lui coupe la jambe gauche afin qu'il ne soit plus capable de monter à cheval et la main droite afin qu'il ne puisse plus jamais tenir un sabre ou une lance !

Et l'ordre fut exécuté.

Le supplicié mourut de gangrène. Sa dépouille fut emportée à Meknès, où on l'enterra avec l'épitaphe qu'il avait paraît-il exigée : « Ci-gît un orphelin de père et de mère. »

Allait-on connaître enfin l'apaisement ?

Non, hélas.

Voilà que Moulay Zaydan commença à se livrer à de terribles exactions. Il s'adonna à l'alcool, passant ses nuits en beuveries et en débauche. Quand il avait bu, il n'épargnait personne, massacrait tout ce qu'il trouvait sous sa main, même ses femmes. Au risque de subir la fureur de Lalla Zaydana, le souverain décida de mettre fin à la situation. Mais par quel moyen ? Zaydan était barricadé dans la ville de Taroudant. Pour l'en déloger, il eût fallu lever une armée et risquer la vie de centaines de soldats.

Alors, pour attirer son fils à Meknès, le sultan décida de faire croire qu'il était agonisant et resta cinquante-deux jours sans se montrer. Mais la ruse ne prit pas. Le souverain usa d'un moyen plus radical. Il fit assassiner Moulay Zaydan un soir de décembre 1707 par quelques-unes de ses concubines. Son fils mourut étouffé dans son lit alors qu'il cuvait son vin.

La réaction de sa mère fut si violente que, pour l'apaiser, le sultan lui fit livrer au hasard sept des concubines de son fils, de même que le marchand génois qui lui fournissait les vins et les liqueurs. On les conduisit tous à Meknès où ils furent livrés à la discrétion de la reine.

J'eus plusieurs fois l'occasion d'être appelé par le sultan au cours de cette période. Il avait terriblement vieilli, paraissait abattu et se plaignait de douleurs abdominales que je tentais de soulager au mieux. Mais l'homme avait changé. Il s'était flétri. C'est au cours de l'une de mes consultations que je l'ai entendu ordonner soudain : « Rasez le palais Al Badi ! Qu'il n'en reste rien ! »

Sur le moment, je fus bouleversé. Pourquoi détruire ce joyau, œuvre du grand sultan Al-Mansour ? Ce palais de Marrakech que l'on avait surnommé « l'incomparable » était considéré comme l'une des merveilles du monde. Peut-être voulait-il en recueillir les merveilles et en parer ses palais de Meknès.

À l'orée de l'année 1727, la plupart des héritiers potentiels du sultan étaient morts. Il n'en restait que deux en lice : Moulay Abdallah, le fils de Lalla Khenata, et Moulay Ahmed Adh-Dhahabî, deuxième fils de Lalla Zaydana.

Deux hommes. Deux rivaux.

Et deux femmes unies dans la même détestation. Laquelle des deux l'emporterait ?

23

Meknès, 20 mars 1727

La chambre est plongée dans la pénombre.

La poitrine de Moulay Ismaïl se soulève à peine.

Ses yeux scrutent le plafond avec une attention soutenue. Peut-être se revoit-il en train de se livrer à ses chevauchées, ses exercices guerriers qui, pendant longtemps, furent ses seules distractions véritables ? Ses lèvres s'entrouvrent. Exprime-t-il quelque chose ? Des mots sacrés sans doute. De ces glorieuses invocations à Allah et à Mohammed : « *Nous confessons qu'il n'y a d'autre Dieu qu'Allah, qu'il n'a point d'associé, qu'il est seul et unique dans son essence, n'ayant ni semblable, ni égal, que ses volontés s'accomplissent sur les créatures en vertu de la prédestination, et que sa puissance s'étend à toutes choses.* »

Casimir est là.

Devant l'incompétence d'Al-Andalousi, le médecin qui l'a remplacé, Moulay Ismaïl a tenu à le rappeler. En raison de son vieil âge, Casimir a demandé à son fils Amar de le seconder. C'est qu'il ne voit plus clairement et ses mains tremblent. Malheureusement ni l'expérience, ni la jeunesse, ni la science conjuguée, l'arabe et l'occidentale, n'ont été capables de dompter la maladie. Amar soupçonne un abcès au ventre.

Agenouillé au chevet du souverain, Moulay Ahmed Adh-Dhahabî, le fils de Lalla Zaydana, est présent lui aussi. Tête nue, les cheveux rares et grisonnants, il paraît bien plus vieux que ses cinquante ans. D'entre tous ses enfants, c'est lui que le sultan a fait mander. Est-ce pour l'adouber ? Étrangement, depuis trois jours qu'Adh-Dhahabî est là, aucun mot n'est venu le conforter dans ce sens.

Moulay Ismaïl n'a toujours pas nommé de successeur.

Brusquement, le souverain lève la main. Son souffle se transforme en râle. La main retombe. C'est fini.

L'un des plus grands monarques marocains vient de s'éteindre, l'une des personnalités les plus fascinantes de ce pays quitte le monde après cinquante ans de règne. Les historiens jugeront.

Casimir et Amar sortent de la chambre en silence, le père prenant appui au bras de son fils.

— Et maintenant ? s'enquiert Amar. Que va-t-il se passer ?

— Le trône va revenir à Moulay Adh-Dhahabî. C'est sûr. Lalla Zaydana a gagné. Mais quelque chose me dit que son règne sera bref. Il y a quelques jours, j'ai entendu le monarque demander au grand vizir : « Qui est le plus digne de me succéder ? » Et le vizir lui a répondu : « Sidnâ, aucun de ceux qui sont vivants ne l'est. Ceux qui auraient pu l'être sont décédés ou vous les avez mis à mort. » Je peux t'assurer que le vizir avait tort. L'héritier de Moulay Ismaïl existe. C'est une femme : Lalla Khenata. Durant toutes ces années elle a œuvré dans l'ombre. Par son intelligence, sa ruse, elle a éveillé l'intérêt des ambassadeurs étrangers. Sa présence diplomatique parallèle a fait d'elle une femme politique dans tous les sens du terme. N'oublions pas aussi un point essentiel : par ses origines sahariennes elle est la plus proche des Oudayas. Cette tribu est capable de rivaliser avec la garde noire. Hélas, je ne serai sans doute plus de ce monde pour témoigner du triomphe de Lalla Khenata. À présent, mon fils, rentrons. C'est le printemps et j'ai froid.

ÉPILOGUE

Casimir Giordano est décédé quelques jours plus tard. Il n'a jamais su combien ses prédictions se révéleraient vraies.

À peine sur le trône, la première préoccupation de Moulay Adh-Dhahabî fut de se défaire des hommes de son père, parfois fidèles à ses concurrents. Conséquence presque immédiate, les gouverneurs de Tanger et de Tétouan entrèrent en dissidence. Une anarchie généralisée éclata spontanément : brigandage, pillages, razzias et autres méfaits. Les révoltes des tribus berbères se multiplièrent, l'insoumission de villes comme Fès et Meknès fut à son comble. Mécontents ou pas assez rémunérés, les Abid al-Bokhari, la fameuse garde noire, faiseurs et défaiseurs de sultans, décidèrent de déposer leur maître et d'appeler pour lui succéder son demi-frère, Moulay Abdelmalek. Le fils de Lalla Zaydana n'aura gouverné que sept mois et onze jours. Le règne d'Abdelmalek ne fut pas plus long. Il ne se passa guère plus de cinq mois avant qu'il ne meure étranglé.

Enfin, la voie était libre pour Lalla Khenata.

Déjouant toutes les intrigues et s'aidant des Oudayas,

elle réussit à hisser son fils, Abdallah, sur le trône en 1729. Dès lors, elle devint une véritable sultane de l'ombre, prenant en main les affaires du royaume. Lorsque son fils quittait la capitale pour mener campagnes à travers le pays, c'est elle qui dirigeait et recevait les dignitaires et les ambassadeurs étrangers, elle aussi qui devint un passage obligé pour qui souhaitait rencontrer le sultan, alors que pendant ce temps Moulay Abdallah, incompétent, basculait dans tous les excès. Bientôt, il se mit à comploter contre sa mère pour se débarrasser d'elle. Pressentant qu'elle devenait indésirable, elle décida de s'éloigner et partit en pèlerinage à La Mecque en prenant soin d'emmener son petit-fils, Mohammed ibn Abdallah, alors âgé de douze ans.

Durant son séjour, elle apprit qu'un complot se tramait contre son fils. Elle se précipita aussitôt à Meknès pour tenter de le déjouer. Trop tard. À peine arrivée, elle fut jetée en prison avec son petit-fils. D'autres se seraient découragés ou se seraient laissés aller au désespoir. Pas Lalla Khenata. Avec la sagesse et l'intelligence qui la caractérisaient, elle utilisa son enfermement pour former son petit-fils, pour lui enseigner les subtilités de la politique, le préparer à régner. Par quel miracle est-elle parvenue à obtenir le retour en grâce de Moulay Abdallah ? Probablement grâce aux Oudayas et en achetant au prix fort le soutien des Abid al-Bokhari. Pourtant son fils ne lui en exprima aucune gratitude, pire même, il la rejeta. Sans doute ne supportait-il pas d'avoir celle que Louis XIV avait surnommée un jour la « Grande Sultane » comme conseillère. Elle n'eut pas d'autre choix que de se retirer de nouveau. Elle s'exila à Fès, loin des fureurs du pouvoir, et consacra le restant de sa vie aux œuvres pieuses et à la prière. Lorsqu'elle ferma les yeux en 1742 elle avait plus de quatre-vingts ans. Elle n'aura jamais su que son petit-fils, sur qui elle avait reporté tous ses espoirs, accéderait au trône quinze ans plus tard.

Sitôt investi, le jeune Mohammed ibn Abdallah allégea les impôts, s'employa à fortifier les ports marocains et eut la chance d'accomplir l'un des rêves de son grand-père : en 1769, il reprit Mazagan aux Portugais, conclut la paix avec les Espagnols et un accord sur les prisonniers avec Louis XV (accord que Moulay Ismaïl n'avait pas pu obtenir de Louis XIV). Considérant que le Maroc avait besoin de renforcer ses relations avec l'extérieur, il signa des traités de commerce avec le Danemark, la Suède, l'Angleterre et les États-Unis, qui venaient de proclamer leur indépendance et qu'il fut un des premiers à reconnaître. Mais le fait le plus saillant de son règne fut sans conteste la fondation de Mogador, l'actuelle Essaouira, dont il confia la construction à l'architecte français Cournot. Sans doute aurait-il fait bien davantage s'il n'avait pas été paralysé par la médiocrité de ses ressources. Lorsqu'il mourut en 1790, il laissait le Maroc en bien meilleure posture qu'il ne l'avait trouvé.

Un long voyage allait commencer.

Un siècle plus tard, ni Casimir Giordano, ni son fils, ni Lalla Khenata, ni Abraham Maïmoran, ni Mohammed Temim, ni Moulay Ismaïl, aucun d'entre eux n'aurait pu imaginer la suite de cette épopée.

Elle a pour titre *Le Bec de Canard.*

REMERCIEMENTS

Un grand merci à Nour Eddine Sami, mon souffre-douleur, et à Zakia Sami, qui furent en quelque sorte les « déclencheurs » de cette aventure.
Merci à Mustapha el-Qadéry, chercheur et professeur d'histoire qui, avec une grande bienveillance, a bien voulu procéder à la relecture patiente du manuscrit.
Et enfin je n'oublie pas mon frère et ami Azdine El-Mountassir Billah, qui m'a ouvert pour la première fois les portes du Maroc, et les nombreux relecteurs tels que Yacine Alaoui, Mohammed Kenbib, Nadia el-Kassimy, Mustapha Sbata et Alice Develey, qui m'ont signalé mes fourvoiements.

Œuvres de Gilbert Sinoué (suite)

LE LIVRE DES SAGESSES D'ORIENT, *récit*, LGF, 2010.
INCH'ALLAH, vol. 2, Le cri des pierres, *roman*, Flammarion, 2010.
12 FEMMES D'ORIENT, *portraits*, Pygmalion, 2011.
IMPRESSIONS D'ÉGYPTE, *album photo*, La Martinière, 2011.
L'HOMME QUI REGARDAIT LA NUIT, *roman*, Flammarion, 2012.
LES NUITS DU CAIRE, *roman*, Arthaud, 2013.
LA NUIT DE MARITZBURG, *biographie*, Flammarion, 2014.
L'AIGLE ÉGYPTIEN : NASSER, *biographie*, Tallandier, 2015.
12 PASSIONS AMOUREUSES QUI ONT CHANGÉ L'HISTOIRE, *biographies*, Pygmalion, 2015.
L'ENVOYÉ DE DIEU, *biographie*, Archipel, 2015.
INCH'ALLAH, vol. 3, Les cinq quartiers de la lune, *roman*, Flammarion, 2016.
IRENA SENDLEROWA, *biographie*, Don Quichotte Éditions, 2016.
LE SABRE D'ALLAH, *essai*, Robert Laffont, 2016.
AVERROÈS OU LE SECRÉTAIRE DU DIABLE, *roman*, Fayard, 2017.
MOI, JÉRUSALEM, *roman*, Plon, 2019.

Composition : PCA
Achevé d'imprimer
par CPI Firmin-Didot
à Mesnil-sur-l'Estrée, en juin 2021
Dépôt légal : juin 2021
Premier dépôt légal : mai 2021
Numéro d'imprimeur : 165037

ISBN : 978-2-07-284652-6/Imprimé en France

400844